Elisabeth Büchle

Unter dem Abendstern

Über die Autorin

Elisabeth Büchle hat zahlreiche Bücher veröffentlicht und wurde für ihre Arbeit schon mehrfach ausgezeichnet. Ihr Markenzeichen ist die fesselnde Mischung aus gründlich recherchiertem historischem Hintergrund, abwechslungsreicher Handlung und einem guten Schuss Romantik – wie im Vorgänger dieses Buches, *Unter dem Mitternachtsmond*. Mit ihrem Mann und fünf Kindern lebt sie im süddeutschen Raum.
www.elisabeth-buechle.de

Elisabeth Büchle

Unter dem Abendstern

Roman

GerthMedien

1. Kapitel

Katja Berger betrachtete im gedämpften Licht der Deckenlampe prüfend ihr kunstvoll hochgestecktes Haar. Trotz der festlichen Frisur fand sie den hellbraunen Farbton nach wie vor langweilig. Sie legte ein wenig blassrosa Lipgloss nach; ihre blaugrauen Augen hinter den Brillengläsern hatte sie bereits mit dunklem Mascara betont. Sie neigte den Kopf zur Seite und streckte ihrem Spiegelbild die Zunge heraus. Ganz egal, wie sehr sie sich auch aufzudonnern versuchte – mehr als Durchschnitt würde sie wohl nie sein.

„Überaus erwachsen", foppte sie eine Stimme, die aus Richtung der Eingangstür kam. Debora, die in ihrem cremefarbenen Brautkleid wie das perfekte Model aussah, zwinkerte ihr zu.

„Ich gebe mir Mühe", erwiderte Katja lachend. Sich selbst zu akzeptieren fiel ihr inzwischen leichter als früher. Mittlerweile konnte sie sogar Witze über sich machen. Wenn das nicht ein großer Erfolg war!

Ungezwungene, liebenswerte Freunde wie Debora, ihr frisch angetrauter Ehemann Patrick und dessen Sohn Leo, einer von Katjas Schülern, halfen ihr dabei, und das vermutlich, ohne davon auch nur etwas zu ahnen.

„Die kleine Rede, die du mit Leo eingeübt hast ..." Plötzlich schwammen Deboras Augen in Tränen. Der Satinstoff ihres Brautkleids raschelte, als sie zu Katja hinübereilte und sie fest umarmte. „Sie war so schön. Humorvoll, liebevoll, einfach perfekt. Du weißt gar nicht, wie glücklich ihr beide mich damit gemacht habt."

Katjas anfängliche Verblüffung über diesen Gefühlsausbruch verwandelte sich rasch in ein süßes Glücksgefühl, denn genau solche Augenblicke waren es gewesen, die ihr Herz neu zusammengefügt hatten, und die auch heute noch sanft und beruhigend über die zurückgebliebenen Narben streichelten.

„Jedes einzelne Wort davon ist wahr. Du und Patrick, ihr seid etwas ganz Besonderes."

Debora drückte Katja ein zweites Mal an sich, ehe sie einen Schritt zurücktrat. „Schau uns nur an. Da stehen wir beide in der Toilette, du streckst dir selbst die Zunge raus und ich fange an zu heulen."

„Du darfst heute das gesamte Spektrum an Emotionen ausleben, schließlich ist es deine Hochzeit!", grinste Katja die Braut an.

„Stimmt." Debora wandte sich vom Waschbecken ab. „Und mein Gefühl sagt mir, dass ich dich jetzt dort rausschicken soll, mit dem Befehl, dass du dich amüsieren gehst."

Katja salutierte und folgte der Aufforderung. Sie kehrte in das große Foyer des ehemaligen Gutshauses zurück, das vor festlich gekleideten Menschen nur so wimmelte. An diesem Tag hatte das ehrwürdige Gemäuer den Glanz vergangener Jahre zurückerhalten. Gespräche und fröhliches Lachen erfüllten den Raum. Einige Gäste hatten sich auf der Treppe niedergelassen, die zur Galerie im ersten Stock hinaufführte, und im angrenzenden Salon erklang Musik. Die alten Kronleuchter waren mit echten Kerzen bestückt und warfen einen flackernden, weichen Schein auf weiße Rosen, rote Schmuckbänder und aus Holz gefertigte Herzen verschiedenster Größe und Machart.

Katja tippte eines der kunstvoll gefertigten Herz-Mobiles an. Noa und Jonas, Deboras und Patricks Freunde aus Freiburg, die gemeinsam ein Deko-Café und eine Schreinerei betrieben, hatten sich mit dem Raumschmuck für die Hochzeit selbst übertroffen.

„Katja, bist du es wirklich?"

Katja wandte sich um und stand vor einer überaus schlanken, hochgewachsenen Frau. Ihr schwarzes Haar fiel ihr offen über die Schultern und ihre auffällig grünen Augen funkelten im Kerzenlicht.

„Carola?“ Katja trat einen Schritt zurück. Ihre einstige Schulfreundin hatte sich in den vergangenen Jahren kaum verändert. Sie wirkte noch immer wie aus dem Ei gepellt; jugendlich, schick und ... außergewöhnlich hübsch.

„Bist du mit dem Brautpaar befreundet?“, fragte Carola und hakte sich bei ihr unter. Gemeinsam schlenderten sie zur Treppe und ließen sich dort auf einer der Stufen nieder.

„Patricks Sohn Leo ist einer meiner Schüler. Seit etwa einem Jahr bin ich öfter mal mit einer Schulklasse in Deboras Atelier zu Besuch – Kunstunterricht der besonderen Art sozusagen. Und woher kennst du die beiden?“ Neugierig sah Katja Carola an. Sie hatten gemeinsam das Gymnasium besucht, sich danach jedoch aus den Augen verloren. Bei einem Klassentreffen vor drei Jahren hatten sie sich das letzte Mal gesehen. Allerdings nur kurz, denn Katja hatte zu jener Zeit in einer heftigen Krise gesteckt und das Treffen deshalb frühzeitig verlassen.

„Ich kenne Patrick beruflich. Er wird regelmäßig für Jobs in dem Unternehmen engagiert, in dessen Marketing-Abteilung ich arbeite.“

Katja nickte. Wenn sie sich richtig erinnerte, war Carola bei einem dänischen Konzern angestellt, der in mehreren europäischen Ländern Geschäftszweige unterhielt. Prompt begann Carola, von ihrer Arbeit zu schwärmen, und Katja hörte ihr geduldig zu, obwohl sie das meiste davon nicht interessierte oder sie es nicht verstand, weil ihr das nötige Hintergrundwissen fehlte. Nebenbei beobachtete sie die Gäste, das Brautpaar und Leo, der sich heimlich und noch vor der offiziellen Eröffnung des Buffets die besten Leckerbissen schmecken ließ. Sie zuckte zusammen, als Carola sie leicht mit dem Ellenbogen anstieß: „Fahr doch mit!“

„Wie bitte?“ Peinlich berührt, weil sie in Gedanken auf Wanderschaft gegangen war und Carola dabei vollkommen ausgeblendet hatte, blickte sie ihre Bekannte an.

„Nach Dänemark. Ich habe dir doch gerade erzählt, dass ich Weihnachten in diesem Jahr mit ein paar Kollegen in einem Ferienhaus am Meer verbringen werde. Und gestern ist eine der Frauen abgesprungen, es gibt also noch ein freies Zimmer für dich.“

Katja blinzelte Carola überrascht an. In Erinnerung an die letzten Feiertage in ihrem Elternhaus, signalisierte ein leichtes Flattern in ihrem Innern mehr als nur Erleichterung und Vorfreude über die ihr angebotene Möglichkeit. Hatte sich ihr soeben die Chance geboten, in diesem Jahr um den Besuch in ihrer alten Heimat herumzukommen? Und das, ohne Weihnachten allein verbringen zu müssen und ohne die drängenden, ja, vorwurfsvollen Anrufe ihrer Mutter, warum sie denn nicht kommen wolle?

„Ist ... ich meine ...“

„Ja, das ist okay. Wir waren ursprünglich vier Kollegen und jeder hatte die Möglichkeit, jemanden einzuladen. Inzwischen haben sich die Verhältnisse ein bisschen verschoben, weshalb du nicht die Einzige wärst, die nicht alle Mitreisenden kennt.“

Katja schob das schwarze Brillengestell höher auf ihre Nase. Wollte sie wirklich mit fremden Leuten in den Urlaub fahren, nur um ihrer Familie zu entkommen? Schließlich gehörte sie nicht zu denjenigen, die unkompliziert und schnell Kontakt knüpften; sie war nach wie vor eher zurückhaltend. „Klar. Warum nicht? Danke für die Einladung.“ Die Worte waren bereits ausgesprochen, ehe sie ihre Überlegung zu Ende gebracht hatte. Es war ja nicht so, dass sie nicht spontan sein konnte ...

„Das freut mich! Mir hat es nämlich immer leidgetan, dass wir uns völlig aus den Augen verloren haben.“ Carola knuffte sie ein weiteres Mal in die Seite. „Ich fahre am Einundzwanzigsten los. Wie wäre es, wenn ich dich mitnehme?“

„Das ist der letzte Schultag vor den Ferien, da habe ich bis elf Uhr Unterricht."

„Kein Problem. Einige von uns werden schon ein paar Tage früher im Ferienhaus sein. Es macht also nichts, wenn wir erst in der Nacht ankommen. Und wenn wir uns mit dem Fahren abwechseln, können wir die Strecke ja fast in einem Rutsch durchfahren."

„Klingt gut. Vielen Dank schon mal."

„Ich maile dir alle wichtigen Daten. Deine E-Mailadresse im Klassenverteiler stimmt doch noch, oder?"

Katja bejahte und rutschte zur Seite, damit einige Gäste, die bisher weiter oben auf der Treppe gesessen hatten, an ihr vorbeigehen konnten. Durchdacht war die ganze Sache nun wirklich nicht, aber das war ihr vollkommen egal. Sie kannte Carola gut genug, um ihr zu vertrauen, und die Aussicht auf ein Weihnachtsfest am Meer war bei Weitem besser als die Alternative. Das hoffte sie zumindest.

Katja riss die Eingangstür auf und wuchtete den schwarzen Trolley über die Schwelle nach draußen. Ein kalter Wind zerzauste ihr die Haare.

„Hallo Carola, ich hole nur noch schnell meinen Rucksack."

„Klar. Ich bringe das schon mal zum Auto." Die männliche Stimme ließ Katja herumwirbeln. Auf den Stufen stand nicht Carola, sondern ein schlanker Mann mit dunklem Vollbart.

„Entschuldigung ..." Katja spürte Hitze in ihr Gesicht steigen.

Der Fremde schmunzelte und streckte ihr seine Hand entgegen. „Ich bin Peter, ein Arbeitskollege von Carola. Tut mir leid, dass ich dich erschreckt habe."

Katja lächelte Peter an. Er war höflich und seine Stimme klang angenehm voll und freundlich.

„Und wo ist Carola?" Fuhr sie etwa doch nicht mit nach Dänemark? Das würde Katja nicht wundern, schließlich konnte sie sich Carola eher an einem Strand in Thailand vorstellen als an der sturmgepeitschten Nordsee.

„Ihr ist kalt, und deshalb ist sie im Auto geblieben."

Katja lächelte erneut. Offenbar gehörte Peter zu jener seltenen Spezies von jungen Männern, die noch eine wirklich gute Erziehung genossen hatten. Jedenfalls hatte die frierende Carola im Auto sitzen bleiben dürfen, obwohl sie doch *ihre* Bekannte abholten. Und nun trug er auch noch Katjas Koffer. Sie ergriff ihren kleinen Rucksack, zog die Tür ins Schloss und folgte Peter zum Auto. Er hob ihren Trolley in den Kofferraum des feuerroten VW-Beetle und hielt ihr dann die hintere Tür auf. Katja quetschte sich neben weitere Gepäckstücke und begrüßte die äußerst entspannt wirkende Carola, während sich Peter ans Steuer setzte.

„Hast du inzwischen die Adresse ins Navi eingegeben?", fragte er seine Beifahrerin, die zur Antwort mit ihrem rot lackierten Fingernagel klackend auf das Display des kleinen schwarzen Geräts tippte.

„Na dann los." Peter startete den Motor und lenkte den Wagen durch den in diesem Jahr schneefreien Schwarzwald zur Autobahn. Es dauerte nicht lange, bis er begann, Katja auszufragen. Dieser gefiel sein Interesse an ihr, hatte Carola doch noch nicht einmal nachgefragt, wie ihr letzter Schultag verlaufen war ...

Katja und Peter bestritten die Unterhaltung, Carola döste. Als sie vier Stunden später auf einen Rastplatz fuhren, war sie jedoch wieder hellwach. Während Peter das Auto betankte, zerrte sie Katja in das Innere des Rasthauses und stöberte in den dortigen Auslagen, bevor sie schließlich eine Dose Cola, Chips und Schokolade kaufte. In dem Moment, als Katja ihre Flasche Mineralwasser bezahlte, raunte Carola ihr zu: „Peter ist ein richtig netter Kerl, nicht wahr?"

Leicht irritiert pflichtete Katja ihr bei und steckte das Wechselgeld ein. Peter war wirklich ein aufmerksamer Gesprächspartner. Seine Gesellschaft empfand sie als angenehm und unkompliziert, vor allem, wenn man bedachte, dass sie sich gerade erst kennengelernt hatten. Sie konnte verstehen, weshalb Carola ein wenig für ihn schwärmte.

„Ich kann mir euch beide gut zusammen vorstellen." Carola grinste breit, Katja fiel die Kinnlade herunter, und sie hoffte, Carola falsch verstanden zu haben.

„Deshalb habe ich dafür gesorgt, dass er mit uns fährt. So könnt ihr euch auf der Fahrt ein bisschen beschnuppern."

„Hör mal –"

„Ach, mach dir keine Gedanken. Lern ihn doch erst mal kennen." Carola überließ dem Angestellten das Wechselgeld und hakte sich bei Katja unter. „Er ist perfekt für dich."

„Ich bin aber nicht –"

„Natürlich bist du auf der Suche. Du bist siebenundzwanzig Jahre alt und Lehrerin an einer Provinzschule. Das fordert dich doch nicht. Du brauchst dringend einen Ehemann und eine Schar eigener Kinder."

Katja entzog Carola ihren Arm und stemmte die Hände in die Seiten. Sie hatte völlig vergessen, dass ihre ehemalige Freundin unglaublich gern manipulierte, und anscheinend hatte sie das in den vergangenen Jahren nicht abgelegt. Carola kicherte wie zu ihren besten Teenagerzeiten. „Das wird spannend zu beobachten sein."

Katja schüttelte lachend den Kopf. „So ein Unsinn. Ich werde mich ganz sicher nicht in zwei lächerlichen Wochen Winterurlaub verlieben. So läuft das nicht."

„Ich wette dagegen, denn schließlich kenne ich Peter. Er ist ein Goldstück."

„Ich wette nicht – und schon gar nicht, wenn es um eine Beziehung geht. Das Thema ist viel zu ... ernst."

Siegessicher feixend öffnete Carola die Tür, und gemeinsam verließen sie das angenehm warme Gebäude.

„Mist, ist das kalt“, jammerte Carola sofort.

„Dir ist schon bewusst, dass wir in Richtung Norden unterwegs sind?“

„Wer ist nur auf diese blöde Idee gekommen?“ Carola lachte über sich selbst, eilte ihrer Freundin voraus und setzte sich auf die Rückbank, womit Katja nichts anderes übrig blieb, als sich nach vorn zu Peter zu setzen. Sie schnappte sich den Autoschlüssel und fuhr die nächste Wegstrecke. Dabei musste sie sich eingestehen, dass Peter tatsächlich eine überaus charmante Gesellschaft war. Und trotzdem war sie sich sicher: Ein paar wenige Tage würden nicht ausreichen, um sich zu verlieben. Zumindest nicht so, wie Carola es gern hätte, denn diese schien bereits die Hochzeitsglocken läuten zu hören ...

2. Kapitel

Erleichtert darüber, endlich an ihrem Ziel angekommen zu sein, das eine gute halbe Stunde Fahrtzeit nördlich von Hirtshals lag, stieg Katja aus dem Beetle aus und streckte sich. Ein eisiger Wind begrüßte sie, kühlte ihre Wangen und blies gnadenlos durch die Maschen ihres Strickpullovers. Begeistert legte sie den Kopf in den Nacken und betrachtete die weiß leuchtenden Sterne am Firmament. Ein funkelnder Sternenhimmel auf blauschwarzem Samt breitete sich über ihr aus, und das sanfte Knistern von Dünengras untermalte das Gefühl von Weite und Freiheit. Sie atmete die klare Luft ein und lauschte der Stille – keine Musik, die durch ein gekipptes Fenster drang, kein Motorengeräusch eines vorbeifahrenden Autos und kein Gezeter von irgendwelchen Nachbarn. Einfach nur Stille.

„Ziemlich dunkel hier. Und kalt!" Carola gesellte sich neben sie und hantierte mit ihrem Smartphone herum, bis sie die Taschenlampenfunktion gefunden hatte. Der Lichtschein fiel auf hellen Sand, Büsche von Bibernellrosen, eine einzelne, vom Wind gekrümmte Kiefer, sich auftürmende Dünen und einen mit Holzplanken ausgelegten, schmalen Pfad.

„Hier müssen wir lang." Carola hatte die Wegbeschreibung offenbar sehr aufmerksam gelesen.

„Das Haus liegt mitten im Nirgendwo." Katja drehte sich einmal um die eigene Achse. Bis auf den kleinen Parkplatz, auf dem bereits zwei Autos mit deutschem Kennzeichen und ein weiteres aus der Schweiz standen, waren weit und breit nur Dünen, karger Pflanzenbewuchs und die Schotterpiste zu sehen, der sie gefolgt waren, nachdem sie eine verschlafene Ortschaft und einige Ferienhäuser hinter sich gelassen hatten.

„Du wirst dich doch nicht etwa beschweren wollen, du Landei?“, spottete Carola liebevoll. Sie beugte sich zu ihr hinüber und flüsterte: „Nur das Meer, Peter und du. Na gut, und noch ein paar andere Leute.“

„Geht doch schon mal vor. Ich hole das Gepäck.“

Katja zuckte zusammen. Peter stand direkt hinter ihnen. Sie konnte nur hoffen, dass er Carolas Worte nicht gehört hatte.

„Danke, Peter. Du bist ein Schatz“, sagte Carola und stapfte über den Holzsteg davon. Katja ergriff ihren Rucksack, schulterte ihn und trat neben den offenen Kofferraum, wo Peter damit beschäftigt war, die ersten Gepäckstücke herauszuholen.

„Ich helfe dir.“

„Das ist nett.“

Katja ergriff ihren Trolley und ein pinkfarbenes Ungetüm, doch sie hatte erhebliche Mühe, die beiden Koffer zwischen den Autos hindurch zu zerren und sie schließlich auf den Holzsteg zu heben, der sich nach rund zehn Metern in zwei Wege teilte. Wenigstens war ihr nicht mehr kalt, als sie endlich das Klackern der kleinen Kofferrädchen auf dem Steg vernahm.

An der Weggabelung angekommen, bog Katja auf den linken Steg ab, der leicht anstieg und sie an mehreren hohen Dünen vorbeiführte. Völlig unvermittelt fand sie sich schließlich auf einer hölzernen Veranda wieder, von der aus das Donnern der auf den Strand aufschlagenden Wellen deutlich zu hören war, und auch die Luft erschien Katja viel salzhaltiger als zuvor; offenbar war das Ferienhaus in die letzte Düne vor dem Strand gebaut worden.

Fasziniert ließ sie die Trolleys stehen und eilte an der Seitenfront des zweistöckigen Gebäudes entlang bis zu einem Geländer, das an der dem Meer zugewandten Seite einer großen Holzterrasse angebracht war. Aufgrund der Dunkelheit konnte sie nicht viel sehen, doch sie hatte den Eindruck, dass die Terrasse auf Holzpflöcken stand, während der Strand einige Meter tiefer lag und mit dem Meer zu einer einzigen schwarzen Fläche verschmolz. Winzige Lichtpunkte hüpften auf dem Wasser umher, Reflexionen des Halbmondes, die einen silbernen Schleier auf die unruhige Oberfläche zauberten. Zitternd vor Kälte, aber dennoch unfähig, sich von dem betörenden Anblick abzuwenden, genoss Katja die Weite und die trotz der lauten Dünung beruhigende Stille. Dies alles ließ ein Gefühl von Freiheit in ihre Seele fallen.

Sie schrak zusammen, als plötzlich ein Lichtschein auf die Terrasse fiel, und drehte sich um. Offenbar hatte Carola die Schlafenden erfolgreich geweckt, denn hinter den beschlagenen Panoramafenstern bewegten sich diffus erkennbare Schattengestalten. Gleichzeitig ertönten polternde Schritte auf der Veranda. Peter hatte mittlerweile ebenfalls das Ferienhaus erreicht und taumelte schwer beladen in den jetzt erleuchteten Eingangsbereich.

Katja löste sich nur ungern von dem friedlichen Anblick, doch inzwischen fror sie heftig. Außerdem war es an der Zeit, ihre Mitbewohner für die nächsten zwei Wochen kennenzulernen – zumindest diejenigen, die sich von Carola aus den Betten hatten werfen lassen.

Sie ging zurück zu den beiden Koffern und zog sie zur offen stehenden Tür, hinter der eine große Anzahl von unordentlich übereinandergeworfenen Schuhen lag. Mühsam hob sie ihren Trolley hoch und wollte ihn gerade über die Schwelle und die Schuhe hinweg wuchten, als sie eine tiefe Männerstimme vernahm: „Warte, ich helfe dir“, bot diese ihr zuvorkommend an.

Katja hob den Kopf und ließ den Trolley fallen. Mit einem dumpfen Knall landete er auf dem Schuhmosaik.

„Leute, morgen gibt es zum Frühstück gequetschtes Rindsleder mit Käsegeschmack!“

Katja wusste nicht, ob sie lachen oder die Flucht ergreifen sollte. Nickolas Risch war hier? Sie starrte den jungen Mann ungläubig an, der in einer schwarzen Jogginghose und einem eng anliegenden Shirt, unrasiert und mit demselben braunen Lockenkopf wie zu Schulzeiten vor ihr stand.

„Hallo Scarlett", begrüßte er sie völlig unaufgeregt, als habe er gewusst, dass sie kommen würde. Und natürlich benutzte er wieder den Namen der Person, die sie im Schultheater gespielt hatte und mit der sie damals aus der Rolle gefallen war.

„Hallo Nick. Ich wusste nicht –"

Nick hatte ihren Trolley inzwischen beiseitegestellt und deutete an ihr vorbei nach draußen. „Reich mir mal dein zweites Koffer-Ungetüm."

„Äh, das pinkfarbene Ding gehört Carola."

„Nein, mir!", wurde sie von Peter korrigiert.

„Dann reich mir doch bitte das Koffer-Ungetüm unserer *Diva*."

Katja unterdrückte ein Grinsen, doch nur aus dem einen Grund, weil sie Peter, der einen hochroten Kopf hatte, nicht weiter kränken wollte.

„Der gehört eigentlich meiner Schwester. Mein Koffer war –"

„Zu klein für deine Festtagsroben?" Nick zwinkerte Katja zu, nahm ihr den Trolley ab und warf ihn Peter regelrecht in die Arme. Dieser taumelte rückwärts, wobei er sichtlich darum bemüht war, das Gleichgewicht nicht völlig zu verlieren.

Katja kam gar nicht erst dazu, ihre wild kreisenden Gedanken und Gefühle zu sortieren, denn Nick streckte ihr auffordernd seine Rechte entgegen.

„Komm Scarlett, ich helfe dir über diesen gefährlichen Berg hinweg."

„Du könntest das Rindsleder mit Käsegeschmack auch einfach beiseiteräumen", schlug sie vor, ignorierte seine Hand und schob sich an ihm und dem Schuhchaos vorbei.

„Endlich!", stöhnte er gespielt erleichtert und presste beide Hände an seine Brust. „Endlich fasst mich mal jemand nicht mit Samthandschuhen an."

Gleich drauf raunte er ihr zu: „Peter und Flädle, den wirst du morgen kennenlernen, wenn er aus seinem komatösen Schneewittchenschlaf erwacht ist, haben die Angewohnheit, genau das ..." Er neigte den Kopf, musterte sie intensiv und ließ den Satz in der Luft hängen, woraufhin Carola wieder ihre Aufmerksamkeit einforderte. „Komm mit, ich zeige dir dein Zimmer."

Dankbar darüber, Nick entkommen zu können, folgte sie Carola eine Wendeltreppe hinauf in das obere Stockwerk, und dort einen schmalen Flur entlang zu einem winzigen Eckzimmer.

„Leider hat der Raum nur ein Etagenbett. Ich hoffe, das macht dir nichts aus."

„Nein, überhaupt nicht."

„Prima. Wir sehen uns dann morgen."

Carola war bereits an der Tür, als sie sich noch einmal zu ihr umdrehte. „Ich hatte ganz vergessen, dass du Nickolas kennst. Ihr seid zusammen im Mathe-Leistungskurs gewesen, nicht?"

„Ja, und im Physik-Leistungskurs. Und während ich in Ludwigsburg studiert habe, ist er in Stuttgart zur Uni gegangen. Wir haben damals beide in einer WG gewohnt, nur zwei Straßen voneinander entfernt."

„Dann hattet ihr also noch Kontakt?"

„Die letzten eineinhalb Jahre nicht mehr." Und das war auch besser für Katja gewesen ...

„Er ist mein Chef. Und der von Peter und Flädle."

„Aha!" Nun verstand Katja auch, was Nick ihr gegenüber angedeutet hatte. Offenbar waren die beiden Männer nicht in der Lage, Nicks Späße als solche zu erkennen. Und jetzt hatte Carola mit ihrer gemeinsamen Urlaubsaktion dafür gesorgt, dass sie ihre Freizeit mit ihm verbringen mussten. Die beiden hatten Katjas Mitgefühl.

Carola zog die weiß lasierte Holztür hinter sich zu, und Katja ließ sich auf die Matratze des unteren Bettes sinken. Erschöpft schloss sie die Augen. Musste ausgerechnet Nick hier sein? Da wäre Weihnachten mit ihrer Familie wahrscheinlich leichter zu ertragen gewesen.

Sie stützte die Ellenbogen auf ihre Oberschenkel und vergrub ihr Gesicht in ihren Händen. Bereits in der Oberstufe hatte sie sich in Nick verguckt. Nick, der gutgelaunte, ausgelassene Einserschüler mit seinen dunklen Augen und den zimtfarbenen Sprenkeln darin. Er hatte nie Interesse an ihr gezeigt, doch weshalb hätte er das auch tun sollen? Sie war damals genauso unscheinbar und uninteressant gewesen wie heute. Auch nach dem Abitur hatten sich ihre Wege immer wieder gekreuzt, obwohl sie Lehramt studiert hatte und er BWL, später mit Schwerpunkt „Internationales Management". Dass sie sich ständig über den Weg gelaufen waren, hatte ihr allerdings überhaupt nicht gutgetan. Ihr dummes kleines Herz hatte jedes Mal wie wild zu klopfen begonnen, sobald er nur in ihre Nähe gekommen war. So, wie es auch vorhin wieder der Fall gewesen war. Von null auf hundert. Innerhalb eines Sekundenbruchteils. Was jeden Autofan begeistern würde, hatte sie schockiert, war sie doch davon ausgegangen, nichts mehr für ihn zu empfinden. Sie wollte diesem Gefühlschaos nicht noch einmal ausgesetzt sein, während sie gleichzeitig unter seinem Desinteresse litt und schließlich welkte wie eine Tulpe ohne Wasser.

Das musst du ja nicht, du aufgescheuchtes Huhn. Außerdem ist er bestimmt mit einer Frau hier. Katja verdrängte alle weiteren Überlegungen, indem sie das obere Bett bezog, ihren Trolley auspackte und sich erschöpft schlafen legte.

✳

Ein sanftes Dämmerlicht fiel in Katjas Zimmer. Blinzelnd setzte sie sich auf. Der Geruch von neuen Holzmöbeln hing in der Luft, und zarte Eisblumen schmückten den unteren Rand des Fensters. Dahinter sah sie gelbe Streifen an einem fahlen Himmel und weiße Schaumkronen auf einem stahlblauen Meer. Möwen tanzten im lauen, eisigen Wind. Ihre Schreie und das gedämpfte Rauschen der Brandung drangen herein und lockten Katja trotz der frühen Stunde aus dem Bett. Sie duschte in dem winzigen Bad neben ihrem Zimmer, das außer ihr offenbar niemand nutzte, und warf anschließend einen prüfenden Blick auf den zweckmäßig eingerichteten, aber dennoch gemütlichen Raum, der für die nächsten zwei Wochen ihr Zuhause sein würde. Sie beschloss, aus dem unteren Bett eine Art Sofa zu bauen. Der bunte Flickenteppich auf dem Holzboden war hübsch anzusehen, und vor dem großen Fenster standen ein kleiner Schreibtisch, ein Stuhl und in der Ecke daneben ein türkisfarbener Ohrensessel. Über der Kommode hing ein in Dunkelblau gerahmter Monet-Druck, der Segelschiffe vor einer Steilküste zeigte. Vermutlich handelte es sich um einen Landschaft in der Nähe von Dieppe in der Normandie, eines von Monets bevorzugten Motiven.

Da es im Haus noch völlig still war, verließ sie leise das obere Stockwerk und trat über die Wendeltreppe in den offenen, geräumigen Wohnbereich. Die Sitzmöbel aus schwarzem Leder waren alle in Richtung der gigantischen Fensterfront mit Blick auf das Meer ausgerichtet. Bis auf zwei niedrige weiße Regale mit ein paar Spielen, dänischen Zeitschriften, Vasen und blauen Glasschalen wirkte der Wohnbereich sehr aufgeräumt. Die zu den Fenstern hin schräg abfallende Decke war blau gestrichen, während die restlichen Innenwände aus weiß lasiertem Holz gefertigt waren. Im Wohnbereich lag dunkler Holzboden, der lange Metalltisch mit seiner weißen Tischplatte und die schwarzen Polsterstühle standen jedoch auf einem Klinkerboden, der auch im leicht nach hinten versetzten Küchenbereich mit seiner hohen Theke und den beidseitig aufgestellten Hockern zu finden war.

Da Katja nicht wusste, was sie als nächstes tun sollte, drehte sie sich unschlüssig einmal um sich selbst. Dann beschloss sie, einen ersten Entdeckungsspaziergang zu unternehmen. Sie nahm ihre graue Daunenjacke, wand sich den blauen Loopschal um den

Hals, setzte sich die passende Mütze auf und verließ, nachdem sie auch ihre Handschuhe gefunden hatte und in gefütterte Gummistiefel geschlüpft war, das Ferienhaus. Gleich darauf schlitterte sie über die von Raureif überzogene Terrasse zur Treppe, stieg diese hinab und trat in den knirschenden, leicht angefrorenen Sand.

Der salzig-feuchte Wind schlug ihr kalt ins Gesicht, sodass sie den Schal über ihre Nase und die Mütze tiefer in die Stirn zog. Inzwischen prangte zwar ein weißer Sonnenball am milchigen Himmel, jedoch ohne einen Hauch von Wärme zu spenden. Je näher Katja dem Wasser kam, umso lauter toste die Brandung. Das Meer warf graue, frostig wirkende Wogen an den Strand. Sie schwemmten kleine Steinchen und Muscheln mit sich, die sich anschließend wieder klirrend und klackernd mit den Wellen ins Meer zurückzogen. Die wenigen Halme des widerstandsfähigen Strandhafers waren von einer dünnen weißen Eisschicht umhüllt, genauso wie die liegengebliebenen Muscheln und Steine. Sie sahen aus, als wären sie mit einer Zuckerglasur überzogen worden.

Obwohl der Wind an Katja zerrte wie ein Hund an einer Kette, schlenderte sie fröhlich an der Uferlinie entlang; hingerissen von der feindlich anmutenden Schönheit der Natur und mit einem Gefühl von vollkommener Freiheit. Sie nahm sich fest vor, dieses Weihnachtsfest, das sie weit weg von ihrer Familie verbringen würde, zu genießen, denn hier war niemand, der sie prüfend ansah, ihr versteckte Vorhaltungen machte und sie, wenngleich unbeabsichtigt, demütigte. Ein Seufzen verließ ihre Lippen, denn eigentlich liebte sie ihre Eltern und ihre Schwester. Deshalb hatte sie auch versucht, sich mit ihrer Vergangenheit zu versöhnen und ihr dadurch die Macht über sie zu nehmen.

Trotz der frostigen Luft lief Nick inzwischen der Schweiß über den Rücken. Seine Lunge brannte und seine Beine fühlten sich seltsam schwer an, vermutlich, weil seine Muskeln gegen die Kälte protestierten. Dennoch joggte er weiter, wobei er das Tempo sogar noch erhöhte. Er brauchte diese Herausforderung. Das Auspowern bis zur völligen Erschöpfung. Umso mehr, seit heute Nacht plötzlich Scarlett vor ihm gestanden hatte. *Katja,* verbesserte er sich selbst.

Carola hatte zwar gesagt, dass sie eine „alte Freundin" mitbringen würde, doch mit Katja hatte er nicht gerechnet. Und jetzt würden sie zwei ganze Wochen miteinander verbringen müssen. Und das auf engstem Raum.

Genau wie die Möwen, die vor ihm flohen, flogen auch seine Gedanken davon und klangen kaum weniger disharmonisch als das Kreischen der Seevögel. Sie erinnerten ihn an seine Schulzeit und an die ruhige, bescheidene Katja, seine schärfste Konkurrentin im Kampf um die Bestnoten, sowohl in Mathe als auch in Physik. Sie war diejenige gewesen, die sich – auch später während ihrer Studienzeit – kein Stück für ihn interessiert, sondern ihm nur die kalte Schulter gezeigt hatte ... Und dabei hatte Katja damals wirklich eine Versuchung für ihn dargestellt. *Und das tut sie heute noch.*

Bei diesem Gedanken, woher auch immer er gekommen sein mochte, ballte Nick die Hände zu Fäusten. Er legte noch einmal an Geschwindigkeit zu, obwohl seine Lungen inzwischen fast unerträglich brannten. Er brauchte den körperlichen Schmerz, um den in seiner Seele ignorieren zu können.

Nick wich geschickt einer Mulde im Sand aus. Als er den Kopf wieder hob, sah er eine einsame Gestalt auf sich zukommen. So weit im Norden Jütlands gab es über Weihnachten und Silvester kaum Touristen, und die Einheimischen hatten dieser Tage sicher anderes zu tun, als bei der Eiseskälte in der *Tannis Bugt* spazieren zu gehen. Demnach musste es sich um eine der Frauen aus dem Ferienhaus handeln. Da Carola und Katja erst nach Mitternacht eingetroffen waren und vermutlich noch schliefen, blieb nur Sonja übrig, die junge Frau, die Flädle mitgebracht hatte. Oder war das andere Ferienhaus hinter der nächsten, weit in den Strand hineinreichenden Düne ebenfalls vermietet? Dann konnte die Spaziergängerin auch von dort stammen.

Die Gestalt hatte sich die Mütze tief in die Stirn gezogen und schützte den Rest ihres Gesichts mit einem Schal vor der Kälte, wobei sie nur einen kleinen Schlitz für die Augen freigelassen hatte. Dennoch erkannte Nick im Näherkommen, dass es sich bei der Frau um Katja handelte. Sie trug keine Brille, vermutlich, weil das Gestell bei diesen eisigen Temperaturen unangenehm kalt war. Einige Strähnen ihres langen sandfarbenen Haares quollen frech unter der Mütze hervor. Er wurde automatisch langsamer, und seine Schritte zögernder, beinahe stolpernd. Genau wie sein Herz. Doch er verbat sich energisch, darauf zu achten.

Als er sie schließlich erreicht hatte, schaute sie ihn mit ihren graublauen Augen, die perfekt mit der neben ihnen gelegenen Nordsee harmonierten, forschend an.

„Ebenfalls unterwegs, um dich schockfrosten zu lassen?“, rief er ihr keuchend zu und trat auf der Stelle.

„Bei dir wirkt das nicht. Deine Haare sind schon ganz grau.“

Nick griff grinsend in seine vereisten Haare. Er hatte immer bewundert, wie spielerisch Katja seine direkte, mitunter sogar flegelhafte Art einfach abtun konnte.

„Du hingegen hast noch immer dieselben graublauen Augen, die eiskalte Pfeile aussenden.“

„Deine Komplimente sind noch genauso zweifelhaft wie früher.“ Sie ging weiter, er joggte gemächlich neben ihr her.

„Ich kann mich an keine Komplimente erinnern.“

„Ich meine solche wie: ‚Ich bin wirklich enttäuscht, Scarlett. Du hast einen halben Punkt weniger bekommen als ich‘, oder: ‚Hättest du deine Brille geputzt, wäre dir aufgefallen, dass da eine Klammer weniger in der Aufgabe war.‘“

„Autsch.“

„Du warst ein echter Charmeur!"

Ihm gefiel ihr Lachen, selbst wenn es auf seine Kosten ging. Außerdem hatte er es verdient. „Na, dann war das Kompliment für deine Augenfarbe doch eine echte Steigerung."

„Eine überraschende Verbesserung, ja. Vor allem, da du offenbar weißt, mit welcher Augenfarbe ich die Welt betrachte."

„Willst du damit etwa sagen, dass ich zwar mit Zahlen umgehen kann, von Farben aber keine Ahnung habe?" Wenn sie wüsste, wie oft er das tiefgründige Graublau in Gedanken vor sich gesehen hatte ...

„Das kann ich nicht beurteilen. Wir hatten ja nie zusammen Kunstunterricht." Sie zuckte mit den Schultern und klang plötzlich eigenartig verhalten. „Ich gehe mal zurück."

Nick änderte ebenfalls die Richtung. So einfach würde sie ihn nicht loswerden. Dass er damit jedoch gegen seine Prinzipien verstieß, bereitete ihm allerdings Sorge. Bei Katja waren diese schon immer ins Wanken geraten und offenbar hatte sich daran nichts geändert. *Wir können einfach nur Freunde sein. Sie ist ein nettes Mädchen. Witzig, schlagfertig, freundlich und hilfsbereit. Eine harmlose Lehrerin.*

Katja erhöhte das Tempo, und es dauerte nicht lange, bis sie die Treppe zum Haus erreicht hatten. Nick war sich nicht sicher, ob sie versuchte, vor ihm wegzulaufen oder ob sie mittlerweile vollkommen durchgefroren war. Trotz der Eisschicht, die sich auf der Treppe gebildet hatte, stieg sie eilig die Stufen hinauf. Er beschloss, zur Sicherheit dicht hinter ihr zu bleiben. Prompt rutschte ihr Fuß ab und sie taumelte rückwärts. Nick fing sie auf, und sie schlitterten gemeinsam die Stufen hinunter. Schließlich landeten sie auf dem gefrorenen Sandboden. Dort erlangte er endlich wieder die Kontrolle über sich selbst und war froh, auf den Füßen geblieben zu sein. Doch nun war es Katja, die ihn aus dem Gleichgewicht brachte. Er spürte die Wärme, die von ihr ausging, und genoss den Duft ihrer Haut und ihres blumigen

Shampoos. Es kostete ihn einiges an Überwindung, sein Gesicht nicht in ihrem Haar zu vergraben, um noch mehr von ihr zu spüren ...

Katja befreite sich viel zu schnell aus seinem Arm und ging auf Abstand. Bei Nick blieb eine innere Kälte zurück, die noch durchdringender war als der frostige Seewind.

„Danke", murmelte sie.

„Du bist schon uneleganter gefallen."

Ihr Blick hätte ihn eingefroren, wäre ihm nicht ohnehin schon eiskalt gewesen. Doch so plötzlich, wie das Eis in ihren Augen aufgetaucht war, so rasch schmolz es wieder dahin und wich stumpfer Trauer.

Betroffen musterte er sie. Bereitete ihr der Sturz von der Theaterbühne in den Orchestergraben selbst nach so vielen Jahren noch Kummer? Machte es ihr noch immer zu schaffen, dass sie auf dem armen Philipp und seinem Cello gelandet war? Hatte sie noch immer seinen entsetzten Aufschrei, das Geräusch von splitterndem Holz und das Gelächter des Publikums im Ohr?

Katja hatte nach diesem Vorfall die Theater-AG verlassen und war noch stiller und verschlossener geworden. Im Gegensatz dazu waren ihre Noten immer weiter nach oben geklettert. Hatte sie sich damals nur noch aufs Lernen konzentriert? Am Ende hatte sie sogar ein Physik-Stipendium erhalten und ihre Lehrer hatten ihr eine außergewöhnliche Zukunft prophezeit. Doch trotz ihrer exzellenten Abiturnote, des Stipendiums und der Empfehlung ihres Physiklehrers hatte sie einen ganz anderen beruflichen Weg eingeschlagen. Sie war Grundschullehrerin geworden und unterrichtete kleine Kinder in einem Dorf irgendwo im Schwarzwald. Hatte sie sich nicht mehr zugetraut? Das lag aber doch hoffentlich nicht daran, dass sie damals vor den Augen ihrer Mitschüler, ihrer Familie und rund 1.200 Zuschauern in den Orchestergraben gefallen war?

Nick sah ihr nach, wie sie hoch erhobenen Hauptes, wenngleich deutlich vorsichtiger als zuvor, die Treppe hinaufstieg und im Haus verschwand. Er bückte sich und hob ihre blaue Mütze auf. Einem inneren Impuls folgend drückte er sie an sein Gesicht und atmete ihren dezenten Duft ein. Obwohl ihm mittlerweile eiskalt war, fühlte er dabei Trautropfen durch sein Herz rieseln. Allerdings stellte sich ihm nun die Frage, ob Katja nicht ebenfalls tiefe Verletzungen mit sich herumtrug und wie sie diese zu verbinden versuchte. Auf jeden Fall schien es ihr besser zu gelingen als ihm …

3. Kapitel

Beim gemeinsamen Frühstück am nächsten Morgen lernte Katja ihre Mitreisenden kennen. Sie erfuhr, dass Sonja und Flädle, der eigentlich Karl hieß, ein frisch verliebtes Paar waren und dass Flädle eine Vorliebe für baden-württembergische Spezialitäten wie Schwarzwälder Schinken, Linsen mit Spätzle und Saitenwürsten und Flädlesuppe hatte – daher sein Spitzname. Obwohl er erst Anfang 30 war, wich sein Haaransatz bereits deutlich zurück, doch Sonja, eine quirlige kleine Frau mit unkomplizierter Kurzhaarfrisur und einer Vorliebe für schrille Kleidung, schien das nicht weiter zu stören, was Katja sehr sympathisch fand.

Jeffrey, bei dem Katja indische Wurzeln vermutete, hatte dunkle Haut und war deutlich übergewichtig. Er trug eine Brille mit dicken Gläsern, einen schwarzen, am Kinn spitz zulaufenden Vollbart und schulterlanges Haar, das er zu einem Zopf zurückgebunden hatte. Auf seinem T-Shirt, das sich über seinen rundlichen Bauch spannte, prangte ein Bild von *Captain America.* Als Katja ihn zum ersten Mal sprechen hörte – er erzählte gerade irgendetwas über eine Firewall –, war sein amerikanischer Akzent nicht zu überhören. Sie war erstaunt, als Carola ihr zuraunte, dass der „Nerd“, wie sie ihn nannte, Nicks bester Freund sei. In der Schule war Nick immerzu von anderen sportlichen, gutaussehenden Typen umgeben gewesen – und von den hübschesten Mädchen, wozu sie definitiv nicht gehört hatte …

Katja verdrehte genervt die Augen über sich selbst. Seit sie Nick heute Nacht gegenübergestanden hatte, verfiel sie offenbar in ihre Teenagerjahre zurück.

Nick schenkte sich seinen vierten Kaffee ein, lehnte sich zurück und fragte in die Runde: „Was wollen wir heute anstellen?"

„Einkaufen", entgegnete Jeffrey entschlossen. „Der Kühlschrank ist erschreckend leer."

„Vermutlich seit du aufgestanden bist."

„Ich bin gar nicht im Bett gewesen."

„Das erklärt Einiges."

Unbeeindruckt von Nicks Anspielung gab Jeffrey erneut irgendwelche Details über eine Firewall zum Besten, wobei sich *Captain America* auf seinem Bauch wand, als sei ihm das Thema unangenehm.

„Wir langweilen die anderen", stellte Nick schließlich fest.

„Du langweilst dich, weil du kein Wort von dem verstehst, was ich dir zu erklären versuche."

Katja verbarg ihr Schmunzeln hinter ihrer Tasse, allerdings wenig erfolgreich, denn prompt deutete Jeffrey auf sie. „Sogar *sie* lacht dich aus."

„*Sie* heißt Scarlett."

„Nein, Katja", berichtigte Peter und lächelte diese an. Auf Nicks Stirnrunzeln hin zog er jedoch den Kopf ein – anscheinend hatte er tatsächlich gehörigen Respekt vor seinem Vorgesetzten. Und Katja wusste nur zu genau, dass Nick, je nachdem, wie er gerade aufgelegt war, daran durchaus Gefallen fand.

„Nick hatte schon immer Probleme mit meinem Namen", zog sie ihn deshalb auf.

„Nick? Da irrst du dich aber", konterte Jeffrey. „Der Kerl sagt und tut nichts ohne Grund."

Katja neigte erstaunt den Kopf. Hatte Jeffrey ihr soeben verschwörerisch zugezwinkert? Sie mochte den Amerikaner auf Anhieb, denn offenbar gehörte er zu den Wenigen, die Nicks Spielchen durchschauten.

„Gut, als erster Tagesordnungspunkt steht also ein Einkauf an." Carola zückte ihr Smartphone und murmelte die einzelnen

Posten vor sich hin, während sie eine Einkaufsliste erstellte. Jeffrey ergänzte diese, und schließlich sah sich Katja – obwohl es ihr äußerst unangenehm war – genötigt, ebenfalls einige Wünsche zu äußern. Sie entschied sich für nahrhafte, nicht vollkommen überzuckerte und fettige Lebensmittel, wie Obst und Gemüse, Brot, Milch, Kartoffeln, Nudeln und natürlich ihren heißgeliebten dänischen Fruchtjoghurt.

„Hast du eigentlich Schwarzwälder Schinken mitgebracht?", sprach Flädle sie unvermittelt an. Sie schüttelte nur den Kopf, was weitaus besser war, als sich am ganzen Körper zu schütteln, mochte sie den fetten Speck doch überhaupt nicht.

„Schade", murmelte er und konzentrierte sich wieder auf Sonja.

„Das war ein schwerwiegender Fehler! Die Tatsache, dass du aus dem Schwarzwald kommst und dadurch Zugriff auf die regionalen Leckereien hast, war nämlich der einzige Grund, weshalb wir Carola überhaupt erlaubt haben, dich einzuladen", schoss Nick hinterher.

„Lass Valerie in Ruhe", brummte Jeffrey zwischen den Worten „Chips" und „Flips", die Carola eifrig eintippte.

„Scarlett", verbesserte Nick grinsend.

„Katja", merkte Peter an.

„Und mir hat man gesagt, dass *du* nur mitfahren durftest, weil du ein sportlicher Frühaufsteher bist. Sie brauchen dich hier, damit du jeden Morgen die Autoscheiben vom Eis befreist", hielt Katja dagegen.

Jeffrey sah sie verblüfft an, bevor sein Blick zu Nick wanderte und sich schließlich ein breites Grinsen über sein rundes Gesicht zog. „Bist du noch zu haben, Karin? Dann würde ich dich nämlich vom Fleck weg heiraten."

„Weil du jemanden brauchst, der dich bei Nicks Erziehung unterstützt?"

„Nick, *sie* ist Gold wert! Auch wenn Paul gerade ..."

„Peter!", schallte es dreistimmig durch den Raum.

„... kurz vor einem Herzinfarkt steht."

Carola prustete vor Lachen und löschte dabei versehentlich ihre Einkaufsliste, weshalb Katja nach einem Kugelschreiber und einem Blatt Papier griff. Nach Jeffreys Anspielung hoffte sie inständig, dass Peter nicht auf Carolas manipulativen Verkupplungsversuch hereinfallen würde.

„Sehr analog", meinte Jeffrey und deutete auf ihren Stift, ehe er ihr aufs Neue seine ungesunden Essenswünsche diktierte.

„Warum nennst du Katja eigentlich immer Scarlett?", wollte Peter nun von Nick wissen. Carola, ihrer Aufgabe als Schriftführerin enthoben, beugte sich vor. „Sie hat damals im Schultheater die Scarlett O'Hara aus *Vom Winde verweht* gegeben. Wegen ihr ist die Premiere zu einem unvergesslichen Ereignis geworden, denn –"

„Wer fährt einkaufen?"

Katja schloss für einen kurzen Moment die Augen, erleichtert darüber, dass Nick plötzlich den Chef raushängen ließ.

„Sonja und ich", schlug Flädle vor.

„Gut, vielen Dank." Nick verschränkte die Arme vor der Brust und warf Katja einen Blick zu, der ihr zu verstehen gab, dass sie – obwohl er sie davor bewahrt hatte, dass Carola ihre Geschichte herausposaunte – nicht ganz ungeschoren davonkommen würde. „Katja kratzt das Eis von eurer Windschutzscheibe."

„Aber das muss sie doch nicht", wandte Sonja ein. Dabei klang sie jedoch, als käme ihr das gerade recht.

„Richtig, das ist Nicks Job", ließ Jeffrey zwischen den Worten „Cola" und „Bier" verlauten.

„Ich leihe ihr dafür auch meinen Bunsenbrenner." Nick erhob sich voller Tatendrang. Flädle, um dessen Auto es gerade ging, war ebenfalls rasch auf den Beinen. Sein Stuhl schwankte dabei bedenklich.

Jeffrey zwinkerte Katja erneut zu, und sie lachte laut auf. Ganz offensichtlich war es bisher weder Peter noch Flädle gelungen, ihren Vorgesetzten zu durchschauen. Sie wandte sich an Flädle, der dem gemächlich davonschlendernden Nick irritiert nachsah. „Keine Angst. Nick kann einen Bunsenbrenner nicht von einem Feuerzeug unterscheiden."

„Woher willst du das wissen?"

„Weil ich ihn schon lange kenne. Sehr lange sogar."

„Sie hat recht, Junge. Vertrau Katrin einfach", empfahl Jeffrey.

„Sie heißt Katja", bemühte sich Peter noch einmal.

„Wirklich, Klaus? Ich dachte ... Scarlett?" In diesem Moment verbog sich *Captain America* auf eigentümliche Art und Weise, wohl deshalb, weil Jeffrey einen weiteren Lachanfall zu unterdrücken versuchte.

„So, dann erzähl mal, was damals bei der Theaterpremiere passiert ist."

Katja klappte ihren Roman zu, drehte sich in ihrem Sessel und ließ die Beine über die Armlehne baumeln. Urlaub schien für Jeffrey ein Fremdwort zu sein, denn er saß seit über einer Stunde vor zwei Notebooks am Tisch, und selbst jetzt sah er nicht auf, sondern ließ seine Finger über die klappernde Tastatur fliegen.

Direkt hinter ihm flackerte ein großes Feuer im Kamin. Die angenehme Wärme im Inneren des Gebäudes machte den Anblick des stahlgrauen, schäumenden Meeres umso spektakulärer.

Katjas Blick wanderte von der Fensterfront zur Uhr. Seit dem Frühstück waren bereits fünf Stunden vergangen. Sonja und Flädle waren noch immer nicht vom Einkaufen zurück, und mittlerweile waren auch Peter und Carola mit dem Auto unterwegs. Entweder, um die beiden daran zu hindern, mit der Gemeinschaftskasse durchzubrennen, oder weil ihnen bereits die Decke auf den Kopf fiel.

Nick hingegen war in seinem Zimmer verschwunden. Vielleicht holte er dringend benötigten Schlaf nach.

„Hat Nick es dir nicht erzählt?“

„Wer war noch gleich Nick?“ Jeffreys Grinsen verriet, dass er sich gerade selbst aufzog – für eine Schwäche, mit der er sich offenbar hatte arrangieren müssen, weshalb Katja ihn gleich noch sympathischer fand.

„Wie du sicher weißt, ist Nick jemand, mit dem man viel Spaß haben kann, wenn man ihn ein bisschen besser kennt. Was aber die wenigsten wissen, ist, dass er hinter seinen manchmal sehr herausfordernden Sprüchen oft genug nur seine Gefühle versteckt.“ Nun sah Jeffrey auf und blickte sie prüfend an.

Katja nickte, denn Jeffrey hatte gerade bestätigt, was sie seit Jahren vermutete: Für die einen war Nick ein strahlender Sonnyboy, für die anderen eine erfolgreiche Führungspersönlichkeit, die von ihren Mitarbeitern Leistung einforderte. Unter diesen beiden Schichten steckte jedoch ein Mensch, der seine Gefühle immerzu bedeckt hielt. Aus welchem Grund er das tat, erschloss sich Katja nicht, allerdings war sie froh darüber, dass Nick in Jeffrey offenbar einen guten Freund und aufmerksamen Gesprächspartner gefunden hatte.

„Nick würde nie etwas tun, das dich verletzen könnte.“

Katja hob die Augenbrauen und rückte gleich darauf ihre Brille zurecht. „Wie kommst du darauf?“

Es war eine einfache Frage, logisch dem Gesprächsverlauf folgend, und dennoch brachte sie ihr Herz zum Flattern. Aus welchem Grund sollte Nick ausgerechnet auf *sie* besondere Rücksicht nehmen? Und weshalb war sich Jeffrey dessen so sicher?

Jeffrey rieb sich seinen schwarzen Vollbart. „Ich kenne ihn jetzt seit einigen Jahren. In dieser Zeit hat er zweimal von einer gewissen Scarlett gesprochen und beide Male ist er dabei außergewöhnlich … ernst geworden.“

Katja wartete auf eine weiterführende Erklärung, aber Jeffrey wandte sich wieder seinen Notebooks zu. Grüne Zeichenfolgen spiegelten sich in seinen Brillengläsern.

„Warum?“, fragte sie leise und mehr an sich selbst, als an ihren Gesprächspartner gerichtet. Entsprechend erschrocken zuckte sie zusammen, als sie nach einer längeren Pause doch noch eine Antwort erhielt: „Finde es heraus.“

Sobald das Geschirr vom Abendessen in der Spülmaschine war, räumte Katja die Arbeitsflächen frei und holte die Backzutaten, die sie von zu Hause mitgebracht hatte, aus ihrem Zimmer. Sie hatte schon immer gern gebacken und sich vorgenommen, ihre Mitbewohner mit Selbstgebackenem zu verwöhnen – anstelle des Schwarzwälder Schinkens und als Dankeschön dafür, dass sie ihr dieses besondere Weihnachtsfest ermöglichten.

Sie mischte gerade die Honiglösung mit Zimt, Vanillezucker, Kardamon, Nelken, Zitrone und Muskat, als ein großer Schatten auf die Arbeitsfläche fiel. Nick lehnte sich seitlich an die Spülmaschine und musterte die vorbereiteten Backzutaten.

„He, Flädle, Scarlett ist gerade dabei, deinen Schwarzwälder Schinken zu backen.“

Katja warf einen Blick über die Schulter. Am Tisch saßen Flädle, Peter, Sonja und Carola und spielten *Die Legenden von Andor.* Jeffrey lümmelte auf der Couch und war mit seinem Smartphone beschäftigt. Katja bemerkte Flädles verwirrten Gesichtsausdruck und begann zu kichern.

„Der ist ziemlich humorlos“, flüsterte Nick ihr zu.

„Und du bist nicht unbedingt leicht zu durchschauen.“

„Dir gelingt es doch auch.“

„Das macht die jahrelange Übung.“

„Wenn ich mich recht erinnere, sind es nur drei Jahre gewesen – und ein paar Begegnungen während unserer Studienzeit.“

„Vielleicht liegt es einfach daran, dass ich dich in eine logische Formel zerlegen kann.“

„Das würde zumindest erklären, warum unser ehemaliger Mathe- und Physiklehrer, Jeffrey und du mich verstehen."

„Der Softwarearchitekt in Jeffrey zerlegt dich in Einsen und Nullen."

„Hauptsächlich in Nullen?"

„Muss wohl so sein." Sie lachte über den kameradschaftlichen Rempler, den Nick ihr damit verpasste.

„Kann ich dir helfen?"

Katja nahm den Blick von ihren mehligen Händen und sah Nick erstaunt an.

„Keine Angst, ich nehme auch kein Salz statt Zucker, versprochen!"

Sie deutete mit dem Ellenbogen zum Spülbecken. „Dann wasch dir erst mal die Hände."

Er folgte ihrer Aufforderung, und Katja wischte sich mit dem Handrücken eine aus ihrem Pferdeschwanz gelöste Haarsträhne aus dem Gesicht. Seine Nähe und sein Interesse an dem, was sie tat, wühlten sie auf. Die Vorfreude darüber, ihn ein bisschen herumkommandieren zu können, unterdrückte jedoch dieses irritierende Duo aus Fluchtinstinkt und dem Wunsch, in seiner Nähe sein zu dürfen.

Nick ließ sich seine Aufgabe erklären und setzte sie penibel und geduldig um. „Darf ich dich etwas fragen?", begann er erneut eine Unterhaltung.

„Sicher."

„Arbeitest du gern als Lehrerin?"

Katja atmete tief durch und legte ihre Hände auf der bemehlten Arbeitsplatte ineinander. Mit genau derselben Frage begann nahezu jedes Gespräch, das sie mit ihren Eltern oder ihrer Schwester führte.

„Ja", sagte sie fest. Überzeugt.

Er stand ebenso reglos da wie sie, also wagte sie es schließlich, ihn anzusehen. Seine dunklen Augen waren interessiert, und nicht etwa zweifelnd, auf sie gerichtet. Sie senkte schnell den Blick, um nicht noch länger völlig fasziniert die zimtfarbenen Sprenkel darin zu bewundern. Wie brachte dieser Kerl es nur fertig, sie dermaßen für sich einzunehmen? Und das nun schon seit so vielen Jahren?

„Ich finde es faszinierend zu beobachten, wie Kinder mehr und mehr Zusammenhänge begreifen, wie sie zu experimentieren beginnen, den Mut entwickeln, selbstständig zu denken, Fragen zu stellen, sich auszuprobieren und darin ... wachsen. Wie sie immer mehr Sicherheit erlangen und wie ihr Selbstbewusstsein aufblüht.“ Letzteres war ihr besonders wichtig.

Nick schwieg. Glaubte er ihr nicht? Oder dachte er dasselbe wie ihre Familie? Dass sie sich unter Wert verkaufte und ihre kostbare Lebenszeit verschwendete?

Sie zwang sich, ihn anzusehen. Sein Blick war ernst.

„Ich denke, die Kinder in deiner Klasse können sich glücklich schätzen, dich als Lehrerin zu haben.“

Tränen fluteten Katjas Augen. Sie hatte nicht damit gerechnet, dass Nick ihr Respekt für ihre Berufswahl zollen würde. Obwohl dieses Gespräch wie eine der schwierigen Diskussionen begonnen hatte, die sie regelmäßig mit ihrer Familie führen musste, hatte es doch einen völlig anderen Verlauf genommen. Schnell senkte sie den Kopf und bearbeitete erneut mit kräftigen Bewegungen ihren Teig. Ob Nick auch nur ansatzweise ahnen konnte, dass sie ihm gerade ihr Herz in die Hände gelegt hatte? Dass dieses aufgrund seiner Worte ein Stück weiter heilte, die Narben sogar leicht verblassten? Und ganz gleich, wie sehr sie es hatte schützen und zurückhalten wollen – in diesem Moment war es ihm zugeneigter als je zuvor.

„Ich wette, deine Schüler werden bereits nach der Grundschule Quantenmechanik, Elektrodynamik und lineare Algebra beherrschen und im Alter von dreizehn, so ganz locker neben der Schule her, Mathe oder Physik studieren.“

Er zog sie auf, aber das war okay für sie. So war er nun mal, damit kam sie klar. Und hatte Jeffrey ihr nicht gesagt, dass es Nicks Art sei, Gefühle hinter flotten Sprüchen zu verstecken? Vermutlich hatte er ihren inneren Kampf gegen die Tränen mitbekommen.

Sie atmete einmal tief durch und brummte ihn gespielt vorwurfsvoll an: „Wenn du die Pottasche und die Milch weiter so malträtierst, wird aus den Lebkuchen doch noch ein Schinken."

„Flädle hat mich dahingehend bestochen."

In diesem Moment brachen die Gesellschaftsspieler in schallendes Gelächter aus, fast so, als hätten sie Nick gehört.

„Flädle ist zu sehr damit beschäftigt, seinen Zug zu überdenken."

„He, Flädle, Scarlett hat gerade gesagt –"

Katja unterbrach ihn energisch, vorrangig, um den ahnungslosen Flädle aus der Schusslinie zu nehmen. „Jetzt musst du das Gemisch hier hineinrühren und dann kannst du dich um das Hirschhornsalz kümmern."

„Jawohl, Boss." Nick grinste, befolgte aber ihre Anweisung. „Du machst das sogar mit Erwachsenen, nicht wahr?"

„Was meinst du?"

„Sie anleiten. Ihnen dabei helfen, die Welt zu verstehen, und ihnen Selbstbewusstsein vermitteln."

„Ein paar von denen da drüben am Tisch haben das wahrscheinlich dringend nötig – schon aus dem einen Grund, weil du auf die seltsame Idee gekommen bist, ihnen den Urlaub zu verderben", konterte sie.

„Das war jetzt aber gar nicht nett von dir."

„Du hältst das aus."

„Klar tue ich das. Aber zu meiner Verteidigung: Carola hat mich eingeladen. Sie meinte wohl, es könnte nicht schaden, wenn sich unsere Beziehung zueinander ein bisschen ... entspannt."

„Ist sie eure Betriebspsychologin?"

„So was in der Art. Ich denke, sie wollte mich mit der Kollegin verkuppeln, die kurzfristig abgesprungen ist. Die Frau ist wirklich intelligent und hat den Braten schon gerochen, bevor Carola ihn auch nur einkaufen konnte. Das habe ich schon bei ihrem Bewerbungsgespräch vor fünf Wochen bemerkt."

Katja verdrehte die Augen. Das war typisch für Carola. Und jetzt war Katja für diese Frau eingesprungen und sollte mit Peter verbandelt werden.

„Ich habe was vergessen. Bin gleich wieder zurück."

„Ob dein Teig dann noch da ist ..." Nick schob sich demonstrativ eine große Portion der klebrigen Masse in den Mund.

„Zur Not schiebe ich dich gleich mit in den Backofen."

„Hexe!", zischte er ihr zu.

„Was glaubst du, warum ich Lebkuchen backe? Natürlich für mein Knusperhäuschen."

Nick schlug mit dem Handtuch nach ihr. Katja war jedoch flink genug, um ihm zu entkommen. Sie verließ die Küchenzeile und trat hinter die Bar, wo sich Peter gerade ein Glas Rotwein einschenkte. Ob er sie und Nick beobachtet hatte?

Katja schob den Gedanken als unsinnig beiseite. Peter war kein bisschen auf Carolas Verkupplungsversuche eingegangen. Sie trat hinter ihm vorbei in Richtung Wendeltreppe, zuckte aber erschrocken zusammen, als Carola plötzlich aufschrie und beide Hände in die Luft warf. Auch Peter wirbelte herum.

„Erwischt!", jauchzte Carola. Sonja grinste und Flädle blickte verwirrt auf das Spielfeld, wohl weil er befürchtete, dass sie gerade alle gegen die Fantasyfigur des Spiels verloren hatten und ihm das irgendwie entgangen war. Von Jeffrey hingegen kam nur ein knapper Kommentar, der sich verdächtig nach „Kindergarten" anhörte.

„Schaut doch mal hoch!", forderte Carola Katja und Peter auf, die ihrer Anweisung umgehend Folge leisteten. Über ihnen drehte sich ein Mistelzweig an einem goldenen Schmuckband, dessen längliche Blätter vom flackernden Kaminfeuer angeleuchtet wurden. Die kleinen, eigentlich weißen Früchte, schimmerten in einem sanften Orangeton.

Noch ehe Katja begriff, was mit ihr geschah, packte Peter sie an den Oberarmen, zog sie zu sich und drückte seine Lippen auf ihren Mund. Dann ließ er sie wieder los, ergriff sein Weinglas und setzte sich zurück auf seinen Platz. Völlig überrumpelt starrte Katja auf seinen Rücken, bis es ihr schließlich gelang, sich aus der Schockstarre zu befreien, die sie erfasst hatte. So viel Aufmerksamkeit war ihr nach wie vor unangenehm. Hastig betrat sie die erste Stufe der Wendeltreppe, dabei hörte sie Jeffrey sagen: „Die Mistel gehört zur Familie der Santalaceae. Sie entzieht ihrem Baumwirt Wasser und Nährstoffe und ist somit ein Halbparasit."

Katja schloss für einen Moment erleichtert die Augen, denn Jeffrey war es gelungen, das Interesse der anderen von ihr auf sich zu lenken. Er war einfach großartig!

„Woher dieses Kuss-Spiel stammt, ist unklar. Es gibt mehrere Vermutungen, die aber allesamt uninteressant sind. Fest steht, dass der Brauch aus dem England des 18. Jahrhunderts stammt." Er murmelte weitere Sätze vor sich hin, darunter noch einmal das Wort „Parasit", doch den Rest konnte Katja nicht mehr verstehen. Als sie in der Mitte der Wendeltreppe angekommen war, konnte sie Nick in der Küchenzeile sehen. Er lehnte an der Spülmaschine, hatte die Arme vor der Brust verschränkt und taxierte Peter, als habe dieser gerade die komplette Abteilung blamiert oder – schlimmer noch – sein gesamtes Unternehmen in den Ruin getrieben.

In ihrem Zimmer angekommen, rieb sie sich mit der geballten Faust mehrmals über die Lippen. Der Kuss war nicht unangenehm gewesen, und sie wusste, dass es nur ein Spaß hatte sein sollen. Aber genau das setzte Katja zu. Sie wollte nicht aus Jux und Tollerei geküsst werden. Eine tiefe Sehnsucht nach Anerkennung, Geborgenheit und Liebe stieg in ihr hoch und ließ sie in den Sessel sinken. Das Gefühl der Unzulänglichkeit war zurück, obwohl sie geglaubt hatte, es überwunden zu haben. Damals, als ihr die Diakonin einen Auszug aus Psalm 139 überreicht und ihr zugesprochen hatte: „Gott schaut dich an. Er wollte *dich* haben, und er liebt dich. Nicht trotz all deiner Fehler, sondern mit ihnen. Nicht weil du erfolgreich bist, eine Schönheit oder nahezu perfekt, sondern weil du sein geliebtes Kind bist. In seinen Augen bist du unendlich wertvoll."

Es war unsagbar schwer für Katja, ihre Erinnerungen für immer loszulassen, denn sie hatten über viele Jahre hinweg ihr Denken geprägt. Das Gefühl, nicht geliebt zu sein, saß zwar nicht mehr in ihrem Herzen, aber es turnte dennoch wie ein kleiner Kobold durch ihren Kopf. Von Zeit zu Zeit erwachte er zu neuem Leben und flüsterte ihr zu: *Du bist nichts wert.* Wie schon so oft zuvor hielt Katja dagegen und murmelte: „Ich bin wertvoll. Und ich bin geliebt." Der Glaube daran, dass dies der Wahrheit entsprach, half ihr, die Stimme in ihrem Kopf wieder zum Schweigen zu verdonnern.

Außerdem hatte Nick nicht in die gleiche Kerbe geschlagen, die ihre Eltern und ihre Schwester seit Jahren immer tiefer in sie hineintrieben. Doch letztlich wusste sie nicht, was er bei ihrem Gespräch wirklich gedacht hatte, oder? Fragte er sich, genau wie ihre Familie, warum sie nicht endlich ihr volles Potenzial nutzte? Sie könnte ein zweites Studium beginnen. Mathe oder Physik. Sie könnte erfolgreich sein und etwas Großes für die Menschheit vollbringen. Ihre Eltern sahen eine zukünftige Nobelpreisträgerin in ihr – keine Grundschullehrerin in einem kleinen Städtchen im Schwarzwald. Schließlich war sie der Spross eines Chefarztes und einer Koryphäe im Bereich der Krebszellenforschung, und die Schwester einer angehenden Professorin für Ingenieurwissenschaften.

War es denn so schwer zu verstehen, dass ihr Lebensentwurf anders aussah als der ihrer Familie? Dass sie nicht ausschließlich für ihre Arbeit, ihre Karriere und den Erfolg leben wollte? Für Dinge, die ihrer Meinung nach genauso vergänglich waren wie die Eisblumen an den Fensterscheiben ihres Ferienhauses? Wer seine Berufung darin sah, seine Karriere voranzutreiben und sich in der Welt einen Namen zu machen, konnte das gern tun. Katja wollte aber lieber im Kleinen wirken und für ihre Mitmenschen da sein – und vielleicht eines Tages auch für ihre eigene Familie. Sie wollte ihren Schülern Halt geben in Zeiten, in denen Kinder oft genug kein offenes Ohr mehr fanden, ihnen wenig Freiraum geschenkt wurde und sie ausschließlich funktionieren mussten. Sie wollte die Einsamen, Kranken und Alten nicht einfach vergessen, sondern denen, die ihre Aufmerksamkeit, Fürsorge und Liebe brauchten, genau das geben. Doch offenbar zählte das heutzutage nichts mehr.

Erst vier Stunden später war Katja wieder in der Verfassung, zu den anderen zurückzugehen, auch wenn sie sich noch immer etwas unbehaglich fühlte. Die Runde am Esstisch hatte mittlerweile ein anderes Gesellschaftsspiel ausgepackt. Nick saß neben Jeffrey, und die beiden unterhielten sich leise, während sie den Blick auf die Fensterfront gerichtet hatten. Da es draußen allerdings schon dunkel war, sahen sie vermutlich nicht mehr als ihr Spiegelbild und das flackernde Feuer.

Katja kehrt in die Küche zurück und holte den Teig aus dem Kühlschrank, wo er zwischenzeitlich kalt gestellt worden war. Sie lauschte dem fröhlichen Gelächter und dem gegenseitigen, gutmütigen Spott der Spieler, während sie die von Hand geformten kleinen Lebkuchen auf ein Backblech legte und in den Backofen schob.

Nachdem sie die Backutensilien gespült hatte, blieb sie unschlüssig hinter der Küchentheke stehen.

„Was macht dein vegetarischer Schinken?“, rief Nick ihr zu, ohne sich umzudrehen. Offenbar hatte er sie in der spiegelnden Scheibe beobachtet.

„Der liegt faul herum und genießt das Solarium.“

„Ein Solarium. Und eine Sauna. Beides fehlt hier ganz eindeutig“, seufzte Carola.

„Der Backofen ist gleich wieder frei“, antwortete Katja.

Die Runde am Tisch lachte, und Peter streckte anerkennend einen Daumen in die Luft. Nick drehte sich zu ihr um. „Ich helfe dir dabei, Carola auf die passende Größe zusammenzufalten.“

Katja musterte die Tischrunde. Kam es ihr nur so vor, dass Nick das durchaus ernst gemeint hatte? Da seine Kollegen ihn und seine Anspielungen offenbar wirklich nicht durchschauten, blieb die versteckte Drohung der Frau gegenüber, die den Mistelzweig aufgehängt hatte, unbemerkt.

Katja ließ sich in den Sessel fallen und putzte ihre Brille mit dem Saum ihres Sweatshirts, bevor sie sich erneut in ihren Roman vertiefte. Erst als ihr Handy-Wecker klingelte, hob sie ihre Nase wieder aus dem Buch und sprang auf. Sie genoss den Duft von Frischgebackenem, als sie die flachen, leicht unförmigen Gebäckstücke aus dem Ofen holte. Schließlich stellte sie einen Teller auf den Tisch, und einen weiteren reichte sie Jeffrey und Nick, der sofort beherzt zugriff.

„Du magst Lebkuchen doch gar nicht“, protestierte Jeffrey prompt.

„Wer behauptet denn so was?“

„Du.“

„Wann?“

„Gerade eben.“

„Blödsinn!“

„Du hast gesagt, dass einzig Leckere daran sei der Zimt und –“

Nick brachte seinen Freund zum Schweigen, indem er ihm einen Lebkuchen in den Mund schob.

„Du plauderst eindeutig zu viele Geheimnisse aus."

„Ich habe gar keine", erwiderte Jeffrey mit vollem Mund.

Nick biss ein großes Stück ab, kaute, schluckte und lächelte dann Katja an, die nach ihrem Buch gegriffen hatte, um zu Bett zu gehen. „Die sind dir wirklich gut gelungen."

„Danke."

„Natürlich nur, weil du eine erstklassige Hilfskraft hattest."

„Die Betonung liegt auf *Hilfskraft*."

„Du und Jeffrey, ihr beide seid heute nicht nett zu mir."

„Weil du es nicht anders verdient hast." Jeffrey schob sich einen weiteren Lebkuchen in den Mund und verdrehte genießerisch die Augen. Katja lächelte ihn ob dieses nonverbalen Lobes an.

„Okay. Scarlett, was muss ich tun, damit du wieder nett zu mir bist?"

„Du meinst, damit ich dir etwas mit Zimt backe, das du auch magst?"

„Sie ist wirklich ein schlaues Mädchen! Pack ein, Junge, du hast verloren!", lachte Jeffrey und nahm den nächsten Lebkuchen vom Teller. Dass Nick ihn nicht daran hinderte, war der Beweis dafür, dass er das Gebäck tatsächlich nicht sonderlich gern aß.

„Ich fürchte, du hast recht." Nicks Antwort kam leise. Dabei sah er Katja an, nicht Jeffrey. Die in ihr aufsteigende Wärme verleitete sie dazu, sich schnell von ihm abzuwenden und in Richtung Wendeltreppe zu eilen. Dem an der Decke angebrachten Mistelzweig ging sie dieses Mal jedoch geflissentlich aus dem Weg.

In ihrem Zimmer angekommen, fragte sie sich, ob es nicht besser wäre, wenn sie wieder abreisen würde. Dieses Gefühlschaos tat ihr nicht gut. Andererseits wäre Weihnachten bei ihrer Familie wohl keinen Deut entspannter. Hier wurde sie wenigstens nicht mit Forderungen bedrängt, die sie nicht erfüllen konnte und die sie glauben ließen, dass sie falsche Entscheidungen getroffen hatte und dass sie und ihr ganzes Leben nichts wert waren. Jeffrey mochte sie und von Carola, Peter, Sonja und Flädle wurde sie weitestgehend akzeptiert. Sie vermittelten ihr zumindest nicht das Gefühl der Unzulänglichkeit, das sie von Kindesbeinen an ertragen, irgendwann jedoch zu bekämpfen begonnen hatte. Und was war mit Nick?

Katja warf ihr Buch auf den Sessel und ließ die Jalousie herunter. Sein Wunsch, Carola zusammenzufalten und sein missbilligender Blick gegenüber Peter, nachdem dieser sie geküsst hatte, ließen ihr einen weiteren heißen Schauer über den Rücken laufen. Ihre Empfindungen hatten weder etwas mit Physik noch mit Mathe zu tun, und dennoch stand ihr plötzlich eine Gleichung vor Augen, die einen Sinn ergab. Nick mochte sie. Vielleicht war es sogar all die Jahre der Fall gewesen. Er versteckte seine Gefühle hinter seinen mal mehr, mal weniger ausgelassenen Sprüchen. Vielleicht sogar hinter einer Art ... Oberflächlichkeit? Ihr gegenüber war er immer überaus frech aufgetreten. Weitaus häufiger und heftiger, als er das bei anderen Frauen getan hatte, jedoch ohne jemals ausfällig zu werden. Die Gleichung ging auf. Und das Ergebnis war noch verwirrender als die Suche nach einer Lösung, um die sie sich seit ihrer gemeinsamen Schulzeit ständig gedrückt hatte.

4. Kapitel

Am nächsten Morgen wanderte Katja in nördlicher Richtung den Strand entlang. Zwar war das Quecksilber im Thermometer ein wenig nach oben geklettert, doch der auffrischende Wind machte jedes Gefühl von Wärme wieder zunichte. Ein klarer blauer Himmel spannte sich über das Land, und der mit Eis überzogene Dünenbewuchs duckte sich leise klirrend unter den böigen Angriffen des Windes. Die zarte Wintersonne tauchte die Sandhügel in ein goldenes Licht und ließ die Nordsee wie einen sanft wogenden hellblauen Samtstoff erscheinen, auf den man glitzernde Diamanten gestreut hatte.

Katja umrundete eine neugierig anmutende, da weit in den Strand hinausragende Düne, als plötzlich ein schwarzer Schatten auf sie zu schnellte. Ein großer Hund mit zotteligem Fell näherte sich ihr in rasanter Geschwindigkeit. Sie blieb stocksteif stehen und atmete erleichtert auf, als das Tier nur schwanzwedelnd und freudig bellend um sie herumsprang, ohne an ihr hochzuspringen oder gar nach ihr zu schnappen.

Eine dick vermummte Gestalt eilte herbei, und Katja erkannte auf den ersten Blick, dass die Frau schwanger war. Also ergriff sie den Neufundländer am Halsband und dirigierte ihn neben sich her in Richtung seiner Besitzerin.

„Entschuldigen Sie bitte“, keuchte die Frau.

„Es ist alles in Ordnung. Der Hund ist ja wirklich ein ganz lieber.“

„Wenn er will, dann schon.“ Das ansteckende Lachen der jungen Frau gefiel Katja. Aufmerksam betrachtete sie deren rundliches Gesicht und runzelte dann die Stirn. Die Frau kam ihr irgendwie bekannt vor.

„Sind Sie nicht Leos Lehrerin?“, wurde sie prompt gefragt.

„Richtig. Und Sie waren ebenfalls auf Patricks und Deboras Hochzeit.“

„Das stimmt. Ich kenne Patrick schon lange. Er war mit meiner Freundin verheiratet ...“ Die Frau zog einen Handschuh aus und streckte Katja ihre Rechte entgegen. Katja drückte diese, bevor sich beide im Eiltempo die Handschuhe wieder überzogen.

„Ich bin Chiara.“

„Katja.“

„Eines will ich gleich mal klarstellen: Ich habe dich nicht hierher verfolgt.“

Katja lachte auf. „Das habe ich auch nicht angenommen.“

„Das ist so eine Ehefrauenkrankheit. Mein Mann schreibt Thriller.“

Katja, die dies bereits von Debora wusste, deutete einladend den Sandstrand entlang. Vielleicht hatte Chiara ja Lust auf einen gemeinsamen Spaziergang.

„Patrick arbeitet gelegentlich für ein dänisches Unternehmen, das unter anderem zwei Strandhäuser besitzt, und eines davon hat Patrick uns vermittelt. Mein Mann steht kurz vor einem Abgabetermin, den er kaum noch einhalten kann. Ich nehme an, du machst Urlaub in dem anderen Ferienhaus?“

„Richtig, es liegt nur ein paar hundert Meter weiter den Strand hinab.“ Katja amüsierte sich über Chiaras Elan und die Geschwindigkeit, mit der sie die Themen wechselte.

„Vielleicht komme ich dich mal besuchen. Spätestens wenn Forster wieder mal stundenlang in seine Geschichte abtaucht, undefinierbares Zeug vor sich hinmurmelt und mich als sein Dienstmädchen benutzen will. Oder falls dieser kleine Fußballer in meinem Bauch beschließt, drei Wochen vor Anpfiff aufs Spielfeld zu laufen.“

„Ich bin aber keine Hebamme!“

„Alles ist besser als ein Autorenehemann, der vielleicht irgendwann einmal eine Recherche darüber betrieben hat, wie man im Mittelalter Kinder zur Welt gebracht hat!“

„Okay, wenn es so weit sein sollte, solltest du wirklich vorbeikommen!“

Chiara rief ihren wild im nassen Sand herumtobenden Hund zu sich, der auf den Namen Shakespeare hörte, was Katja überaus lustig fand. Sie winkte Katja zum Abschied und ging schwerfällig auf das zweite, in den Dünen versteckte Gebäude zu. Bei näherer Betrachtung stellte Katja fest, dass dieses Haus einen Wintergarten hatte, in dem sich ein Pool, ein Whirlpool und – so vermutete sie – auch eine Sauna befanden. Sie beschloss, dies jedoch tunlichst für sich zu behalten, damit Carola nicht noch versuchen würde, die Nachbarn zu einem Haustausch zu animieren.

Als sie ins Ferienhaus zurückkehrte, rüsteten sich die anderen gerade für ihren Ausflug nach Grenen, die äußerste Spitze Jütlands auf einer 30 Kilometer langen Landzunge. Da es Katja während ihres kleinen Spaziergangs kalt geworden war, huschte sie schnell in ihr Zimmer hinauf und tauschte ihre Jeans gegen eine beigefarbene Skihose. Wieder unten angekommen, fiel ihr auf, dass sich Nick für das gleiche praktische Kleidungsstück in Schwarz entschieden hatte – vermutlich, weil sie beide die Einzigen waren, die an diesem zwar sonnigen, aber windigen Tag bereits das Haus verlassen hatten. Jedenfalls wurde Nicks Hinweis ignoriert, dass sich alle besser sehr warm anziehen sollten.

„Es ist nie gut, gegen den Chef zu rebellieren“, flüsterte er Katja zu, als sie in Carolas Beetle stieg. Er beugte sich herunter und fügte hinzu: „Vielleicht hättest *du* ihnen den Bekleidungstipp geben sollen.“

„Sie werden die Konsequenzen tragen müssen.“

„Oder wir!“ Nach dieser kryptischen Antwort setzte er sich hinter das Steuer eines Toyotas, bei dem es sich eindeutig um das älteste Auto in dem kleinen Fuhrpark handelte. Zurück blieb nur der Minivan mit dem Schweizer Kennzeichen, der, wie Katja jetzt wusste, Chiara und ihrem Ehemann gehörte, die in dem Ferienhaus wohnten, das über den zweiten Bohlenweg zu erreichen war.

Die etwa halbstündige Fahrt durch die einsame, von brachliegenden Feldern durchzogene Landschaft verlief für Katja ruhig, da sich Peter und Carola angeregt unterhielten. Als sie durch die Stadt Skagen fuhren, bogen sie nicht in Richtung des Skagener Bunkermuseums ab, sondern hielten sich weiter westlich und passierten einige Zeit später eine Anlage mit einem seltsamen Turm, dessen Nutzen sich Katja nicht erschloss. Schließlich hielten sie auf einem sandigen Parkplatz hinter einer Dünenreihe an und gingen zu Fuß weiter. Der Zugang zu dem weitläufigen Sandstrand führte sie an einem Verbotsschild für Kraftwagen vorbei und an einer Warntafel mit dem Hinweis, dass das Schwimmen an diesem Strandabschnitt aufgrund der starken Strömungen gefährlich war. Kaum, dass sie den Schutz der Dünen verlassen hatten, blies ihnen ein kräftiger Wind entgegen, der aufgewirbelten Sand mit sich trug, sodass Katja sich schnell wieder den Schal über die Nase zog.

Der Wind hatte deutlich an Stärke zugenommen, war jedoch nicht mehr ganz so frostig wie am Vortag. Beinahe wütend peitschte er die graue Nordsee auf. Große Wellen schlugen schäumend und donnernd auf dem Sandstand auf. Weiße Gischt spritzte hoch und wurde meterweit davongetragen. Katja betrachtete kritisch die bleigraue Wolkenfront, die sich ihnen aus östlicher Richtung näherte. Vermutlich würde es nicht lange dauern, bis sie sich vor die blassgelbe Sonne schob. Dennoch schritt sie kräftig aus, wollte sie doch unbedingt die Stelle erreichen, an der sich die Nordsee mit der Ostsee verbrüderte.

Obwohl Katja schon mehrmals hier gewesen war, beeindruckte sie wieder einmal die Weite des Sandstrandes und der angrenzenden Dünenlandschaft, die ihr vorgaukelte, sich durch eine Sandwüste zu bewegen. Allerdings vermittelte ihr die salzige, kalte Luft dieses Mal eher den Eindruck, als befinde sie sich auf einer Arktisexpedition. Sie fand die Weite einfach herrlich, und gegen die Elemente zu trotzen gab ihr ein Gefühl von Ungebundenheit und Freiheit. Laut lachend breitete sie die Arme aus und drehte sich einmal um sich selbst. Dabei stellte sie fest, dass sich ihre Gruppe bereits dezimiert hatte. Carola und Sonja hatten offenbar schon vor dem Wind und der Kälte kapituliert und waren umgedreht. Jeffrey hielt den Kopf tief gesenkt und befand sich mit Nick, der sie bei ihrem kindlichen Gebaren beobachtet hatte, knapp hinter ihr. Flädle und Peter waren etwas zurückgefallen.

Zielstrebig ging Katja voran, obwohl sie den Eindruck hatte, der Weg wolle einfach kein Ende nehmen. Als nur wenige Schritte von ihr entfernt einige Seehunde ins Wasser flüchteten, blieb sie stehen und presste sich vor lauter Begeisterung die Hände auf den Mund. Jeffrey und Nick schlossen zu ihr auf.

„Ist das nicht toll?“, jubelte Katja und schaute die beiden Männer freudestrahlend an. Jeffrey hob den Kopf nur so weit, dass er ihr einen zweifelnden Blick zuwerfen konnte. Sein Gesicht war knallrot, offenbar litt er erbärmlich unter dem Wind.

Nicks Worte wurden von einer Bö davongetragen, allerdings war sich Katja sicher, etwas wie: „Du bist erstaunlich“, gehört zu haben. Seine Äußerung wärmte sie von innen. Sie tanzte förmlich über den Strand, sprang über angeschwemmtes Treibholz und versuchte, die Möwen zu jagen. Schon lange hatte sie sich nicht mehr so gut gefühlt.

„Hast du irgendwo ein Rädchen, an dem man dich aufziehen kann?“, rief Nick ihr zu.

„Ja!“, rief sie zurück, während sie rückwärts vor ihm herging.

„Und gerade hat es jemand überdreht?“

„Ja, und zwar du!“

„Wie das denn?“

Katja lachte nur, drehte sich um und lief noch schneller, sah sie in einiger Entfernung doch graue Riesenwogen auf blassblaue Wellen treffen. Das Wasser spritzte meterhoch in die Luft und glitzerte unter der tief stehenden Wintersonne wie Goldregen, der vor der grauen Wolkenwand umso mehr funkelte. Endlich erreichte sie die Spitze Jütlands und trat auf die kleine, leicht gebogene Sandbank hinaus, vor der sich das schäumende, gurgelnde und donnernde Spektakel abspielte, musste aber rasch zurückweichen, als eine größere Welle auf sie zurollte. Vollkommen fasziniert beobachtete sie das Spiel der beiden aufeinandertreffenden Meere, wobei die Nordsee, obwohl der Wind von Nordosten kam, ein wenig wütender wirkte als ihr Gegenpart.

Etliche Minuten vergingen, und Katja wandte sich erst von dem Schauspiel ab, als sie bemerkte, dass sich ihr jemand näherte. Es war Nick, der hinter sie trat, ansonsten war niemand mehr zu sehen. Sie waren allein. Gemeinsam standen sie vor den schäumenden Wassermassen, auf einem scheinbar endlosen Sandstrand und unter einer gewaltigen Wolkenfront, die gerade den blauen Himmel auffraß und die Sonne verschluckte. Zwei Menschen, umgeben von, wenn auch nur vorgetäuschter, dreifacher Unendlichkeit.

„Wo sind denn alle hin?“, rief sie gegen das Meerestosen an.

„Ihnen war zu kalt, sie sind zum Parkplatz zurückgegangen.“

„Man sollte nie gegen den Chef rebellieren.“

„Meine Worte!“ Nick grinste sie an, zog aber augenblicklich die Schultern hoch, als eine kräftige Bö salziges Wasser in ihre Richtung trieb.

„Ist das nicht fantastisch? Ich bin jedes Mal aufs Neue überwältigt von dem Anblick“, schwärmte Katja, die Augen wieder auf die aufeinanderklatschenden Wellenfronten gerichtet.

„Womit habe ich dich vorhin aufgedreht?“

„Siehst du, wie die Farben ineinander verlaufen?“

„Nun sag schon, Scarlett.“

„Ich glaube, ich habe da vorn gerade einen Seehund gesehen."
„Katja!"
Nick stand jetzt ganz nah bei ihr. Sein Blick war vollkommen ernst. Katja hatte schon immer gewusst, dass er eine nachdenkliche und sensible Seite hatte, obwohl er in der Schule und bei den Treffen mit anderen Studenten gern Sprüche geklopft hatte. Ihr gegenüber war er dabei immer besonders frech, ja, beinahe schon dreist aufgetreten. Dass er sich dafür interessierte, was sie ihm gegenüber vorhin angedeutet hatte, überraschte sie daher nicht; die Intensität, mit der er auf eine Antwort drängte, allerdings schon.

Katja gab es auf, die Haarsträhnen zurückzustreichen, die ihr der Wind ständig ins Gesicht wehte. Die zuvor in ein cremefarbenes Licht getauchte Landschaft wurde nun in eine beinahe bedrohlich anmutende Dämmerung getaucht. Dabei nahm die Nordsee eine fast schwarze Farbe an, die Ostsee schimmerte dagegen in einem giftigen Grüngrau. Ein weiterer kräftiger Windstoß peitschte das Wasser auf. Die Wellen schlugen aufeinander ein, erhoben sich meterweit dem wolkenverhangenen Himmel entgegen. Ein salziger Nebel hing in der Luft. Die Umgebung wirkte schlicht feindlich, doch Katja sah nur die warme Zimtfarbe in Nicks Augen.

„Du hast gesagt, dass sich meine Schüler glücklich schätzen können, mich als Lehrerin zu haben ..." Sie blinzelte, weil ihr der Wind erneut eine Haarsträhne ins Gesicht wehte. „Und vorhin meintest du, ich sei erstaunlich. Das hat noch nie jemand zu mir gesagt. In meiner Familie bin ich immer nur das schwarze Schaf."

„So ein Blödsinn", hörte sie ihn knurren. Sie senkte den Kopf und spürte dem süßen Schmerz in sich nach. Er klang so überzeugt.

„Du hast das Abitur mit einem Schnitt von Eins-Komma-Null bestanden. Du liebst deinen Beruf und bist garantiert auch gut in dem, was du tust. Du –"

Nick unterbrach sich selbst, und Katja zuckte zusammen, als sie seine kalten Hände auf ihren Wangen spürte. Er zwang sie, den Kopf zu heben und ihn anzuschauen. Er hatte die Stirn gerunzelt, seine Augenbrauen waren wütend zusammengezogen. Dennoch hielten seine Hände sanft ihr Gesicht, in seinen Augen las sie Kummer.

„Du hast in der Oberstufe nur noch gebüffelt, nicht wahr? Ich habe dich in dieser Zeit nie mehr im Schwimmbad oder auf dem Sportplatz gesehen. Du wolltest ... deinen Eltern etwas beweisen, stimmt's?"

Katja biss sich auf die Unterlippe. Sie liebte ihre Eltern und ihre Schwester und wollte nicht, dass Nick schlecht von ihnen dachte. Trotzdem zwang sie sich zu einem beipflichtenden Nicken.

„Du bist auch ohne gute Noten wertvoll, Scarlett. Ohne eine erfolgreiche Karriere, und ohne überall die Beste sein oder dir einen Namen machen zu müssen, wie es deine Eltern und deine Schwester tun. Du bist wertvoll, so wie du bist."

„Ich weiß", flüsterte Katja, wohl wissend, dass Nick es über dem Toben des Windes und der Wellen nicht würde hören können. Er hinderte sie daran, den Kopf erneut zu senken, indem er ihr Gesicht noch ein wenig fester in seine Hände nahm.

„Du bist ein fürsorglicher, hilfsbereiter und liebender Mensch. Du hast Humor und kannst leckere Lebkuchen backen", er grinste sie an, immerhin schmeckten diese ihm nicht, „und ich bin mir sicher, dass deine Schüler dir vertrauen. Sie lernen bestimmt erstaunlich viel von dir, und das nicht nur, was den Unterrichtsstoff anbelangt. Und ich weiß, dass sie dich sehr gern haben. Genau wie –"

In diesem Moment schob ein kräftiger Windstoß Katja auf Nick zu. Sie stemmte sich dagegen, indem sie sich mit ausgestreckten Armen von seinem Oberkörper wegdrückte. Er ließ sie los, vergrub die Hände in den Taschen seiner Winterjacke und wich mehrere Schritte zurück. Sie hatte ihm nicht zu nahe kommen wollen, dennoch fand sie seine heftige Reaktion irritierend.

„– deine Eltern und deine Schwester auch, obwohl sie offenbar zu ... beschäftigt und erfolgreich sind, um es dir richtig zeigen zu können", setzte er seinen unterbrochenen Satz fort.

„Das weiß ich!", erwiderte sie lahm. Die Enttäuschung über den Abstand, den er wieder zwischen ihnen aufgebaut hatte, schlug wie eine kalte Woge über ihr zusammen.

„*Heute* weißt du es, aber als Kind konntest du es nicht wissen. Damals hätten sie es dir zeigen und dich spüren lassen müssen."

„Hast du neben deinem BWL-Studium auch noch Psychologie studiert?"

Nick zog die rechte Hand aus der Jackentasche und deutete mit dem Zeigefinger auf sie; ein Hinweis darauf, dass sie gerade diejenige war, die wieder mit den kleinen Sticheleien begann. Ja, auch sie beherrschte diese Taktik, um von ihren Gefühlen abzulenken. Vor allem von denen, die sie Nick gegenüber empfand und die sich seit ihrem Wiedersehen vor einigen Tagen explosionsartig vermehrten. Irgendwie glichen sie und Nick der Nord- und der Ostsee: Sie hatten sich lange Zeit umschlichen, waren sich auf eine gewisse Art nahe gewesen und zugleich doch weit voneinander entfernt – und trafen in Dänemark nun ungebremst aufeinander.

Katja drehte sich um und schaute wieder auf die wild zusammenprallenden Wogen, wobei sie erneut einen dunklen, runden Kopf aus dem Wasser ragen sah. Der neugierige Seehund, der ihr zuvor schon aufgefallen war, spielte in den Wellen. Fasziniert wagte sie einige Schritte auf die schmale Sandbank hinaus. Auch das Tier kam näher und blickte sie aus kreisrunden schwarzen Augen interessiert an. Katja lächelte, hob dann aber irritiert den Kopf, als samtene Federn ihr Gesicht trafen. Der Wind trug Schneeflocken so groß wie Wattebäusche herbei. Und die Meere eine gewaltige Welle. Sie schwappte an Katja hoch. Erschrocken taumelte sie rückwärts, stolperte und fiel in das zurücklaufende Nass. Starke Arme rissen sie hoch. Nick stellten sie wieder auf die Füße. Eiskaltes Wasser lief ihr über den Rücken und die Beine. Sie hatte beide Handschuhe verloren und auch ihre Schuhe waren mit eisigem Wasser gefüllt.

„Hat der kleine Kerl dir zugeflüstert, dass du mit ihm um die Wette schwimmen sollst?" Nick ließ sie los und betrachtete ihre durchnässte Erscheinung.

„Du konntest ihn also auch verstehen?"

„Klar, Seehundspache war mein drittes Studienfach."

„Dann hättest du mich warnen sollen."

„Um diesen Anblick zu verpassen? Niemals!"

„Du bist ein echter Freund."

„Los, zieh die nasse Skihose aus, ich gebe dir meine."

„Damit wir beide frieren? Lass uns lieber schnell zu den Autos zurücklaufen."

Nick sah sie zweifelnd an. „Schnell, ja?" Er deutete in die Richtung, in die sie gehen mussten. Für den Bruchteil einer Sekunde waren der langgezogene Sandstrand, die weit entfernten Dünen auf der einen Seite und die tosende Nordsee auf der anderen noch zu sehen, bevor die Landschaft in einem weißen, vom Wind vor sich hergetriebenen Wirbel aus Schneeflocken versank.

Katja sah sich hilflos um. Ihre Sicht war extrem eingeschränkt. Sie hörte das Tosen der Brandung und das Zischen von umherwirbelndem Schnee und Sand, gepaart mit dem Pfeifen der auffrischenden Brise. Unheimliche Geräusche in einer Welt, die sich vor ihren Augen versteckt hielt. Die Geräuschkulisse war verwirrend, glaubte sie doch plötzlich, links von sich ein Plätschern und Rauschen zu hören. Hatte das auflaufende Wasser einen Priel, einen tiefer gelegenen Sandstreifen geflutet? Hatte das Meer sie inzwischen eingeschlossen? In welche Richtung sollten sie dann gehen? Wo war ein Ausweg? Ihre durchnässte Kleidung klebte an ihr und die eisige Kälte kroch allmählich in sie hinein. Lange würde sie das nicht aushalten können.

„Können wir nicht einfach am Ufer entlang in diese Richtung gehen?", fragte Katja zaghaft.

„Das ist wohl die beste Lösung." Nick joggte los, dicht gefolgt von Katja. Die Bewegung tat ihr zwar gut, allerdings war sie längst nicht so trainiert wie ihr Begleiter, und schon bald sah sie nur noch einen schwarzen Schatten vor sich. Sie fixierte ihn mit ihrem Blick, wollte sie Nick doch keinesfalls aus den Augen verlieren. Vielleicht sollte sie ihn rufen und ihn darauf aufmerksam machen, dass er zu schnell für sie war?

In diesem Moment stolperte sie über ein Stück Schwemmholz. Sie konnte sich nur mühsam auf den Beinen halten. Hastig hob sie den Kopf. Sie war allein. Nick war vom Schneetreiben verschluckt worden. Ihr Herz raste, ihr Atem ging heftig. Sie blieb stehen, drehte sich einmal um sich selbst. Sie sah die weißen Schaumkronen über den Sand auslaufen. Das Donnern der Brandung schwoll ohrenbetäubend an.

„Nick?", rief sie zuerst verhalten, dann lauter, angsterfüllt: „Nickolas?"

„Bleib, wo du bist!", drang seine Stimme leise zu ihr durch. Beruhigt atmete sie auf. Er war noch in der Nähe.

„Sprich weiter", wies er sie an.

„Ich finde das alles ziemlich unheimlich", schrie sie gegen die herrschende Geräuschkulisse zurück.

„Dein Held ist ja in der Nähe."

„Ein Held, der mir einfach davonrennt? Na, der kann was erleben, wenn ich ihn erwische!"

„Du warst früher sehr sportlich." Jetzt konnte sie ihn schon viel deutlicher hören.

„Früher war ich vieles, was ich heute nicht mehr bin."

„Wir sollten mal zusammen trainieren."

„Das tun wir doch gerade."

„Dann musst du dich mehr anstrengen."

„Immerhin schleppe ich einige Liter Wasser als zusätzliches Gewicht mit mir herum."

„Ich wollte dir einen Teil des Ballasts abnehmen, falls du dich erinnerst." Seine Stimme hörte sich deutlich näher an.

„Nein, mein Gehirn ist schon eingefroren."

„Ich hab dich." Nicks graue Silhouette tauchte vor ihr auf und kam ihr mit großen Schritten entgegen.

„Und wo bitte hast du den angekündigten Helden gelassen?"

Er grinste und nahm sie bei der Hand.

„Der hat gekniffen."

„Feigling!"

„Helden sind eben auch nur Menschen."

Sie joggten erneut los, dieses Mal jedoch Hand in Hand, denn offenbar wollte Nick nicht riskieren, sie noch einmal zu verlieren. Der Gedanke gefiel Katja, wurde allerdings schnell von der Anstrengung verdrängt. Irgendwann wurde sie langsamer, und Nick passte sich ihrer Geschwindigkeit an. Ihre Lunge brannte und ihre Beine schmerzten. Zwar half die Bewegung gegen die Kälte, doch Katja konnte einfach nicht mehr und blieb schließlich stehen. „Sind wir nicht längst am Parkplatz vorbeigelaufen?"

„Vielleicht sollten wir mal in Richtung Dünen gehen."

Sie wandten sich vom Meer ab, verließen den festen, teils gefrorenen Sand und erreichten zügig den aufgeworfenen, tieferen Sandabschnitt. Dieser machte das Vorankommen überaus schwierig, zumal der Wind hier vermehrt Sand aufwirbelte, der sich im Gesicht wie Schmirgelpapier anfühlte. Als das Heulen des Sturmes schließlich auch die letzten Brandungsgeräusche verschluckte, gab es inmitten des Schneetreibens nichts mehr, das ihnen dabei half, die Orientierung zu behalten.

Katja klammerte sich fester an Nicks Hand. Ihr Verstand sagte ihr zwar, dass sie nicht wirklich in Gefahr waren, denn früher oder später würden sie bei den Dünen ankommen, oder, falls sie in die falsche Richtung liefen, wieder auf das Meer treffen. Dennoch waren ihr die eingeschränkte Sicht und die damit verbundene Leere um sie herum zutiefst unheimlich.

Nick zog das Tempo wieder an, hielt sie dabei aber fest bei der Hand. Es fühlte sich gut an, ihn zu berühren, und ihre Hand in seiner war das Einzige an ihr, das sich nicht eiskalt anfühlte. Doch Katja war durchaus bewusst, dass sie nicht zu viel in die Situation hineininterpretieren durfte. Sein Zurückweichen in jenem Moment, als der Wind sie gegen ihn gedrückt hatte, war ein eindeutiges Zeichen gewesen. Er mochte sie vermutlich sehr gern – mehr aber auch nicht. Wie schon in den Jahren zuvor, hatte er weiterhin keinerlei Interesse daran, ihre Freundschaft auf eine neue Ebene zu heben. Sie atmete tief durch und spürte den Eiskristallen nach, die durch ihre Adern rieselten und ihr Herz bedrohten.

„Alles okay bei dir?" Nick blieb stehen und schaute sie besorgt an. Wie gern hätte sie sich jetzt an ihn geschmiegt ... Energisch vertrieb sie den Gedanken und besann sich darauf, dass sie nur die ehemalige Schul- und Studienkameradin für ihn war.

„Mir ist kalt. Und ich frage mich, ob wir nicht schon viel zu weit gelaufen sind."

„Ich denke, der Eindruck täuscht, weil wir nichts sehen und deshalb die Entfernungen nicht richtig einschätzen können."

Katja musste ihm recht geben. Um seinem Blick zu entkommen – oder vielmehr dem, was er in ihr auslöste –, schritt sie erneut kräftig aus, entzog ihm dabei ihre Hand und schob sie in ihre nasse Jackentasche. Alles war besser, als sich weiterhin irgendwelchen unerfüllbaren Wunschträumen hinzugeben, die sie schon vor Jahren begraben hatte und am besten niemals wieder hervorgeholt hätte.

Schweigend liefen sie weiter, bis Katja, die sich inzwischen wie eine Eisskulptur fühlte, ein erleichtertes Jauchzen ausstieß, als sie vor sich den Pfad durch die Dünen und die Schilder ausmachen konnte, die den Weg zum Parkplatz markierten. Sie seufzte dankbar auf, als sie endlich die vor dem Wind schützenden Dünen erreichten. So schnell ihre kalten Muskeln es zuließen, lief sie auf das einzige Auto zu, das noch auf dem Parkplatz stand. Nick überholte sie und öffnete die Beifahrertür, hinderte sie jedoch am Einsteigen.

„Zieh die nassen Sachen aus. Ich habe eine Decke im Kofferraum."

Katja sah sich um, was allerdings unnötig war. Hier war weit und breit niemand. Bis auf Nick. Doch der machte sich gerade an seinem Auto zu schaffen. Schnell entledigte sie sich ihrer Jacke, ihres Pullovers und zog schließlich auch noch ihr T-Shirt aus. Das Unterhemd behielt sie an. Es war eine Herausforderung, die an ihren Beinen klebende, vor Kälte und Nässe erstarrte Hose auszuziehen, zumal der Schotter wie heiße Nadeln in ihre bloßen Fußsohlen stach.

Nick kam zurück und schlang eine flauschige, wenngleich kalte Decke um sie, was jedoch allemal besser war, als weiterhin den frostigen Schneeküssen und den Böen ausgesetzt zu sein. Er schob sie auf den Beifahrersitz und half ihr mit der nassen Hose, ehe er ihre Beine ins Innere hob und rasch die Tür zuschlug. Wenig später hörte Katja den Kofferraumdeckel zuknallen und Nick rutschte neben sie. Er ließ den röhrenden, reichlich widerwilligen Motor an und drehte die Heizung auf.

„Dann tauen wir dich mal wieder auf, kleine Seehundflüsterin."

Katjas Zähne klapperten so unkontrolliert aufeinander, dass Nick sich zu ihr herüberbeugte und die Decke fester um ihre eiskalten Füße schlang. Reglos saß Katja da; sie wollte und konnte sich nicht bewegen. Ihr Körper kribbelte, als würden Tausende Ameisen über sie hinwegkrabbeln. Nick richtete sich wieder auf, sah sie an und ging dann dazu über, ihre Arme zu rubbeln. Die Decke und seine Bemühungen halfen zwar gegen das Zittern, kontraproduktiv war jedoch, dass er sie an sich zog, um ihr auch noch den Rücken massieren zu können. Wie sollte sie so einen kühlen Kopf bewahren und weiterhin Abstand zu ihm halten können? Er roch herrlich aufregend nach salziger Meeresluft und ... Sandelholz? Seine Haare kräuselten sich wilder als je zuvor, und Katja geriet in Versuchung, eine seiner kurzen Locken zu berühren. Einfach nur, um herauszufinden, wie sie sich anfühlten.

Erschrocken über die Intensität dieses Wunsches und die damit einhergehenden Gefühlswallungen wich sie zurück. Sie streifte seine raue Wange mit ihrer und spürte für einen kurzen Moment seinen Atem in ihrem Gesicht. Katja fühlte sich verloren, drohte innerlich zu verbrennen und äußerlich zu erfrieren, zumal Nick ruckartig von ihr zurückwich. Krachend legte er den Gang ein und fuhr los. Schweigend. Ohne einen weiteren Blick in ihre Richtung zu werfen. Es kam ihr vor, als wirble der dichte Schneefall nicht mehr nur draußen, sondern auch zwischen ihnen. Er raubte ihnen die Sicht aufeinander, drängte sich zwischen sie.

Katja schnallte sich an, zog die Beine an und massierte ihre eisigen Zehen. Trauer und Einsamkeit ließen sie mit den Tränen kämpfen. Doch eines verdrängte sie energisch: das Gefühl von Unzulänglichkeit. Daran lag es sicher nicht, dass sich Nick von ihr zurückzog und sich regelrecht vor ihr verschloss. Immerhin hatte er ihr vorhin versichert, dass er sie nicht für eine Versagerin hielt. Und sie glaubte ihm.

5. Kapitel

Nick schloss die Haustür auf und griff hastig nach den ersten Schuhen, die ihm in die Finger kamen. Er wollte Katja so schnell wie möglich ins Warme bringen. Also schlitterte er mehr über den Holzsteg zu ihr zurück, als dass er ging, und riss die Beifahrertür auf. Katja war blass, trotz des überhitzten Wageninneren. Ihr sandiges, salzverkrustetes Haar hing ihr wirr ins Gesicht, offenbar hatte sie nicht einmal mehr die Kraft, um es zurückzustreichen. Er übernahm das für sie, hatte dabei jedoch das Gefühl, sich gehörig die Finger zu verbrennen. Sie war tabu für ihn!

Er bückte sich und zerrte die Decke von ihren Füßen, wobei er erleichtert feststellte, dass ihre Zehen durchblutet waren. Sie hatten zwar eine leicht bläuliche Farbe angenommen, doch das würde sich mit der Zeit wieder geben. Er zog ihr die viel zu großen Schuhe an und schalt sich selbst, weil er am Strand nicht vehement darauf bestanden hatte, dass sie wenigstens seine trockene Hose anzog. Allerdings hatte auch er befürchtet, dass sie zu viel Zeit beim Umziehen vertun und dadurch nur noch länger in der feindlichen Kälte festgehalten werden würden.

„So, raus mit dir, Eiskönigin!"

„Wo sind denn die anderen?", fragte sie mit einem Blick auf den eingeschneiten Wagen mit dem Schweizer Kennzeichen.

„Ich habe keine Ahnung. Ich weiß nur, dass wir dich jetzt schleunigst ins Haus bringen müssen."

Katja nickte und schob sich vom Beifahrersitz. Als sie schwankte, griff er ihr um die Hüfte. Die Decke verrutschte und legte ihre linke Schulter frei, auf die Schneeflocken rieselten und auf ihrer

Haut augenblicklich schmolzen. War das nicht ein gutes Zeichen? So unterkühlt, wie Nick befürchtet hatte, konnte sie demnach nicht sein.

Schnell hüllte er sie wieder ein, schlug die Autotür zu und führte sie zum Holzsteg, den bereits eine fast zehn Zentimeter hohe Schneedecke zierte. Sogar die Dünen waren mit der weißen Pracht geschmückt, wobei der Wind den Schnee ständig umschichtete.

Nick schob Katja vorwärts, während er weiterhin den Arm um sie gelegt hielt. Wie gut sich das anfühlte! Er zog sie fester an sich, wohl wissend, dass er sich dadurch nur selbst quälte. Es war ihm früher schon nahezu unmöglich gewesen, genug Abstand von ihr zu halten. Ihr gemeinsames Erlebnis heute, seine Sorge um sie, ihre Nähe, die zu spüren er sich stets verboten hatte, setzten ihm nur noch mehr zu. Sie war wie Schokolade. Begann man erst einmal damit, sie zu genießen, wollte man immer mehr davon haben. Bis man sich den Magen verdarb. Und genau das würde geschehen. Er würde alles verderben und sein mit eisernem Willen und über all die Jahre aufrecht erhaltenes Versprechen sich selbst gegenüber brechen. Und er würde Katja ... ins Verderben stürzen. Dabei war sie so wunderbar geradlinig, offen und ... einfach all das, was er ihr eben am Strand gesagt hatte. Sie würde alles verlieren, wofür er sie so sehr bewunderte – einschließlich sich selbst –, wenn er zuließ, dass sie seine Gefühle zu erwidern begann.

Als sie das Ferienhaus endlich erreicht hatten, schob er sie durch die Tür und half ihr aus den Stiefeln. Sie lehnte zitternd an der Holzwand und hielt mit verkrampften Fingern die Wolldecke um ihren Körper fest.

„Ich bringe dich hoch, und dann gehst du direkt duschen. Fang bitte mit einer niedrigen Wassertemperatur an und steigere sie allmählich.“

„Ach, Medizin hast du auch noch studiert?“

„Hörst du bitte ausnahmsweise mal auf mich?“

„Ja. Und danke."

Er schob sie förmlich die Wendeltreppe hinauf, wobei sie diese sicher selbst hätte bewältigen können. Sie war unglaublich stark. Eine echte Kämpferin. Das verriet allein schon ihr liebenswerter Charakter, den sie sich bewahrt hatte, obwohl ihre Familie sie wohl ausschließlich über ihre Leistungen und ihren schulischen Erfolg definiert hatte. Und sie war darauf eingegangen, hatte sich Liebe mit Schulnoten zu erkaufen versucht. Wann hatte sie begonnen, dagegen zu rebellieren? Als sie endlich zu Hause ausziehen durfte? Hatte sie sich vielleicht sogar aus Rebellion für ein Grundschullehramt-Studium entschieden? Oder hatte sie einfach nur rechtzeitig erkannt, dass sie nicht für jene Art von Karriere geschaffen war, bei der sie sich unter Zuhilfenahme ihrer Ellenbogen gegen Konkurrenten würde durchsetzen müssen, sondern vielmehr dafür, dass sie ihre Erfahrungen nutzte, um Kindern zu helfen? Oder hatte sie sich womöglich selbst nicht *mehr* zugetraut? Wahrscheinlich war es eine Kombination aus allem gewesen. Und das Ergebnis fand er wirklich hinreißend – heute noch viel mehr als früher.

Offenbar hatte Katja beschlossen, sich nicht ihr ganzes Leben lang von Negativerfahrungen aus ihrer Kindheit beeinflussen und niederdrücken zu lassen. Aber konnte man einfach so die Entscheidung treffen, sich nicht länger fühlen zu wollen wie früher? Sie jedenfalls hatte erkannt, dass sie *jemand* war – selbst wenn andere der Meinung gewesen waren, einen Niemand vor sich zu haben, und ihr dies auch deutlich gezeigt hatten.

„Danke!", sagte Katja erneut und schloss die Tür zu dem winzigen Bad. Unschlüssig blieb Nick davor stehen. Er musste dringend zur Vernunft kommen. Seine Zurückhaltung wiedererlangen und die Schutzmauer neu errichten, die Katja bei jeder ihrer Begegnungen ins Wanken, und heute sogar zum Einsturz gebracht hatte. Denn er würde ihr nur wehtun, sie verletzen ... Oder vielleicht doch nicht? Konnte auch er sich einfach dazu entscheiden, alles anders anzupacken, als es ihm in seinen Augen vorherbestimmt war?

Nick presste die Handflächen gegen die Tür, die ihn von ihr trennte. Es war so viel mehr als nur dieses Stück weiß lasiertes Holz, das zwischen ihnen stand.

Eine tief vergrabene Sehnsucht wühlte sein Innerstes auf, grub sich wie ein Maulwurf durch die Erde an die Oberfläche hoch. Er sehnte sich nach einem liebevollen Gegenüber, nach vertrauensvollen Gesprächen und gemeinsamem Lachen und Weinen. Er wünschte sich, dass jemand sein leeres Zuhause mit Leben füllte, und ihn in die Arme nahm, wenn er abends nach einem langen Arbeitstag nach Hause kam. Nick legte die Stirn an das kühle Holz und schloss die Augen.

„Seit du damals in den Orchestergraben zurückgekehrt bist – obwohl die Zuschauer vor Lachen grölten und du dich eigentlich viel lieber verstecken wolltest –, um nach Philipp zu schauen und dich bei ihm zu entschuldigen ... Seit diesem Moment liebe ich dich", flüsterte er gegen die geschlossene Tür. „Aber ich darf es einfach nicht." Entschlossen stieß er sich ab und ging weg.

Katja hatte die Augen weit aufgerissen und rutschte mit dem Rücken an der Tür entlang, bis sie auf dem gefliesten Boden zum Sitzen kam. Die Fußbodenheizung strahlte eine angenehme Wärme aus, doch in ihr herrschte ein einziges Chaos. Der Schneesturm war in ihr Herz gezogen und verwehrte ihr den Blick auf das, was Nick so sehr quälte. Er liebte sie? Und das schon seit dem Vorfall während der Theateraufführung, wie er ihr gerade ungewollt verraten hatte. Und dennoch verbat er sich seine Gefühle ihr gegenüber. Weshalb tat er das nur?

Katja rappelte sich auf, unschlüssig darüber, ob sie wütend oder zutiefst verletzt war. Sie ließ die Decke am Boden liegen, trat hinter die Glaswand der Duschkabine und drehte das kalte Wasser auf. Während sie sich langsam aufwärmte, mischten sich ihre Tränen mit den perlenden Wassertropfen.

Als sie eine Stunde später die Wendeltreppe hinunterstieg, musste sie feststellen, dass Nick und sie noch immer allein waren. Sie hatte keine Ahnung, ob sie das gut oder eher bedenklich finden sollte. Im Kamin brannte ein Feuer und die vor den Fenstern tanzenden Schneeflocken flohen gelegentlich mit einer peitschenden Windbö. Katja war sich noch immer im Unklaren darüber, ob sie angesichts von Nicks Geständnis tanzen oder lieber schleunigst aus seiner Nähe fliehen sollte. Doch für den Augenblick kam sie hier ohnehin nicht weg. Sie konnte ja wohl kaum Nicks Wagen klauen, um damit zum nächsten Bahnhof zu fahren.

Sie sah sich suchend um und entdeckte ihn in der Küchennische, wo er am Herd zugange war. Der Duft von gebratenen Kartoffeln lag in der Luft. Am Fuße der Treppe angekommen, blieb sie zögernd stehen. Noch immer fühlte sie eine heimtückische Kälte in sich, die trotz der warmen Dusche, den zwei Paar Socken, einer Leggins unter der Jogginghose und einem Langarm-Shirt unter ihrem warmen Norwegerpullover nicht weichen wollte.

Nick kam mit zwei großen weißen Tassen auf sie zu, aus denen ein milchiger Dampf zur Decke emporstieg.

„Setz dich bitte und wickle dich in eine der Decken ein. Ich habe hier heiße Schokolade für dich."

„Erst ertrinke ich beinahe, dann bin ich kurz vorm Erfrieren und jetzt willst du mich auch noch mit Zucker vollpumpen, der mich immer so sehr aufdreht? Habe ich für heute nicht schon genug Situationskomik abgeliefert?"

„Dann trink eben nur die Milch und lass mir die Schokolade. Du musst sie nur rausfiltern, dann tauschen wir die Tassen." Er grinste sie an und bedeutete ihr mit einer Kopfbewegung, dass sie sich endlich hinsetzen sollte. Sie gehorchte und bekam die Tasse in die Hand gedrückt. Misstrauisch schnupperte sie daran und verzog das Gesicht. „Das ist doch pure Schokolade mit einem winzigen Schuss Milch."

„Kann sein. Zahlen sind mein Ding; aber mit Buchstaben, wie denen auf Lebensmitteletiketten und in Rezepten, hab ich's dafür weniger."

„Stimmt. Ich erinnere mich da an ein Gerücht über eine Gedichtinterpretation, die du abgegeben haben sollst. Man munkelte, sie bestand nur aus zwei Sätzen." Während sie das sagte, fragte sich Katja, ob der Schmerz auch mehr „sein Ding" war als Gefühle wie Zuneigung, Glück oder Liebe.

Nick nahm vorsichtig einen Schluck von dem heißen Getränk, bevor er sich selbst zitierte: „*Einsamkeit* ist ein Sonett von Andreas Gryphius aus dem Jahr 1650. Was er damit ausdrücken wollte, sollten Sie ihn besser selbst fragen." Er zuckte mit den Schultern und lehnte sich im Sessel zurück. „Schon damals konnte ich sinnlose, nicht zielführende Arbeitsaufträge nicht ausstehen."

„Ich habe nie geglaubt, dass du das wirklich so abgegeben hast." Katja schüttelte lachend den Kopf. „Und was hast du dafür bekommen?"

„Elf Punkte."

„Das gibt's doch nicht!" Katja verdrehte die Augen. „Und ich habe mich immer so angestrengt!"

„Einen Punkt für die ordentliche Beschriftung, einen für Genialität, einen für Ehrlichkeit, einen für meinen Mut, einen für den Spaß, den die Lehrer im Lehrerzimmer hatten, einen für mein Vertrauen darauf, dass unser Deutschlehrer irgendwie mit Gryphius Kontakt aufnehmen kann, um ihn selbst zu fragen, einen für mein nettes Lächeln und so weiter."

Katja starrte ihn mit offenem Mund an, was ihn zu einem unglaublich frechen Grinsen animierte. Er beugte sich vor und flüsterte: „Das war zugegebenermaßen nur das erste Blatt. Ich habe die Klausur, wie alle anderen auch, erst nach vier Stunden abgegeben. In dieser Zeit habe ich zu interpretieren versucht, was sich dieser Mann damals dabei gedacht haben könnte, als er verschnörkelte Zeilen in Reimform niedergeschrieben hat. Meiner Meinung nach wäre es besser gewesen, wenn man uns beigebracht hätte, was man auf welchem Amt erledigt, wie man Briefumschläge beschriftet, eine Steuererklärung macht, welche Versicherungen sinnvoll sind und all das andere lebensnahe, praktische Zeug."

Katja lachte und übernahm seinen lockeren Tonfall. „Weißt du eigentlich, dass aufgrund dieses Gerüchts die Zahl deiner weiblichen Fans sprunghaft angestiegen war?"

Nick zog eine Grimasse, bejahte aber. „Glaubst du mir, wenn ich dir sage, dass mir das ziemlich egal war?"

Katja nickte zögernd. Diese Erkenntnis war ihr neu. Sie war sich dessen erst bewusst, seit sie vorhin an der Badtür gelehnt hatte, um ihre konfusen Gefühle in den Griff zu bekommen, und dabei seine heimliche Liebeserklärung gehört hatte.

„Und, hast du auch dazugehört?" Er klang lauernd – wie immer, wenn er sich darauf freute, sie ein bisschen aufziehen zu können. Also entwaffnete sie ihn lieber gleich mit der Wahrheit: „Schon vorher. Aber ich habe mir das nicht anmerken lassen. Immerhin war ich ja nur das graue, unscheinbare Mäuschen, das dann auch noch in den Orchestergraben gefallen ist."

Nick starrte sie einfach nur an. Dann stellte er die Tasse so hart auf den kleinen Abstelltisch, dass etwas Flüssigkeit auf die Tischplatte schwappte. Er sprang auf, murmelte etwas wie: „Die Kartoffeln brennen an", und sprintete in den Küchenbereich hinüber.

Es war bereits dunkel, als Unruhe vor dem Ferienhaus die Rückkehr der anderen Urlauber ankündigte. Katja schloss ihr Buch und warf einen verstohlenen Blick auf Nick, der am Tisch saß und irgendwelche Papiere durchsah, die verdächtig nach mitgebrachter Arbeit aussahen. Sie hatten beide das vorige Thema nicht mehr anzuschneiden gewagt. Katja hauptsächlich aus dem Grund, weil ihr die Offenheit ihm gegenüber plötzlich peinlich war. Was er nun wohl über sie dachte? Da Nick nicht aufsah, musterte sie ihn ungeniert. Wie gern sie ihm doch durchs Haar streichen wollte, ihm dabei die Unterlagen wegziehen und ihn dazu bringen würde, seinen Urlaub zu genießen. Gemeinsam mit ihr.

„Huhu, ihr zwei. Seid ihr bereit für die Invasion der Schneemänner?", rief Carola ihnen zu und klopfte sich dabei demonstrativ eine Schneeschicht von der Kleidung. Hinter ihr zwängte sich Peter mitsamt einer Fichte unter dem Arm in den Vorraum. Sonja folgte mit einer Schachtel Baumkugeln und Kerzen, und dahinter war Flädle zu sehen, der sich eine Girlande aus winzigen Dänemarkflaggen um Hals und Oberkörper geschlungen hatte. Katja strahlte die Rückkehrer an. Sie hatten also tatsächlich an einen Christbaum und entsprechenden Schmuck gedacht, wobei ihnen offensichtlich jemand verraten hatte, dass die Dänen ihre Bäume gern mit ihren Landesflaggen schmückten.

Eisige Luft strömte herein, und sofort begann Katja zu frösteln. Offenbar reagierte ihr Körper völlig verquer auf Kälte. Also sprang sie auf und machte sich auf den Weg in die Küche, um Glühwein für ihre Freunde aufzuwärmen. Als sie an Peter vorbeikam, jubelte Carola schrill auf und deutete zur blauen Holzzimmerdecke hinauf. Katja verdrehte die Augen. Sie hatte den Mistelzweig vergessen. Peter stellte den Baum neben sich ab, sodass er den Blick auf sie beide verwehrte, und beugte sich ihr entgegen.

„Wir sollten das Ding da oben dringend entsorgen", flüsterte er ihr zu.

Katja lächelte ihn an, dankbar dafür, dass er nicht wirklich versessen darauf war, sie erneut zu küssen. Er hauchte ihr einen Kuss auf die Wange und widmete sich dann wieder dem piksenden

Baum. Noch immer lächelnd betrat Katja die Küchenzeile. Als sie sich umdrehte, stellte sie fest, dass Nick mitsamt seiner Unterlagen verschwunden war. Sie biss sich auf die Unterlippe. Hatte ihr Versteckspiel hinter der Fichte womöglich reichlich ... intim gewirkt?

„Mist“, murmelte sie, während sie zuschaute, wie aus dem Topf mit der roten Flüssigkeit langsam dünne Dampfwirbel zur Decke emporstiegen und der Glühwein schließlich zu brodeln begann. Sie beschloss, ihre Gefühle für Nick nicht länger vor sich selbst zu leugnen. Warum sollten sie beide nicht zusammenfinden, wenn sie doch schon seit Jahren ineinander verliebt waren? Weshalb sollten sie nicht glücklich werden dürfen?

Katja hielt den Baum auf Armeslänge von sich entfernt, während Flädle und Peter versuchten, ihn in einem Billigbaumständer zu befestigten. Ein kalter Windstoß ließ sie aufblicken. Nick kam herein, wischte sich mit einer hastigen Bewegung den Schnee aus den nassen Haaren und von seiner Jacke und hielt ein Bündel Kleidungsstücke hoch, das er aus seinem Auto geholt hatte. „Die solltest du dringend aufhängen, Scarlett.“

„Ja, danke.“ Katja bedachte ihn mit einem Lächeln, das Nick jedoch nicht mehr sehen konnte, weil er ihre nassen Sachen im Eingangsbereich auf den Boden gelegt und das Haus wieder verlassen hatte.

„Ein seltsamer Kauz“, murmelte Flädle mit einem vorwurfsvollen Blick in Carolas Richtung, die in seinen Augen dafür verantwortlich war, dass der eigenartige Vogel in ihren Weihnachtsurlaub mitgekommen war.

„Findest du?“, fragte Peter und schüttelte seine rechte Hand aus, die ihn vom Drehen der verbogenen Feststellschraube schmerzte. „Er ist ein fairer Chef, wobei er nie raushängen lässt, dass er unser Vorgesetzter ist. Wenn ich es nicht besser wüsste, weil ich damals mein Vorstellungsgespräch bei ihm gehabt habe, würde ich ihn wohl heute noch für einen Kollegen halten. Einen sehr engagierten Kollegen."

„Ich dachte immer, du hast ordentlich Respekt vor ihm."

„Habe ich auch. Schließlich ist er mein Vorgesetzter, und ich liebe meinen Job." Peter lachte leise. „Das ändert aber nichts an der Tatsache, dass ich ihn für einen prima Kerl halte – obwohl ich oft nicht einschätzen kann, wann er etwas ernst meint und wann nicht."

„Ich finde ihn irgendwie ... einfältig."

„Du hältst ihn für dumm?" Peter richtete sich auf und warf Flädle einen nahezu düsteren Blick zu.

„Dumm? Nein! Aber ich glaube nicht, dass er wirklich ... ein Genie oder so etwas ist."

„Du bist doch mit ihm zur Schule gegangen." Peter wandte sich Katja zu. „Weißt du, mit welcher Note er das Abitur bestanden hat?"

„Mit Eins-Komma-vier. Und zu mehr hat es nur deshalb nicht gereicht, weil er einen ziemlichen Dickkopf hat. Die Lehrer, die seine Späße nicht verstanden, haben ihm gelegentlich eins reingewürgt."

„Er ist trotzdem ... irgendwie komisch", beharrte Flädle und versuchte sich nun seinerseits daran, den Baum festzuschrauben. „Ist dir schon mal aufgefallen, dass er noch nie eine Frau erwähnt hat? Dass noch nie eine für ihn angerufen hat oder vorbeigekommen ist?"

„Da gibt es bestimmt jemanden. Ich glaube, er praktiziert nur das, worum er uns beim Einstellungsgespräch gebeten hat: Privates soll privat bleiben."

„Okay, lasst den Baum mal los." Flädle erhob sich und Katja und Peter folgten seiner Aufforderung. Der Baum stand fest im Ständer, allerdings in deutlicher Schräglage.

„Am Meer müssen die Bäume so aussehen", kommentierte Katja und erntete Gelächter. Sie wandte sich ab und blickte zur Eingangstür. Ob Peter recht hatte, was seine Vermutung hinsichtlich einer Frau in Nicks Leben anbelangte? Nachdenklich kaute sie auf ihrer Unterlippe herum. Sie würde sich keinesfalls zwischen Nick und eine andere Frau drängen, ganz egal, was er vor wenigen Stunden an ihrer Badezimmertür gesagt hatte.

In Gedanken versunken ging sie zur Wendeltreppe. Sie würde ihr Herz also erneut in eine schützende Papierschicht wickeln und fest darin verschließen, bis es vielleicht eines Tages einem anderen Mann gelingen würde, die Schichten abzulösen und es liebevoll in seine Hände zu nehmen. Eines Tages. Vielleicht.

Mit der Hand auf dem Geländer zögerte sie. Hatte Nick ihr gegenüber nicht angedeutet, dass Carola ihn mit einer Kollegin hatte verkuppeln wollen? Dabei hatte er kein Ton davon gesagt, dass er bereits in festen Händen war ... Sie schüttelte den Kopf. Was sollte sie denn nun machen? Ihr Herz in eine Schutzfolie wickeln oder es ihm vertrauensvoll hinhalten?

In diesem Moment wurde die Haustür aufgestoßen. Schnee stob herein. Der stürmische Wind zerrte an den Zweigen der Fichte, wehte einige Servietten von der Bar-Theke und ließ die Fähnchen-Girlande über den Boden rutschen.

In der Tür stand Nick. Er war mit Schnee bedeckt, Wasser tropfte aus seinen Haaren und auf seinem linken Schienbein prangte ein großer Blutfleck auf seiner Jeans.

„Mir wird schlecht!" Carola ließ sich auf die Couch fallen. Jeffrey hingegen sprang auf, schob Flädle beiseite und rannte, dicht gefolgt von Katja, auf seinen Freund zu.

„Was ist passiert?" Jeffrey packte Nick am Unterarm und zog ihn von der Tür weg. Katja gab dieser einen Tritt, sodass sie krachend zuschlug. Sie ergriff Nicks anderen Arm, und gemeinsam brachten sie den hinkenden Mann zu dem Stuhl, den Peter ihnen entgegentrug.

„Ich habe Brennholz gespalten", zischte Nick zwischen zusammengepressten Zähnen hervor.

Jeffrey und Katja wechselten einen Blick. „Das tut er immer wieder mal. Stressbewältigung, Emotionen abbauen …", flüsterte Jeffrey.

„Halt den Schnabel, Jeffrey."

„Und so drückt er seine Dankbarkeit aus."

Katja besah sich die ausgefranste, nasse Jeans, und es beruhigte sie ein wenig, dass der Blutfleck in der Zwischenzeit nicht wesentlich größer geworden war.

„Zieh die Hose aus", wies sie ihn an.

„Hatten wir das Thema heute nicht schon mal?"

Im Hintergrund feixte Sonja, schlug sich aber schnell die Hand vor den Mund.

„Entweder tust du, was ich dir sage, oder du musst sehen, wie du allein zurechtkommst."

„So funktioniert das also mit der Autorität, Frau Lehrerin." Nick öffnete seine Hose und ließ sich von Jeffrey helfen.

Die Axt hatte sein Schienbein seitlich getroffen. Dort klaffte eine Wunde, aus der nun wieder vermehrt Blut sickerte.

„Das muss sich ein Arzt ansehen", beschloss Katja.

„Das ist doch nur ein bisschen lose Haut und Fleisch." Nicks heisere Stimme verriet seine Schmerzen.

„Ich kann nicht feststellen, ob das Schienbein auch etwas abbekommen hat."

„Das –"

„Keine Widerrede. Zieh dich wieder an. Wo ist dein Autoschlüssel?"

„Neben dir wirkt ein Feldwebel wie ein Schoßhündchen", knurrte Nick.

„Mir gefällt, wie sie dich herumkommandiert." Jeffrey half Nick auf die Beine. „Ich hole den Schlüssel und fahre. Du kümmerst dich um ihn, Carolina."

Katja stimmte zu.

„Ich brauche niemanden, der sich um mich kümmert. Und erst recht keine Carolina."

„Offenbar hast du beim Holzhacken auch deinen Kopf getroffen. Gibt es denn etwas Besseres als ein hübsches Mädchen, das sich um dich sorgt?" Kopfschüttelnd stapfte Jeffrey davon.

„Du musst wirklich nicht mitgehen", knurrte Nick Katja erneut an, doch diese zuckte nur unbeeindruckt mit den Schultern. Sie würde sich nicht abwimmeln lassen. Nicht noch einmal. Er schwankte, da er nur ein Bein belasten konnte. Als Katja nach seinem Arm greifen wollte, wich er zurück und warf ihr einen vorwurfsvollen Blick zu. Sie hob nur vielsagend die Augenbrauen.

„Du warst vorhin schrecklich unterkühlt, Scarlett. Ich will nicht, dass du schon wieder in die Kälte hinausgehst."

Sie lächelte, fand sie seine Fürsorge doch wohltuend, schüttelte aber entschieden den Kopf.

„Dickkopf!"

„Gleichfalls."

„Genug geturtelt, ihr beiden. Wir können los." Jeffrey eilte in den Wohnbereich zurück und legte einen Arm um Nick, sodass Katja ihn unbesorgt zurücklassen konnte, um in ihre Winterstiefel und Carolas Jacke zu schlüpfen.

„Ihr übertreibt maßlos!" Nick versuchte noch einmal, die Aktion abzublasen – oder aus Katjas Nähe wegzukommen, so genau wusste sie das nicht.

Sie ging vor den beiden Männern her, die ihr langsam und keuchend folgten. Endlich auf dem Parkplatz angekommen, entfernte sie rasch mit dem Ärmel die Schneeschicht auf den Autoscheiben und stieg dann zu Nick auf die Rückbank. Jeffrey ließ den Motor aufheulen, schaltete das Licht ein und parkte etwas umständlich aus. „Wo ist denn das nächste Krankenhaus?"

„Ich denke, in Hirtshals", antwortete Katja und nahm das Navigationsgerät entgegen.

„Kannst du so sitzen? Sind die Schmerzen sehr schlimm?"

„Katja, ich –"

„Es ist nicht so schwer, meine Fragen zu beantworten."

„Was läuft da zwischen dir und Peter?", fragte Nick plötzlich. Katja spürte, wie er sich neben ihr versteifte. Dann murmelte er: „Entschuldige. Das geht mich nichts an. Diese Schmerzen machen mich völlig ..."

„Da läuft gar nichts. Ich werde diesen blöden Mistelzweig heute Nacht abhängen und in den Kamin werfen."

„Gute Idee", stöhnte Nick.

„Es dürfte nicht allzu weit bis zum nächsten Krankenhaus sein ...", sagte Katja. Sie war bemüht darum, sachlich zu klingen, warf jedoch einen zweifelnden Blick auf das Schneetreiben und die im Licht der Scheinwerfer leuchtende, undurchdringliche weiße Wand.

„Mir geht es gut."

„Du bist ein einziger Widerspruch, weißt du das eigentlich?"

Er rutschte ein Stück von ihr weg. Ob er heraushörte, dass sie damit mehr meinte als nur seine widersprüchlichen Aussagen?

„Ich nehme das, was ich vorhin gesagt habe, zurück. Du bist garantiert die sturste und strengste Lehrerin Deutschlands." Jetzt versteckte er sich wieder hinter einer seiner Verbalattacken. Katja ergriff seine Hand und tastete nach seinem Puls, der viel zu schnell war.

„Und deshalb lieben sie mich. Kinder brauchen Strukturen. Sie brauchen jemanden, der konsequent ist, bei dem sie wissen, dass genau das gilt, was an Regeln festgelegt wurde."

In den weißen Flockenwirbel um sie herum mischte sich allmählich ein orangefarbener Lichtschimmer. Sie näherten sich einer Stadt. Der Wagen schwankte, als eine heftige Bö ihn erfasste und seitlich von der Straße zu schieben versuchte. Vermutlich war Jeffrey so still, weil er sich völlig aufs Fahren konzentrieren musste.

Katja holte ihr Smartphone hervor, schaltete die Taschenlampenfunktion ein und begutachtete den von ihr notdürftig angelegten Verband, der durch den Riss in Nicks Jeans hervorschaute. Er war bereits durchgeblutet. Als Nächstes leuchtete sie Nick ins Gesicht, woraufhin dieser die Augen zusammenkniff und protestierend vor sich hin brummte. Sein zuvor von Wind und Kälte gerötetes Gesicht war mittlerweile aschfahl geworden, und auf seiner Stirn waren zwei Querfalten entstanden.

„Ist dir schwindelig?"

„Ist wie Achterbahnfahren. Nur ohne die lästig kreischenden Frauen."

„Du wirst mir aber jetzt nicht ohnmächtig!", befahl sie ihm streng.

„Würde ich niemals wagen!" Er klang wenig überzeugend.

„Wie lange dauert es noch, Jeffrey?"

„Macht er mal wieder schlapp?"

„Mal wieder?"

„Eigentlich ist er ein Haudegen, aber mit Blut kann er nicht umgehen."

„Er sieht es doch gar nicht."

„Aber er weiß, dass es da ist."

„Kann ich was dagegen tun?"

„Lenk ihn ab."

Katja wandte sich wieder Nick zu. Sie wollte ihn so Vieles fragen, etwas Unverfängliches fiel ihr im Augenblick jedoch nicht ein.

„Na?", forderte Nick sie heraus.

„Was, na?"

„Lenk mich ab."

„Das mache ich ja gerade."

„Sehr clever. Du spielst wieder das ruhige, schüchterne Mädchen von früher, das mich an der Nase herumführt."

„Es funktioniert. Du bist abgelenkt."

„Sie hat dich an der Nase herumgeführt?“, mischte sich Jeffrey nun doch wieder in ihr Gespräch ein.

„Sicher. Sie hat immer so getan, als wäre ich ihr völlig gleichgültig.“

„Und das war gar nicht so?“

„Nein.“

„Woher weißt du das?“

„Weil sie es vorhin zugegeben hat.“

Katja lehnte sich zurück, beruhigt durch Nicks inzwischen wieder kräftigere und streitlustige Stimme. Sie schmunzelte, während sie die vorbeihuschenden Straßenlaternen betrachtete. Wenn Jeffrey wüsste, was Nick *ihr* vorhin ungewollt verraten hatte. Und wenn Nick wüsste, was sie wusste ...

Auf der Heimfahrt, ungefähr fünf Stunden später, saß Katja erneut hinten bei Nick. Er war nach einer langen Wartezeit geröntgt und anschließend genäht worden. Jeffrey fuhr mittlerweile weit über das Steuer gebeugt, da sowohl der Wind als auch das Schneetreiben nochmals an Intensität zugenommen hatten. So schlichen sie über die menschenleeren Straßen Jütlands.

„Wann steigst du endlich in unserem Unternehmen ein, Jeffrey?“, fragte Nick plötzlich und klang dabei seltsam undeutlich. Katja knipste ein weiteres Mal das Licht ihres Handys an und musterte ihn eingehend. Er hatte den Kopf zurückgelehnt, die Augen halb geschlossen und reagierte nicht einmal auf den Lichtschein. Offenbar hatte er ein kräftiges Schmerzmittel intus.

„Der Mond ist aufgegangen“, sang Nick plötzlich und Katja schaltete schnell das Licht aus.

„Mich könnt ihr euch gar nicht leisten“, antwortete Jeffrey und umklammerte das Lenkrad des schlingernden Wagens noch fester.

„Woher willst du das wissen?“

„Vielleicht deshalb, weil du immer noch diese alte Schüssel fährst und dir nicht mal anständige Winterräder leisten kannst?" Jeffrey klang angespannt, seine Worte fragend.

„Und du hast gar kein Auto."

„Ich habe ja auch keinen Führerschein."

Katja riss die Augen auf, unsicher darüber, ob Nicks albernes Kichern Jeffreys Aussage bestätigte oder revidierte.

„Du machst Witze, oder?", hakte sie nach.

„Bei dem Schneckentempo braucht man keinen."

„Jeffrey?"

„Ja, liebe Anika?"

„Ich heiße Katja."

„Das weiß ich doch."

„Warum sagst du dann Anika zu mir?"

„Scarlett", kam es von Nick.

„Deshalb!"

„Wie bitte?"

„Er kann sich Namen nicht besser merken als ich. Das habe ich hiermit nur mal beweisen wollen."

Katja lachte, schrak aber auf, als Nick plötzlich seinen Kopf an ihre Schulter legte.

„Ist dir wieder schwindelig?", fragte sie besorgt.

„Nein. Ich bin müde. Keine Ahnung, was die mir verabreicht haben." Nick rutschte ein Stück von ihr weg, kauerte sich zusammen und bettete seinen Kopf in ihren Schoß. Es vergingen einige Minuten, in denen Katja erschrocken dem Gewicht auf ihren Beinen nachspürte und die Tatsache zu verdauen versuchte, wie nah Nick ihr auf einmal war. Sein Kopf wurde immer schwerer, und schließlich verriet seine gleichmäßige, tiefe Atmung, dass er eingeschlafen war.

Behutsam legte Katja eine Hand auf seinen Oberarm und genoss die von ihm ausgehende Wärme, bevor sie dem lange unterdrückten Wunsch in ihr nachgab und vorsichtig über seine

Locken strich. Sie waren erstaunlich weich. Behutsam, um ihn ja nicht zu wecken, vergrub sie ihre Finger in seinem Haar. Ihr Herzschlag war deutlich schneller als das Auto, in dem sie saßen. Sie schloss die Augen, kostete den Augenblick aus und fühlte dem flirrenden Glücksgefühl in sich nach, wohl wissend, dass im Hintergrund der Schmerz lauerte. Er stand in den Startlöchern. Für den Moment, wenn sie beim Ferienhaus ankamen und sich der Mann in ihren Armen erneut in den unnahbaren Nick verwandelte.

Nick erwachte, als der Wagen auf die holprige Sandpiste in Richtung Parkplatz abbog. Sein Kopf fühlte sich deutlich klarer an als zuvor, der Schmerz in seinem Bein war dafür umso präsenter, wenngleich in einem erträglichen Maß.

Eine warme Hand ruhte auf seinem Oberarm, eine zweite streichelte sanft seinen Kopf und spielte mit seinem Haar. Katjas Nähe und ihre Liebkosungen versetzten ihn in eine andere Art von Rauschzustand. Ein Glücksgefühl floss durch jede Faser seines Körpers. Er rührte sich nicht, wollte er doch keinesfalls verraten, dass er wieder wach war. Viel zu sehr genoss er ihre Zärtlichkeiten. Er sog sie auf wie ein Schwamm, schloss sie wie eine Perle in seinem Inneren ein und wollte sie für immer fest in Erinnerung behalten. Er würde davon zehren; sich nach ihnen verzehren und dabei untergehen. So oder so – er war ein Verdammter.

Jeffrey bremste sachte, parkte den Wagen und stellte den Motor ab. Als Katja ihre Hände reflexartig zurückzog, wurde es Nick unerträglich kalt. Sofort fehlten ihm ihre Berührungen. Auf einmal war die Hand auf seinem Oberarm wieder da. Das war doch wenigstens etwas. Sie streichelte ihn, wollte ihn offenbar sanft wecken. Die Erkenntnis, dass sie nicht nur damals in der Schule für ihn geschwärmt hatte, sondern ihn noch immer gernhatte, lag ihm schwer im Magen. Sie waren einander zugeneigt. Eigentlich sollte sie nichts daran hindern, ein Paar zu werden. Wäre da nicht ...

Nick setzte sich ruckartig auf und rutschte von Katja weg. Sein Bein bestrafte ihn für diese Bewegung mit einem ziehenden Schmerz.

„Entschuldige bitte", murmelte er. Gleichzeitig öffnete Jeffrey die Fahrertür, sodass die Innenbeleuchtung anging. Nick schaute Katja an, die mit ihren müden, halb geschlossenen Lidern und ihrem hilflos anmutenden Lächeln einfach hinreißend aussah.

Er stählte sich gegen die in ihm überhandnehmenden Gefühle. „Im Krankenhaus haben sie mir hoffentlich keine Wahrheitsdroge verpasst. Oder habe ich gerade ein paar Geheimnisse ausgeplaudert?", feixte er.

„Welche Geheimnisse solltest du schon haben, Kumpel? Im Gegensatz zu deinem geordneten Leben gleichen meine eintönigen Null- und Einserkombinationen einem Einsatz eurer GSG 9."

„Ich habe mir im Krankenhaus Benzodiazepin* für dich geben lassen. Sieh dich also vor, was du in den nächsten Tagen trinkst." Katja reagierte auf gewohnt ironische Weise, klang dabei allerdings seltsam traurig. Jeffrey stieg aus und schloss die Fahrertür, wodurch das Licht im Innenraum wieder erlosch.

„Ich habe dir niemals wehtun wollen, Scarlett." Nick presste die Lippen zusammen. Das hätte er nicht sagen sollen, gleichgültig, wie sehr er sie auch beschützen wollte. Allen voran vor sich selbst.

Sie saß reglos da. Unmittelbar neben ihm und doch Welten entfernt. Zu gern hätte er gewusst, was sie dachte. Und fühlte.

Jeffrey riss die Tür auf seiner Seite auf. „Los, Hinkebein! Schauen wir mal, wer heute schneller am Ziel ist. Du oder ich."

---

* Ein gelegentlich als Partydroge missbrauchtes Medikament

„Dieses Rennen gewinnst du.“

„Ich gewinne immer.“

Nick lachte, was Jeffrey die Hände in seine molligen Hüften stemmen ließ. „Du kennst dich doch in der Bibel aus, und da steht ganz klar und deutlich: Also werden die Letzten die Ersten und die Ersten die Letzten sein.“

„Okay, du hast gewonnen.“

„He, das will ich doch gar nicht. Sonst bin ich am Ende ja doch wieder der Letzte.“

„Junge, mein Gehirn ist noch im Schmerzmittelmodus. Das verwirrt mich zu sehr.“

„Ich bezweifle, dass ich es bin, der dich verwirrt.“

Katja verdrehte die Augen und stieg auf ihrer Seite aus. Frostküsse bedeckten ihr Gesicht, was hervorragend zu dem kalten Gefühl in ihrem Inneren passte. Erhebliche Zweifel an ihrem Vorhaben, Nick nicht mehr länger aus dem Weg gehen zu wollen, überkamen sie. Irgendetwas stimmte nicht mit ihm. Er hatte ihr nie absichtlich wehgetan, sondern sich in der Schule vielmehr hinter sie gestellt. Sein offen gegen sie ausgetragener Konkurrenzkampf um die besten Schulnoten hatte Katja einen gewissen Respekt bei ihren Mitschülern eingebracht. Im Laufe der Zeit hatte er damit sogar dazu beigetragen, dass ihr Sturz in den Orchestergraben nicht mehr im Vordergrund stand. Womit sollte Nick sie also verletzt haben?

Erschöpft von dem langen und aufwühlenden Tag, stemmte sich Katja gegen den böigen Wind. Bei jedem Schritt knirschte der Schnee unter ihren Füßen, die Holzbohlen knarrten bedenklich. Da sie nur ein paar Meter weit sehen konnte, zog sich der Weg unangenehm in die Länge. Sie begann erneut zu frieren, als sich die Schneeflocken auf ihre Kleidung setzten und sie zu durchnässen begannen. Dabei zerrte der Wind an ihr, als wolle er den letzten Funken Wärme aus ihr herausblasen. Umso dankbarer war sie, endlich einen schwachen Lichtschein vor sich erkennen zu können.

Musik und Gelächter schlugen ihr entgegen, als sie das Haus betrat, gepaart mit einer trockenen, nahezu schmerzhaften Hitze. Sie zog die Stiefel und die geliehene Jacke aus und griff nach den noch immer als nasses Knäuel auf dem Boden liegenden Kleidungsstücken, um sie über einen Wäscheständer in dem kleinen Abstellraum zu hängen. Dabei hörte sie, wie Jeffrey und Nick in den Vorraum polterten.

„Leute, macht die Tür zu. Es wird kalt", tönte Flädle mit leicht schleppender Artikulation. Anscheinend hatte auch er Probleme mit dem Lesen von Etiketten und musste deshalb den Glühwein mit dem Rum verwechselt haben.

Katja half Jeffrey dabei, Nick die Schuhe auszuziehen und folgte den beiden in den überheizten Wohnraum. Offenbar hatten die anderen das von Nick gespaltene Brennholz gefunden.

„Bist du okay?", erkundigte sich Carola.

„Alles noch dran."

„Das ist gut."

„Schade, dass sie ihn nicht dort behalten haben", lallte Flädle. Sonja zischte ihm etwas zu, doch er war zu betrunken, um darauf reagieren zu können.

„Ohne den Boss ist es immer lustiger. Hier und auf der Arbeit."

Betretenes Schweigen machte sich breit. Sonja starrte Nick mit weit aufgerissenen Augen an, während Peter intensiv mit einem Fussel auf seiner Hose beschäftigt zu sein schien.

„Dann ist es ja gut für euch, dass ich mich gleich hinlegen möchte. Gute Nacht." Nick stützte sich schwer auf Jeffrey, als er den Flur entlang humpelte.

„Das war echt bescheuert", maulte Carola Flädle an.

„Wird das Folgen für ihn haben?", hauchte eine peinlich berührte Sonja, das Gesicht ungewöhnlich gerötet.

„Für Flädle? Nein. Aber offenbar habt ihr alle nicht kapiert, dass Nick einsam ist. Er braucht Freunde."

„Er hat doch den –"

„Halt einfach den Mund!", fauchte Carola Flädle an, sprang auf und stapfte wütend die Wendeltreppe hinauf. Katja folgte ihr und fing sie vor ihrer Zimmertür ab.

„Was meinst du damit, dass Nick einsam ist?" Katja konnte sich das überhaupt nicht vorstellen, immerhin war Nick früher ständig von irgendwelchen Menschen umgeben gewesen.

„Er hat keinen Kontakt mehr zu seiner Familie. Und ich wüsste auch nicht, dass er außer Jeffrey noch weitere Freunde hat. Aber der ist oft wochenlang in Kalifornien. Und von einer Freundin weiß ich auch nichts. Ich glaube, er hat nach Silvia keine mehr gehabt."

„Silvia?"

„Du weißt schon, dieser Cheerleader-Typ aus unserer Stufe. Langes blondes Haar, gebleichte Zähne, große blaue Augen und hinter jedem Alpha-Männchen her. Nick und sie waren zwei oder drei Wochen zusammen, dann hatten sie einen gewaltigen Streit. Ich glaube, weil sie mit anderen Jungs geflirtet hat. Danach hat sie bei der Polizei eine einstweilige Verfügung gegen Nick erwirkt, angeblich, weil er ihr nachgestellt hatte. Er war damals schon volljährig und musste einen Mindestabstand zu ihr einhalten, was in der Schule nahezu unmöglich war. Zum Glück hatten da gerade die Abi-Prüfungen begonnen. Dadurch waren alle abgelenkt, und die beiden liefen sich ohnehin nur selten über den Weg. Ich bin mir ziemlich sicher, dass das nur eine gehässige Retourkutsche von Silvia gewesen ist, weil er ihr den Laufpass gegeben hat. Sie hat das Gleiche nämlich später noch mit drei anderen Männern gemacht – nachdem sie das erste Mal so einfach damit durchgekommen war."

„Das ... davon wusste ich nichts."

„Zu Nicks Glück hat es kaum jemand mitbekommen."

„Und woher weißt du es dann?"

„Von meinem Vater, dem Kriminalhauptkommissar."

„Darf er so etwas denn überhaupt erzählen?"

„Nein. Aber manchmal, wenn ihm etwas gehörig an die Nieren geht, macht er es doch. Natürlich nur meiner Mutter gegenüber und ohne irgendwelche Namen zu nennen. Ich habe allerdings oft mitgehört und sehr früh herausgefunden, dass ihm meist die Geschichten der Menschen nahegehen, die er persönlich kennt. Vielleicht erinnerst du dich noch: Nick hat damals sein Schulpraktikum bei meinem Vater gemacht und –" Carola verstummte und schaute gedankenverloren an Katja vorbei. Letztere wurde das Gefühl nicht los, dass etwas Wesentliches ungesagt blieb.

„Du siehst müde aus. Ist alles in Ordnung bei dir?", fragte Carola sie stattdessen.

„Ja. Allerdings wollte ich heute wachbleiben, bis alle im Bett sind, um endlich diesen Mistelzweig abzuhängen und zu vernichten."

Carola kicherte, umarmte sie kurz und zog sich in ihr Zimmer zurück.

Katja lag an diesem Abend noch lange wach. Obwohl sie restlos erschöpft war, drehten sich ihre Gedanken dennoch im Kreis. Und das Zentrum des Zirkels war kein anderer als Nick.

6. Kapitel

Katja atmete den Duft von Äpfeln und Zimt tief ein, der sich mit dem Geruch der Fichte und des von ihr frisch entfachten Holzfeuers vermischte. Sie trat zum wiederholten Mal an die Fensterfront und schaute hinaus. Der Schneesturm war weitergezogen und hatte einen Strand hinterlassen, auf dem sich hellbraune Sandflächen mit weißen Schneeverwehungen abwechselten. Die Nordsee wirkte zahmer als in den vergangenen Tagen, kam beinahe einer Spiegelfläche gleich, erschien gelassener, besänftigt. Nun, da die milde Wintersonne endlich die letzten Wolken vertrieben hatte, eiferte das Meer in einem freundlichen, ungewöhnlich milchigen Blau mit dem klaren Himmel um die Wette. Der Schnee begann, unter den liebkosenden Sonnenstrahlen zu funkeln, der Sand wechselte seine Farbe von hellem Braun in flirrendes Gold.

„Wunderschön", murmelte Katja als Dankgebet an den Schöpfer dieser außergewöhnlich schönen Landschaft.

„Und es riecht so herrlich!"

Katja wirbelte herum. Nick hatte seinen rechten Arm auf die Bar-Theke gestützt – wohl, um sein verletztes Bein zu entlasten – und lächelte sie betörend zurückhaltend an.

„Ich hoffe, ich habe gestern, als ich die Schmerzmittel intus hatte, nicht zu viel Blödsinn erzählt?"

„Nicht mehr oder weniger als sonst auch."

„Du bist nicht gerade nett zu einem Schwerverletzten."

„Das gleiche ich mit Apfel-Zimt-Hörnchen aus."

„Dafür darfst du mir ruhig noch mehr an den Kopf werfen." Er sog den Duft tief ein und verdrehte genießerisch die Augen.

„Bleib genau dort stehen." Sie holte eine Vase aus dem Regal und griff zusätzlich noch nach einer kleinen Spieleschachtel.

„Verbal!", berichtigte sich Nick schnell, aber lachend.

„Feigling!"

„Du weißt selbst nur zu gut, dass Worte mehr verletzen können als jedes Wurfgeschoss."

„Willst du damit etwa sagen, dass du ein weitaus größeres Opfer bringen wolltest, als nur zur Zielscheibe für irgendwelches Zeug herzuhalten?"

„Schlaues Kind."

Katja stellte die Vase und die Schachtel zurück und wandte sich wieder dem atemberaubenden Anblick vor der Fensterfront zu. Ja, sie wusste, wie sehr Worte einen Menschen verletzen konnten. Sogar die, die in einer wohlwollenden Verpackung daherkamen. *Du bist so intelligent. Mach doch endlich etwas daraus. Wir haben dir jegliche Art von Unterstützung gegeben und du hast sie bislang auch gut genutzt. Warum also gibst du all das auf?*

Katja ballte die Hände zu Fäusten. Eltern machten Fehler, selbst dann, wenn sie es gut meinten. Genauso, wie die subtilen Angriffe von Mitschülern meist unbedachte, pubertäre Äußerungen waren, die manchmal nur zum Selbstschutz dienten. Sie hatte ihnen vergeben, was kein leichter Prozess gewesen war. Und danach hatte sie sich darauf konzentriert, die Wunden aus ihrer Vergangenheit nicht über sich, ihre Gefühle und ihre Entscheidungen bestimmen zu lassen – in dem Wissen, dass Gott sie, Katja, für kostbar erachtete. Sie war eine Königstochter. Von Gott geliebt. Und das war alles, was zählte. Sich daran festzuhalten gelang ihr immer besser, und allmählich heilten die Wunden in ihrem Herzen.

Katja blickte über ihre Schulter hinweg zu Nick, der sich gerade in einen Ledersessel sinken ließ. War der schlimmste Hieb, den sein Herz jemals abbekommen hatte, eben jener gewesen, von dem Carola ihr gestern erzählt hatte? Weil eine junge Frau zuerst sein Vertrauen missbraucht und er – nachdem er die Notbremse gezogen hatte – von ihr auch noch auf übelste Art und Weise verleumdet worden war? Womöglich war dies jedoch nur das eine Ereignis gewesen, das das Fass zum Überlaufen gebracht hatte. Laut Carola hatte Nick nämlich auch den Kontakt zu seiner Familie vollständig abgebrochen ...

War es ihm danach ähnlich schlimm ergangen wie ihr? Damals, als der Mann, von dem sie geglaubt hatte, dass er sie liebte, sich plötzlich mehr für ihre ältere Schwester interessierte? Katjas Eltern hatten ihr daraufhin erklärt, dass sie nichts anderes erwarten könne. Schließlich hätte er die Wahl zwischen einer zukünftigen Grundschullehrerin in einem Kuhdorf und einer aufstrebenden Professorin. Karina hatte ihm längst wieder den Laufpass gegeben. Das Vorantreiben ihrer Karriere war ihr wichtiger, als in eine Beziehung zu investieren.

Nick hatte inzwischen das Bein seiner Jogginghose nach oben gezogen und löste reichlich umständlich den Verband. Kopfschüttelnd ging Katja zu ihm hinüber und kniete sich vor ihn. „Lass mich den Verband wechseln."

„Das brauchst du nicht."

„Mir ist lieber, ich mache das, als dass ich dich nachher vom Boden aufsammeln muss."

„Ich kann das schon selbst!"

„Man darf sich auch mal helfen lassen. Und man muss nicht alles können – wie zum Beispiel Blut sehen." Energisch schob sie seine Hände beiseite und löste die letzten Lagen des Verbands. Sie umgriff sein Fußgelenk und streckte das Bein, damit sie einen Blick auf die Naht werfen konnte.

„Sieht gut aus. Keine Entzündung."

„Okay, offensichtlich kannst du Blut sehen. Dafür schaffst du aber keine fünf Tanzschritte, ohne von der Bühne zu fallen."

Katja hob den Kopf. Sein Angriff tat ihr weh, hauptsächlich deshalb, weil der vertraute, leicht spöttische Unterton in Nicks

Stimme fehlte. Er schaute grimmig über sie hinweg, während er nervös mit dem Kiefer mahlte. Plötzlich wurde Katja bewusst, dass sie noch immer sein Bein hielt. Ihre linke Hand lag stützend an seiner Wade, die rechte umfasste seinen kräftigen Knöchel. Hitze rieselte durch ihren Körper. Zu viel Nähe. Zu viel Intimität. Und dann verstand sie. Leise sagte sie: „Du weißt ebenfalls, wie verletzend Worte sein können, nicht wahr?"

Sein Blick wurde noch grimmiger, und Katja spürte, wie sich seine Muskeln anspannten. Er bereitete sich für die Flucht vor. Die Flucht vor ihr.

„Halt still." Sie verriet ihm nicht, dass sie damit vor allem sein Herz und seine Seele meinte. Seine äußere Verletzung würde sich sofort und deutlich spürbar bemerkbar machen, wenn er jetzt davonlief. Mit dem inneren Schmerz verhielt es sich jedoch anders. Man konnte ihn eine Zeit lang verdrängen, aber für immer vor ihm fliehen zu können war eine Illusion. Er holte einen wieder ein, und bis dahin war er noch größer und mächtiger geworden. Irgendwann musste man sich ihm stellen, sonst breitete er sich wie Eiter in einer Wunde aus; er fraß einen auf und übernahm die Herrschaft über das Leben.

Nick senkte den Kopf. Sein Blick hielt den ihren gefangen. Katja erkannte unendlich viel Schmerz darin.

„Ich halte still, Scarlett. Schon seit vielen Jahren. Und du solltest nicht versuchen, das zu ändern." Er seufzte, lehnte sich zurück und schloss die Augen.

Katjas Finger zitterten, als sie vorsichtig die Wundheilsalbe auftrug und schließlich einen neuen Verband anlegte. Ihre Seele war in Aufruhr. Sie zog das Hosenbein herunter, schob den zweiten Sessel vor Nick und legte seine Beine darauf. Er ließ es kommentarlos geschehen. Es war ihm noch immer nicht gelungen, diesen schmerzlichen Ausdruck aus seinem Gesicht fortzuwischen. Vermisste er genau das, was sie gerade für ihn getan hatte? Jemanden, der ihm half, sich um ihn kümmerte und ihm zur Seite stand?

Warum nur ließ er es dann nicht zu, dass seine Sehnsucht gestillt wurde? Weshalb zwang er sich zum *Stillhalten?*

Katja erhob sich, warf das alte Verbandsmaterial in den Müll, wusch sich die Hände und goss Nick einen Kaffee ein. Sie hatte in den vergangenen Tagen beobachtet, dass er ihn ohne Zucker und nur mit einem winzigen Schuss Milch trank. Also fügte sie die Milch hinzu, legte drei ihrer frisch gebackenen Apfel-Zimt-Hörnchen auf einen Teller und dazu eine Serviette. Nick hatte sich derweil nicht bewegt, die Augen hielt er noch immer geschlossen. Als wollte er die Welt um sich herum ausblenden. Vor allem aber sie, Katja?

„Nick?"

„Hm?"

„Frühstück."

Er öffnete die Augen und nahm ihr den Teller und die Tasse ab. Lange Zeit betrachtete er sein Frühstück, als habe er so etwas noch nie zuvor gesehen, ehe er den Kopf in den Nacken legte und sie anschaute. Ein für ihn ungewohnt unsicheres, schiefes Grinsen breitete sich auf seinem Gesicht aus. „Danke, Scarlett. Für alles."

„Was auch immer es ist, ich will es auch haben!" Jeffrey, auf dessen Brust an diesem Morgen *Iron Man* prangte, schlurfte in den Raum. Er wirkte, als wäre er gerade aus dem Bett gefallen – und als hätte er in seiner Kleidung geschlafen.

„Diese Leckereien muss man sich verdienen!", konterte Nick, jetzt wieder auf Konfrontation aus.

„Dann sag mir, wie!"

„Du könntest Holzhacken und dabei daneben schlagen."

„Das ist meine leichteste Übung", lachte Jeffrey. „Aber das geht sicher auch einfacher." Er drehte sich zu Katja um, ergriff sie an den Händen und drückte ihr einen kameradschaftlichen Kuss auf die Wange. „Guten Morgen, Sunshine. Dürfte ich bitte auch von diesem Gebäck kosten?"

„Sicher.“ Lachend, einfach weil sie froh darüber war, dass Nick diesen verrückten und dennoch liebenswerten Kerl als Freund hatte, bereitete sie für Jeffrey ebenfalls ein Frühstück zu.

„So macht man das, Kumpel. Und es hat gar nicht wehgetan!“ Jeffrey ließ sich auf die Couch neben Nicks Sessel plumpsen.

„Das nennt man Bestechung“, wies Nick ihn zurecht.

„Und wie nennt man das, was du gemacht hast? Dummheit?“

„Feuerholz.“

„Der Backofen wird aber mit Strom betrieben.“

„Aber Scarlett friert nicht gern.“

„Und was backst du morgen für uns, Sunny?“

„Was hättest du denn gern?“, rief Katja zurück und versenkte zwei Zuckerstücke in dem schwarzen Kaffee, so, wie Jeffrey es bevorzugte.

„Nichts mit Zimt!“ Er grinste, und Katja lachte.

„Wie wär's mit Spitzbuben?“

„Was auch immer das ist ... Es klingt prima!“ Er wandte sich wieder an Nick. „Und als Dankeschön werde ich ihr eine Decke reichen, damit sie nicht mehr friert. Oder ihr einen heißen Ingwertee zubereiten. So funktioniert das nämlich, und nicht, indem man sich selbst zerstückelt!“

„Was meinst du denn genau?“, fragte Nick lauernd.

„Das mit ... den Frauen ... eben“, stotterte Jeffrey.

Katja verdrehte die Augen, servierte ihm aber überaus freundlich sein Frühstück. Carola und Peter, die gerade von oben herunterkamen, grüßten knapp und machten sich ebenfalls über Katjas Gebäck her.

„Dann merke es dir gut!“, zog Nick Jeffrey auf.

„He, im Silicon Valley wartet ein hübsches Mädchen auf mich, dem ich kürzlich einen Antrag gemacht habe.“

„Etwa mit Ingwertee?“

„Bei den Temperaturen? Du bist und bleibst ein Holzkopf! Sie mag frisch gepressten Orangensaft.“

„Und wie heißt sie?“ Erneut klang Nicks Frage herausfordernd. Auf Katjas vorwurfsvollen Blick reagierte er nur mit einem breiten Grinsen.

„Mal Sweety, mal Darling und mal Sugar.“

Katja klatschte Jeffrey pantomimisch Beifall, woraufhin dieser ihr zuzwinkerte.

„Hoffentlich bekommst du keinen Zuckerschock von dem ganzen Süßkram“, lachte Nick.

„Das, mein Junge, ist völlig ausgeschlossen. Von *dem* Süßkram kann man nämlich nicht genug bekommen!“

Carola und Peter verließen mit ihren vollbeladenen Tellern den Küchenbereich, und Katja folgte ihnen, da sie Jeffrey mit einem weiteren Apfel-Zimt-Hörnchen belohnen wollte. Sie zuckte fassungslos zusammen, als Carola wieder einmal ihren Mistelzweig-Jubel ausstieß. Sie stand zwar neben Peter, allerdings weit entfernt von der Stelle, wo der Zweig hing. Vorsichtig wagte sie einen Blick nach oben. Jemand hatte das vermaledeite Ding umgehängt!

Peters Hörnchen rutschte bedenklich nah an den Tellerrand, als auch er irritiert zur Decke hinaufschaute. Gerade als Katja entschieden erklären wollte, dass sie den Quatsch nicht mehr mitzumachen gedenke, prallte Nick, der sich erhoben hatte und um sein Gleichgewicht kämpfte, gegen Peter. Dieser wich in dem Bemühen aus, Teller und Tasse möglichst waagrecht zu halten.

„Entschuldige, Kumpel.“ Nick klang kein bisschen zerknirscht, was Peter, wie Katja vermutete, jedoch nicht heraushören konnte.

„Schon okay, es ist ja nichts passiert.“ Peter ergriff die Flucht.

„Na, dann eben so!“, erklärte Carola mit einem Blick auf Nick und Katja, die nun gemeinsam unter dem Mistelzweig standen, und setzte sich mit dem Rücken zu ihnen an die Fensterfront.

Noch ehe Katja reagieren konnte, umschloss Nick ihr Gesicht mit seinen Händen. Er beugte sich vor und küsste sie sanft auf die Stirn. Ein Zittern durchlief sie. Pures Glück, gepaart mit Erstaunen und Schrecken. Sonnenschein und Schneegestöber zugleich.

Sie drehte sich um und sah zu, wie Nick durch den angrenzenden Flur zu den Zimmern im Erdgeschoss humpelte.

✷

„Du bist ein Idiot!“ Mit diesen Worten, und ohne zuvor angeklopft zu haben, betrat Jeffrey Nicks Zimmer.

„Ich weiß.“ Nick starrte weiter auf das imposante Farbenspiel des Meeres.

„Du hättest sie küssen können. So richtig, meine ich, und nicht wie Onkel Sebastian Kusine Mandy.“

„Wer ist Sebastian und wer Mandy?“

„Das weiß ich doch nicht!“ Jeffrey ließ sich ungebremst auf Nicks Bett fallen, was dieses mit einem lauten und protestierenden Knarren quittierte. „Ich verstehe dich nicht. Seit Jahren spukt diese Jane Eyre in deinem Kopf herum und jetzt ist sie“, Jeffrey gestikulierte wild mit den Händen in der Luft herum, „Überraschung – plötzlich wieder in deinem Leben aufgetaucht. Und du ... du ... hackst dir lieber ins Bein, statt sie in die Arme zu schließen und sie endlich –“

„Du weißt genau, weshalb ich das *nicht* kann.“

„Wie oft haben wir schon darüber gesprochen? Lass deine Vergangenheit endlich los. Lass nicht zu, dass sie dich daran hindert, glücklich zu sein. Beginne endlich das neue Leben, nach dem du dich so sehr sehnst. Aber dafür musst du etwas tun. Du musst nach diesem Wunsch *handeln!* Wie lange willst du noch warten? Bis dein Leben vorbei ist? Wag es endlich! Mit dieser großartigen ... Bäckerin!“

„Sie ist Lehrerin. Und ich kann sie nicht in Gefahr bringen, nur weil ich meiner Einsamkeit entkommen will.“

„Ich sehe keine Gefahr für sie. Überhaupt keine. Du bist ein toller Kerl. Du hast dich lange genug für etwas bestraft, für das du selbst nichts konntest. Du bist anders als deine Eltern! Du würdest Katja glücklich machen!" Jeffrey schnappte nach Luft und fügte dann etwas leiser hinzu: „Sie hätte es verdient. Und du auch. Hältst du es wirklich für einen Zufall, dass ihr hier aufeinandergetroffen seid? Vielleicht hat Gott die Schnauze voll davon, wie ihr euch seit Jahren mehr oder weniger konsequent aus dem Weg geht. Jetzt hat er dich am Kragen gepackt und Katja an ihrer niedlichen Schürze und hat euch beide hierher gezerrt. Nicht, damit ihr euch noch mehr Schmerzen zufügt, sondern damit ihr endlich zueinanderfindet."

„Du solltest Romane schreiben, statt Nullen und Einsen."

„Idiot!"

„Dem habe ich bereits mehrfach zugestimmt."

Jeffrey erhob sich und trat ebenfalls ans Fenster. Nick lehnte sich mit der Stirn an die kalte Fensterscheibe. Es war immer gut, wenn Jeffrey ihm einen Spiegel vorhielt, doch nie zuvor hatte er sich dabei so zerrissen gefühlt wie jetzt. In ihm tobte ein Krieg. Seine Gefühle hatten zum Angriff geblasen, bekämpften die Vernunft, und darüber hinweg zeterte eine Stimme, die ihm sagte, dass er die Schlacht ohnehin verlieren würde. Und dass auf einem Schlachtfeld immer Opfer zurückblieben. In diesem Fall Katja und er. Doch genau das wollte er nicht. Er musste Katja beschützen. Gerade *weil* er sie liebte.

„Heute ist Heiligabend. Die Geburtsstunde von Jesus zu feiern macht nur dann Sinn, wenn wir darauf vertrauen, was er gesagt hat. Und es reicht nicht, nur über seine Worte und Taten Bescheid zu wissen, wir müssen sie auch annehmen und in die Tat umsetzen. Ansonsten ist das alles unnütz. Liebe, Nick, macht dich nicht schwach oder abhängig, nicht hilflos oder willenlos, sondern sie macht dich vollständig."

Nick hörte, wie Jeffrey das Zimmer verließ. Er betrachtete die an diesem Tag ungewöhnlich zahme Nordsee. Ein helles Blau, das den Himmel widerspiegelte und die Sonnenstrahlen glitzernd wie Diamanten reflektierte. Jeffreys Worte hatten den Krieg in ihm einmal mehr befriedet. Stille war eingekehrt. Seine Seele lag da wie ein ruhiger See. Spiegelglatt. Sie wollte den Himmel widerspiegeln und die warmen, hellen Strahlen reflektieren. Er musste es nur wagen und zulassen.

Eigentlich hatte Nick, seinen Schmerzen zum Trotz, einen kleinen Spaziergang am Strand unternehmen wollen. Zwar nicht allzu weit, da er der Naht nicht zu viel Belastung zumuten wollte, aber sein Körper schrie förmlich nach frischer Luft und ein wenig Bewegung. Als er den Wohnbereich betrat, ließ ihn Katjas trauriger Blick jedoch innehalten. Sie war dabei, die Wimpel-Girlande in die Fichte zu hängen, die sich bereits mit Kerzen, einigen weißen Kugeln, Orangenscheiben und Zimtstangen schmückte.

Carola hatte wieder mal ihr Smartphone in der Hand, wahrscheinlich, weil sie die Eckdaten für die Abendplanung notierte. Flädle brachte fleißig seine Vorschläge ein, Peter schaute gelangweilt zum Fenster hinaus und Sonjas Blick hing schwärmerisch an Flädle. Jeffrey hingegen hielt die Augen geschlossen und vermittelte dadurch den Eindruck zu schlafen.

„Und nach dem feudalen Essen können wir ein paar lustige Spiele spielen. Haben wir noch genug Wein? Und auch etwas Stärkeres, um anständige Drinks zu mixen?"

Nick sah, wie Katja die Schultern straffte und sich zu den anderen umdrehte. „Weihnachtslieder singen wollt ihr wohl nicht?" Ihr Lachen klang nicht echt. Sonja kicherte und Flädle prustete lauthals los.

Dennoch fuhr Katja mit fester Stimme fort: „Aber wir könnten uns einige Weihnachtslieder auf CD anhören. Und vielleicht eine passende Geschichte lesen?"

Nick lehnte sich mit der Schulter an die Wand. Er war voller Bewunderung für das einst schüchterne, introvertierte Mädchen.

Sie traute sich was und hatte die langen Schatten, die ihre Vergangenheit verdunkelt hatten, hinter sich gelassen.

Betretenes Schweigen kehrte ein, bis Flädle feixte: „Ist das dein Ernst? Du glaubst doch nicht etwa an den ganzen Quatsch?"

„Doch."

„Dir ist aber schon klar, wie daneben das ist? Absolut rückschrittlich. Nachweislicher Blödsinn." Sonja hatte noch nie so arrogant geklungen wie in diesem Augenblick. Mit weit hochgezogenen Augenbrauen musterte sie Katja. „So etwas Lächerliches mache ich sicher nicht mit. Wo lebst du eigentlich? Hinter dem Mond?"

„Lasst sie doch." Carola bemühte sich darum, die Wogen zu glätten.

„Das ist einfach nur weltfremd. Und sie will uns damit beeinflussen. Ich mache das nicht mit!" Sonja ließ ein abfälliges Schnauben hören.

Nick stieß sich ab. Sicher war es kein guter Zeitpunkt, den Vorgesetzten raushängen zu lassen, zumal er das nie hatte tun wollen – und schon gar nicht im Urlaub –, aber er musste Katja beschützen. Das ging vor.

„Ich bin schwul!" Jeffrey schlug die Augen auf und blickte prüfend in die Runde.

Nick konnte nur mühsam ein Lachen unterdrücken. Was hatte Jeffrey nun wieder vor? Es gab andere Mittel, um die Aufmerksamkeit der Gruppe von Katja wegzulenken.

Sonja stand der Mund offen, als sie sich im Zeitlupentempo zu Jeffrey umdrehte, der völlig entspannt auf der Couch saß und die Beine weit von sich gestreckt hatte.

„Ist das so was wie dein ... Coming-out?", fragte Carola.

„Wenn ihr es so nennen wollt."

Nick verdrehte die Augen. Jetzt war ihm klar, was Jeffrey vorhatte. Die Frage war nur, ob die Anwesenden in seine Falle tappen würden.

„Wow. Das ist ... mutig.“ Flädle wackelte mit dem Kopf. Eine Bewegung, die Nick schon öfter bei ihm beobachtet hatte, und zwar immer dann, wenn er sich unsicher fühlte – was recht häufig vorkam.

„Gratuliere.“ Peter nickte Jeffrey anerkennend zu. „Wobei heutzutage wirklich niemand mehr Angst vor dem Ausleben unterschiedlicher Lebensmodelle haben sollte. Toleranz ist ein unentbehrliches Gut in einer aufgeklärten Gesellschaft.“

„Richtig“, pflichtete Flädle bei, als habe jemand einen Wettstreit in Sachen „ermutigende Zusprüche“ ausgerufen. „Es ist wichtig, dass du die Freiheit hast, so zu sein, wie du bist. Du kannst dein Leben selbst bestimmen und es so gestalten, wie du es willst. Du hast ein Recht darauf, das, was dir wichtig ist, zu sagen und danach zu leben, ohne von engstirnigen Menschen dafür angegriffen oder verurteilt zu werden.“

„Hört, hört“, sagte Jeffrey mit einem deutlich stärkeren amerikanischen Einschlag als sonst. Er erhob sich, und *Iron Man* plusterte sich auf. Beide Helden gingen zu Katja hinüber, die eines der dänischen Fähnchen fachgerecht zusammengefaltet hatte; so wie Jeffrey – dessen war Nick sich sicher – dies nun mit Nicks Arbeitskollegen und Sonja machen würde.

„Du bist echt mutig, Scarlett. Denn offenbar muss man in unserer aufgeklärten Gesellschaft *doch* Angst vor dem Ausleben unterschiedlicher Lebensmodelle haben. Toleranz wird anscheinend nicht jedem entgegengebracht.“ Er drückte ihr die Hand und sagte im Davongehen: „Es ist wichtig, dass du die Freiheit hast, so zu sein, wie du nun mal bist. Du kannst dein Leben selbst bestimmen und es so gestalten, wie du es willst. Es sei denn, es geht auf Kosten anderer. Du hast aber auf jeden Fall ein Recht darauf, das zu sagen, was dir wichtig ist, ohne von engstirnigen Menschen dafür verhöhnt, angegriffen oder verurteilt zu werden.“

Jeffrey hatte mittlerweile sein Zimmer erreicht. In das betretene Schweigen hinein rief er noch: „Ich werde mit dir singen,

Susanna. Auch wenn wir damit alle Katzen im Umkreis von dreißig Kilometern anlocken."

Nick wandte seine Aufmerksamkeit wieder Katja zu. Sie glättete das malträtierte Fähnchen in ihrer Hand und hängte es dann mit denen der restlichen Girlande an den Baum. So, als ob nichts vorgefallen sei. Als ob sie nicht mitbekäme, wie auffällig leise und zurückhaltend die Unterhaltung der anderen plötzlich ausfiel. Täuschte er sich oder summte sie sogar vor sich hin? Katja war gefestigt – wenn auch nicht völlig immun gegen Rückfälle, wie er in den vergangenen Tagen bemerkt hatte, aber sich dennoch bewusst, dass sie kein Niemand war. Sie glaubte nicht länger, sich über ihre Leistung und die Anerkennung anderer Menschen definieren zu müssen. Und das lag vermutlich nicht an einem neu entdeckten Selbstvertrauen, sondern vielmehr an ihrem Gottvertrauen. Ob das nicht auch Hoffnung für ihn bedeutete?

Katja betrachtete zufrieden ihr Werk, räumte die Schachteln weg und kam dann auf ihn zu. „Möchtest du dich nicht setzen, um dein Bein zu schonen?"

Ihre Sorge um ihn gefiel ihm. „Gleich." Das mit dem geplanten Spaziergang behielt er lieber für sich.

„Du hast einen großartigen Freund."

„Ich weiß."

„Falls mir jemals zu Ohren kommen sollte, dass du ihn irgendwie verärgert oder aus deinem Leben verdrängt hast, werde ich dir eigenhändig den Hals umdrehen."

Bei Katja klang selbst eine Drohung wie diese liebenswert. Er löste den Blick von ihren meerblauen Augen, um nicht darin zu versinken, und schaute hinüber zum Mistelzweig, der sich gemächlich im Kreis drehte. Wie gern würde er sie jetzt an den Schultern packen und dort hinschieben ...

7. Kapitel

Katja hatte es sich mit einem Buch im Wohnzimmer gemütlich gemacht und genoss die Stille. Jeffrey saß seit gut einer Stunde in seinem Zimmer vor seinen Computern, und Nick hatte sich hingelegt, weil er anscheinend wieder vermehrt Schmerzen hatte. Die anderen waren mit dem Hinweis weggefahren, dass sie nicht wüssten, wann sie zurückkommen würden.

Ein sachtes Klopfen an einer der Fensterscheiben ließ Katja den Kopf heben. Draußen stand eine vermummte Gestalt, die sie nur aufgrund ihres beträchtlichen Leibesumfangs als die Frau aus dem benachbarten Ferienhaus identifizieren konnte. Überrascht sprang Katja auf und bedeutete Chiara, dass sie nach rechts in Richtung Eingangstür gehen solle. Sie legte ihr Buch beiseite, stieg vorsichtig über den Berg von Schuhen hinweg und öffnete die Tür. „Grüß dich, Katja. Bist du allein?"

„So gut wie. Hallo Chiara. Möchtest du reinkommen?"

„Lieber nicht. Ich habe nicht so viele Jacken und gefütterte Hosen dabei, dass ich auch diese hier aufschlitzen kann, um sie überhaupt wieder auszukommen. Ich wollte dich nur schnell etwas fragen. Das kommt vielleicht ein bisschen überraschend." Sie zog die Schultern hoch, lachte glockenhell auf und fügte hinzu: „Aber so bin ich nun mal."

Katja lächelte. Chiaras Elan und ihre Heiterkeit waren schlicht ansteckend.

„Ich würde dich für heute Abend gern zum Essen einladen. Dich und wer von deinen Bekannten sonst noch mitkommen möchte. Forster hat sein E-Piano mitgenommen. Wir könnten singen, die Weihnachtsgeschichte lesen und gemeinsam feiern." Erwartungsvoll neigte Chiara den Kopf.

Katja wäre ihr am liebsten um den Hals gefallen. Die Diskussion von zuvor saß ihr noch immer in den Knochen, noch schlimmer war ihr die Aussicht auf einen völlig oberflächlichen und bedeutungslosen Heiligabend erschienen. „Das klingt herrlich!"

„Du kommst also?"

„Gern. Und ich darf zwei Freunde mitbringen?"

„Aber sicher!"

Katja drehte sich halb um und zögerte. Sie dachte an die zwei Papiertüten mit schmutzigen Kartoffeln und die Bratwürste im Kühlschrank. Eigentlich hatte sie gerade mit dem Kochen anfangen wollen, damit das Essen fertig war, wenn die anderen zurückkamen ...

„Ist es dir recht, wenn ich dich sofort begleite und dir bei den Vorbereitungen helfe?"

Chiara grinste. „Wäre es schlimm für dich, wenn ich dir verraten würde, dass ich genau darauf gehofft habe? Forster wird nicht früher aus Thailand in die Gegenwart zurückkehren, bis ich ihm gewaltsam das Notebook entreiße, und der Fußballer in meinem Bauch übertreibt es heute gewaltig mit dem Training."

„Ich wäre froh, dass du es mir verraten hast, und ich würde es kein bisschen schlimm finden. Ich mag ehrliche Menschen. Außerdem kann ich gar nicht in Worte fassen, wie sehr ich mich über die Einladung freue. Du hast mir den Tag gerettet!"

„Gern geschehen", erwiderte Chiara kichernd. Sie trat ins Haus, schloss die Tür und lehnte sich erschöpft an die Zarge.

Katja lief beschwingt in den Flur und klopfte an Jeffreys Zimmertür.

„Wer stört?"

„Keine Ahnung. Zuletzt war es Susanna."

„Dann komm doch rein, Rebecca."

„Chiara hat mich, dich und Nick für heute Abend eingeladen – mit Weihnachtsliedern, der Weihnachtsgeschichte und allem Drum und Dran. Ich gehe gleich mit ihr, und ihr zwei könnt später nachkommen."

„Moment mal, Rosie. Ich bekomme ja oft irgendwelche Sachen nicht mit. Gerade bin ich mir aber sehr sicher, dass ich nicht wissen kann und muss, wer Chiara ist, wo sie wohnt und um welche Uhrzeit Nick und ich nachkommen sollen."

„Entschuldige bitte. Ich bin so voller Vorfreude, dass ich das ganz vergessen habe."

„Ich gönne dir deine Vorfreude. Dennoch bitte ich dich um eine Dechiffrierung."

„Chiara und ihr Mann, sie nennt ihn Forster, wohnen in dem Ferienhaus hinter der nächsten Düne. Nick hat es sicher schon mal beim Joggen gesehen."

„Gehört ihnen das Auto mit dem Schweizer Kennzeichen?"

Katja nickte.

„Ich mag die Schweizer. Sie sind so herrlich ... unabhängig." Jeffreys Grinsen weckte in Katja den Verdacht, dass er noch nie in der Schweiz gewesen war, geschweige denn jemanden kannte, der von dort stammte.

„Du kommst also mit? Und informierst du bitte auch Nick über unsere Pläne? Oder denkst du, der Weg ist zu weit für ihn?"

„Frage Nummer eins: Ich komme. Unbedingt. Nick behauptet zwar, ich singe wie eine rollige Katze, aber ich singe gern. Frage Nummer zwei: Sag Nick bitte selbst Bescheid. Er ist quasi das Uhrwerk und mein Wecker, weil ich die Zeit gern mal vergesse. Er wird mich mitbringen. Frage Nummer drei: Nick hält viel aus. Extrem viel. Es sei denn, es hat etwas mit Blut zu tun."

„Fein." Katja schloss die Tür und klopfte nebenan.

„Wer stört?"

Sie lachte laut auf. „Susanna, Rebecca oder Rosie. Du hast die Wahl."

„Ich habe mitgehört. Die Wände hier sind aus Pappmaschee.“

„Ist das in Ordnung für dich?“

„Wenn es für Chiara und Forster okay ist.“

„Ist es.“

Katja nahm die Hand von der Klinke. Er bat sie nicht hinein, und sie wollte sich nicht aufdrängen. „Sagen wir in zwei Stunden?“

„Bestens. Ich hinterlasse den anderen eine Nachricht, falls sie bis dahin noch nicht zurück sind.“

„Prima, also bis gleich.“ Da sie keine Antwort bekam, tänzelte sie die Wendeltreppe hinauf, zog sich um, holte anschließend zwei Flaschen Rotwein aus der Küche und gesellte sich dann wieder zu Chiara, die im Flur auf sie wartete. Sie schlüpfte in ihre Stiefel und in eine schwarze Jacke, von der sie nicht wusste, wem sie gehörte, denn ihre hing noch immer über dem Wäscheständer und weigerte sich zu trocknen.

„Wir können los. Jeffrey und Nick kommen in etwa zwei Stunden nach. Ist das okay?“

„Was nicht passt, wird passend gemacht.“

Seite an Seite verließen sie das Haus, und Chiara belustigte es, wie fürsorglich ihr Katja auf der teils mit Schnee, teils mit Eis überzogenen Holztreppe half.

„Ich finde es mutig, dass du dich in dieser Phase der Schwangerschaft noch so weit von deiner ausgewählten Geburtsklinik wegtraust.“

„Wenn der Abgabetermin näher rückt, zieht sich Forster für gewöhnlich in eine einsame Hütte in Kanada zurück. Mit diesem Übergepäck wollte mich allerdings keine Fluggesellschaft mitnehmen.“ Chiara tätschelte liebevoll ihren Bauch. „Aber erzähl mal, was machst du eigentlich so?“

„Ich bin Grundschullehrerin.“

„Das ist ja super! Darf ich dich dann gleich für dieses Kind engagieren? Ich muss dich aber vorwarnen: In der Schweiz leben wir in einem winzigen Bergdorf. Oder besser gesagt: in der *Nähe* eines winzigen Bergdorfs. Und in Kanada gibt es um unsere Hütte herum nichts außer Wald, Bergen, Flüssen, Adlern, Bären, Wölfen ... und im Inneren der Hütte einen knurrigen Autor, einen verzogenen Neufundländer, mich und bald auch noch den kleinen Fußballer."

Die Überlegung, ob das dänische Unternehmen, für das Nick arbeitete, wohl Niederlassungen in der Schweiz und in Kanada unterhielt, wehte ungewollt durch Katjas Gedanken, schmerzte, weil sie vollkommen unsinnig war, und flog wie eine Möwe wieder davon.

„Abgemacht!", sagte sie lachend. Es machte Spaß, Chiaras Vorschlag gedanklich durchzuspielen.

„Gut, dann reden wir nachher mal mit Forster darüber."

Katja blinzelte ungläubig und lief ein paar Schritte voraus, bevor sie sich umdrehte und rückwärts vor Chiara herging, wobei ihr der abermals auffrischende Wind kräftig ins Gesicht blies. „Du meinst das wirklich ernst?"

„Klar! Allerdings wird das Thema erst in etwa fünf bis sechs Jahren interessant werden."

Katja gesellte sich wieder an Chiaras Seite. Gemeinsam umschritten sie die vorwitzig auf den Strand ragende Düne und kämpften sich an zwei vereisten Ruderbooten vorbei durch den tiefen Sand zum hell erleuchteten Ferienhaus hinauf.

In fünf Jahren, so hoffte Katja, würde sie verheiratet sein und eigene Kinder haben ... *Noch so ein unrealistischer Wunschtraum, genau wie Chiaras spontaner Vorschlag. Wach endlich auf, Mädchen!*

Sie legten das letzte Wegstück schweigend zurück, vor allem deshalb, weil Chiara ihre gesamte Energie für den kurzen, aber steilen Anstieg brauchte. Das Ferienhaus war baugleich mit dem ihren, mit dem Unterschied, dass sich an diesem seitlich noch ein Wintergarten inklusive Wellnessbereich befand.

Nachdem sich die beiden Frauen aus ihren wärmenden Kleidungsstücken gepellt hatten, deutete Chiara auf ihren Ehemann, der vor der Fensterfront saß, ohne die bezaubernde Landschaft vor sich überhaupt wahrzunehmen – oder den Gast, der gerade den Raum betreten hatte. „Das ist Forster. Forster, ich habe Katja gleich mitgebracht."

„Fein, Candy", kam es undeutlich von dem breitschultrigen Mann, bevor die Tastatur unter seinen Fingern wieder zu klappern begann.

„Wundere dich bitte nicht, wenn er dich nachher nach deinem Namen fragt oder sich bei mir erkundigt, seit wann du eigentlich schon hier bist."

Katja lachte. „Das wird ja immer besser. Jeffrey – der später noch nachkommen wird – gibt mir jede halbe Stunde einen neuen Vornamen, und dein Mann blendet mich gleich vollständig aus."

Chiaras ansteckendes Lachen füllte den Raum und wurde sogleich von einem aufgeregten Bellen untermalt. Shakespeare kam von irgendwoher angeschossen und begrüßte die Frauen mit einer Hingabe, als habe man ihm dafür eine ganze Metzgerei versprochen, ehe er sich Forster zu Füßen legte.

Auf dem Weg in den Küchenbereich bewunderte Katja die üppige Weihnachtsdekoration. Chiara musste den Minivan mit einer Unmenge von Dekorationsartikeln vollgepackt gehabt haben. Die junge Frau bemerkte Katjas Interesse. „Ich liebe Weihnachten. Forster und ich haben über Weihnachten zueinander gefunden."

Katja lächelte und stellte den Rucksack mit den Weinflaschen vorsichtig auf dem Boden ab. Sie wollte nicht, dass Chiara ihr Gesicht sah, denn vermutlich spiegelte es Hoffnung und Traurigkeit zugleich wider, weil sie sich wünschte, an diesem Weihnachtsfest ebenfalls die Liebe ihres Lebens zu finden. Derlei war jedoch einfach unsinnig, unmöglich und zudem auch noch völlig verkitscht. Und sie stand nicht auf Kitsch. *Na gut, ein bisschen schon.*

Katja beobachtete, wie Chiara am Arm ihres Ehemanns vorbeigriff, die Computermaus nahm, auf das „Speichern"-Symbol drückte und dann das Notebook zuklappte. Forster gelang es gerade noch, seine Finger wegzuziehen.

„Sag doch einfach was!", brummte er, was Katja auflachen ließ, denn Chiara hatte ihren Mann bereits viermal gebeten, die Arbeit ruhen zu lassen und sich endlich umzuziehen.

Forster drehte sich mit gerunzelter Stirn zu Katja um. Er wirkte beinahe schon bedrohlich mit seinem dunklen Dreitagebart, den zusammengezogenen Augenbrauen und dem zerzausten Haar. Er erhob sich und seine große, muskulöse Statur verstärkte diesen Eindruck zusätzlich.

„Wir haben einen Gast, Candy? Warum hast du denn nichts gesagt und uns einander vorgestellt?"

„Mein Fehler, entschuldige bitte." Chiara verdrehte die Augen.

„Ah, ich habe das also wieder mal nicht mitbekommen?"

„Richtig geraten."

„War nicht schwer." Forster grinste, was den Piraten von eben verschwinden ließ und stattdessen den Schullümmel in ihm zum Vorschein brachte. Katja beschlich das ungute Gefühl, dass Forster, Nick und Jeffrey ein perfektes Gespann abgeben würden – oder ein gefährliches, je nachdem, wie man es betrachtete. Der Autor kam auf sie zu und zerquetschte ihr beinahe die Hand. „Ich bin Florian. Entschuldige bitte mein Desinteresse an dir." Er zuckte mit den Schultern und wirkte dabei herrlich verlegen.

Katja konnte verstehen, weshalb Chiara diesen Mann liebte, selbst wenn sie es wohl hinnehmen musste, dass er sie manchmal über Stunden, vielleicht sogar Tage hinweg aus seinem Gedächtnis strich. Er wandte seine Aufmerksamkeit wieder seiner Frau zu und betrachtete sie von oben bis unten. Katja hätte beinahe laut geseufzt. So viel Zuneigung und Bewunderung lag in seinem Blick … „Ihr zwei seht toll aus. Äh, und du auch, Katja."

Chiara schob Forster zur Wendeltreppe. „Verschwinde, du tollpatschiger Charmeur. Du hast noch zehn Minuten."

Chiara räumte Forsters Notebook, seine Notizzettel und einige Bücher vom Tisch und ließ sich dann stöhnend auf den Stuhl fallen, den Forster freigemacht hatte.

„Alles okay bei dir?" Katja ging vor ihr in die Hocke und schaute besorgt zu ihrer neugewonnenen Freundin auf.

„Ich schätze, das sind Vorwehen. Für mich ist das ja auch Neuland. Aber keine Sorge. Das ist ganz normal, weil sich das Kind dadurch senkt. Das hat zumindest die Hebamme behauptet." Sie legte den Kopf in den Nacken und rief in Richtung Zimmerdecke: „Dass es ein wilder Sportler wird, war nicht ausgemacht. Wir hatten über ein süßes, braves Mädchen gesprochen."

Katja hob die Augenbrauen, als Chiara sich vorbeugte und ihr zuraunte: „Gott wird schon wissen, was für unser verrücktes Leben richtig ist, nicht wahr?"

„Zwillinge?", schlug Katja vor und floh lachend vor ihrer Freundin, um den Tisch mit dem bereitgestellten Geschirr einzudecken.

„Wir sind da!" Jeffreys Stimme und ein Poltern im Vorraum kündigten die Ankunft der beiden anderen Gäste an.

Katja war gerade dabei, die Kerzen in der Tischmitte anzuzünden. Sie hob den Kopf. Jeffrey hatte sich zur Feier des Tages für die Filmversion der Marvel-Comic-Heldin *Black Widow* entschieden. Oder doch ihretwegen? Immerhin war es ebenfalls eine Scarlett, die auf seiner Brust prangte.

Nick humpelte herein, begutachtete für einen kurzen Moment das festliche Ambiente und blickte schließlich zu Katja hinüber. Ihr Herzschlag geriet gehörig aus dem Rhythmus. Statt Jeans oder

Jogginghose trug er heute eine schwarze Anzugshose, ein weißes, am Hals offen stehendes Hemd und ein dunkelblaues Jackett. Er wirkte wie ein „Mann von Welt" – abgesehen von den ungezähmten Locken und den dicken roten Socken mit den überdimensionalen Schneeflocken und den Elchapplikationen darauf. Als könnte er Gedanken lesen, deutete Nick prompt auf seine auffälligen Strümpfe. „Die sind ein Geschenk von Jeffrey."

Katja nickte nur, fehlten ihr doch die Worte. Sein Anblick jagte ihr heiße Schauer über den Rücken. Und verbrannte ihr die Finger. Hastig blies sie das Streichholz aus und rannte in die Küche, um ihre Fingerspitzen in kaltes Wasser zu tauchen.

Chiara, die gerade Jeffrey begrüßt hatte, eilte ihr hinterher und schaute sie besorgt an. „Ist alles in Ordnung mit dir?"

„Bis auf ein paar Kleinigkeiten schon."

„*Kleinigkeiten* also." Chiara schmunzelte. „Der Abend wird sicher interessant werden. Und wie ich schon sagte: Die Weihnachtszeit ist einfach etwas ganz Besonderes ..."

„Da stimme ich dir zu."

„Aber?"

„Nichts weiter."

„Du versuchst gerade, mir weiszumachen, dass zwischen dir und ... Nick nichts ist? Willst du einen zweiten Versuch?"

Katja schüttelte den Kopf, unschlüssig darüber, ob sie mit Chiara über Nick sprechen sollte. Sie hatten sich zwar auf Anhieb gut verstanden, fast so, als würden sie sich schon sehr lange kennen, dennoch war ihre Beziehung zu Nick ein überaus heikles Thema.

„Ist er schon vergeben?", spekulierte Chiara.

„Nein. Er will einfach keine Beziehung mit mir. Wobei, eigentlich ..." Katja brach ab und betrachtete viel zu intensiv ihre Finger. Chiara lehnte sich ebenfalls an die Spüle und streichelte versonnen ihren runden Bauch. Sie stand schweigend da und überließ es Katja, ob sie das Gespräch fortführen oder lieber beenden wollte.

„Vor Kurzem hat er zugegeben, dass er mich schon seit vielen Jahren liebt."

„Das hat er zu dir gesagt?"

„Nein, zu der verschlossenen Badezimmertür zwischen uns."

„Wie romantisch! Und so zielführend!"

Katja schmunzelte und gab Chiara einen freundschaftlichen Knuff.

„Angeblich hat er seit Jahren keine Beziehung mehr gehabt. Und er hat den Kontakt zu seiner Familie abgebrochen. Ob das irgendetwas mit diesem ... Durcheinander zwischen uns zu tun hat, weiß ich allerdings nicht."

„Das alles kommt mir sehr bekannt vor." Chiara stieß sich ab und ergriff Katjas Hand. „Ich werde Forster mal auf Nick ansetzen."

„Ich weiß nicht –"

„Forster hat in seiner Vergangenheit viel durchgemacht, aber inzwischen hat er sich mit seiner Familie ausgesprochen und versöhnt. Vielleicht kann er Nick helfen."

Ehe Katja erneut ihre Zweifel vorbringen konnte, hatte Chiara sie mit sich gezogen. „Und jetzt feiern wir Heiligabend. Lass uns schnell den Lachs im Blätterteigmantel auf den Tisch stellen, bevor ihm noch die Flucht in die Nordsee gelingt."

Nach der Mahlzeit räumten Jeffrey und Veronica, wie er Katja gerade nannte, den Tisch ab und spülten das Geschirr. Chiara hatten sie auf die Couch verbannt, damit sie sich ausruhen und ihre Beine hochlegen konnte. Währenddessen baute Forster sein E-Piano auf und Nick verschwand für einen Moment aus dem Wohnbereich.

Als sie sich alle wieder trafen, herrschte draußen dunkle Nacht. Teelichter in den Glaskugeln am Christbaum und einige vor den Fenstern aufgestellte Kerzen tauchten den Raum in ein heimeliges Licht. Das Feuer im Kamin flackerte, die Holzscheite knackten, und der herbe Geruch der Fichte vermischte sich mit dem verführerischen Duft der Apfel-Zimt-Hörnchen, die Katja zuvor noch schnell in den Ofen geschoben hatte.

Forster spielte probehalber ein paar Akkorde auf dem E-Piano und regelte dabei die Lautstärke, doch Katjas Aufmerksamkeit galt Nick, der sich im Flur an einem Koffer zu schaffen gemacht hatte und nun mit einem goldglänzenden Saxophon in den Händen hereinkam und sich unweit von Forster auf den Tisch setzte.

„Du spielst noch immer Saxophon?", fragte sie und konnte dabei ihre Begeisterung nicht verstecken. Sie hatte es früher sehr gemocht, ihn beim Musizieren zu beobachten und den mal rauen, mal einschmeichelnden Tönen zu lauschen, die er dem Instrument zu entlocken verstand.

„Ich konnte mich nie dazu durchringen, zum Cello zu wechseln. Zu gefährlich!"

Katja warf ein Kissen nach ihm, dem er jedoch geschickt auswich.

„Die Geschichte dahinter würde mich jetzt aber interessieren." Forster spielte einen Zirkustusch.

„Das passt. Die Nummer war wirklich zirkusreif." Nick grinste Forster breit an, der sich voller Vorfreude die Hände rieb.

„Macht nur weiter so, ihr zwei. Dann bekomme ich nachher deutlich mehr von diesen absolut leckeren Apfel-Zimt-Hörnchen ab", gab Jeffrey zu Bedenken.

„Alles, nur das nicht!", stöhnte Forster auf. „Ich liebe alles, was irgendwie mit Apfel und Zimt zu tun hat."

„Vielleicht sollten die beiden mal einen Gentest machen lassen", murmelte Katja und brachte Chiara damit zum Kichern.

„Singen wir jetzt endlich?" Jeffrey rutschte erwartungsvoll bis an die Kante der Couch vor. Forster intonierte *Ich steh an deiner Krippen hier* und Nick fiel zügig mit ein, wobei er sich spürbar zurückhielt. Schließlich begann Jeffrey zu singen.

Chiara und Katja klappten gleichzeitig die Liederbücher wieder zu. Jeffrey war ein fantastischer Sänger! Mit seiner weichen und dennoch männlichen Stimme traf er jeden noch so tiefen oder hohen Ton. Als Forster dazu überging, das Stück zu verjazzen, reagierte Jeffrey souverän darauf. Nick stutzte kurz, schüttelte dann grinsend den Kopf und legte jegliche Zurückhaltung ab. Zufrieden seufzend lehnte sich Katja zurück, schloss die Augen und genoss den Moment. Irgendwann setzte sich Chiara neben sie und flüsterte ihr zu: „Das ist die Geburtsstunde unserer eigenen Boygroup!“

„Die lassen wir nie wieder gehen“, pflichtete Katja bei. Sie öffnete die Augen und beobachte Nick. Dabei versank sie in den tiefen, in ihrem Inneren vibrierenden Tönen des Saxophons, spürte Rauheit gepaart mit Sanftheit und wünschte sich, dieses berauschende Glücksgefühl für immer fest in ihrem Herzen einschließen zu können. Ja, auch sie durfte Glück erfahren, selbst dann, wenn ihre Herzenswünsche niemals in Erfüllung gehen sollten. Sie würde einfach nur dankbar sein für all die Geschenke, die man nur allzu oft als selbstverständlich hinnahm: Musik, gute Freunde und Kerzenschein, dazu eine reichhaltige Mahlzeit und eine bezaubernde Landschaft vor der Tür. Und allem voran die Freiheit, die Geburt eines kleinen Kindes in einem Unterstand für Vieh feiern zu dürfen, ohne dafür das eigene Leben aufs Spiel zu setzen, wie es in so vielen anderen Ländern der Fall war. Daran glauben zu dürfen, dass dieses Kind als erwachsener Mann unzählige Wunder getan hatte und dann für sie, Katja, und all ihre Unzulänglichkeiten gestorben war, damit diese sie nicht länger von Gott trennten und von all dem, was er für sie in der Ewigkeit bereithielt.

Die Männer spielten sich fast eine Stunde lang durch das Weihnachtsrepertoire, bevor sie sich schließlich über den Punsch und Katjas Gebäck hermachten – das diese aus lauter Begeisterung über das verjazzte Weihnachtskonzert beinahe hätte verbrennen lassen. Sie blieben am Tisch sitzen und unterhielten sich angeregt, während Chiara und Katja es sich auf der Couch bequem gemacht hatten. Sie beobachteten das flackernde Kerzenlicht, genossen die Wärme des prasselnden Feuers und wechselten nur hin und wieder einige Sätze miteinander.

Als Katja sah, wie Chiara mit ihrer Müdigkeit zu kämpfen begann, erhob sie sich. „Jungs, es wird Zeit zu gehen."

„Alles klar, Mama-Jo." Jeffrey stand ebenfalls auf und verabreichte Nick einen Klaps auf den Hinterkopf. „Komm schon. Werdende Eltern brauchen nun mal ihren Schlaf."

„Du musst es ja wissen", spottete Nick und streckte dem Gastgeber zum Abschied die Hand hin.

„Dann treffen wir uns also morgen früh um sieben zum Joggen?", fragte Forster.

Nick lachte und deutete auf sein rechtes Schienbein. „Klar, wenn du mich auf die Schultern nimmst."

„Ich nehme dich höchstens auf den Arm."

Die beiden grinsten sich an und verabredeten sich tatsächlich für den nächsten Morgen, allerdings nur zu einem Spaziergang, denn mehr sportliche Aktivität war für Nick momentan nicht drin.

Nick half Katja in die Jacke und ergriff seinen Instrumentenkoffer. Als sie vor die Tür traten, schlugen ihnen Dunkelheit, ein funkelndes Sternenmeer und eine eisige, salzgeschwängerte Luft entgegen, die mit winzigen Eiskristallen gespickt zu sein schien. Die Temperatur musste innerhalb der letzten Stunden massiv gefallen sein, und Katja, die unter ihrem Rock nur eine Wollstrumpfhose trug, hätte am liebsten sofort kehrtgemacht, um die Nacht auf Forsters und Chiaras Couch zu verbringen.

„Wartet mal einen Moment", sagte Nick, reichte das Saxophon an Jeffrey weiter und ging noch einmal ins Haus zurück. Kurz darauf kam er mit einer Wolldecke wieder heraus. Er trat hinter Katja und legte sie ihr behutsam über die Schultern. Als Katja nach der Decke griff, um sich fester darin einzuhüllen, erwischte sie einen von Nicks Fingern. Er nutzte die Gelegenheit, ergriff ihre Hand und drückte sie fest, während er ihr ins Ohr raunte. „Frohe Weihnachten, Scarlett."

„Danke, das wünsche ich dir auch." Ihre Stimme war kaum mehr als ein Flüstern, dennoch musste er sie gehört haben, denn sein warmer Atem streichelte ihre Wange, als er sich leise bei ihr bedankte.

Sie schlitterten den Abhang zum Strand hinunter, wo sie von einer mit Feuchtigkeit getränkten, beißend kalten Bö begrüßt wurden.

„Jeffrey, geh doch bitte mit Katja vor. Ich bin viel langsamer als ihr."

„Wer ist denn nun wieder Katja? Hast du nicht eben noch mit einer Scarlett getuschelt? Mein Freund, ich fürchte, du hast ein ernstes Problem."

„Bringst du sie schnell ins Warme, wenn ich zugebe, dass ich ein Problem habe?"

„Ja."

„Also gut, ich habe ein ernstes Problem. Und jetzt bewegt euch."

Zweifelnd wandte sich Katja zu Nick um. War es wirklich sinnvoll, ihn allein zurückzulassen? Das Licht der Sterne tauchte den verschneiten Sandstrand lediglich in ein schwaches bläuliches Licht, sodass kaum mehr zu erkennen war als die Konturen der Umgebung.

„Keine Sorge. Ich habe mein Handy bei mir. Falls unterwegs eine Axt in mein anderes Bein fliegt, rufe ich euch sofort an."

„Das ist nicht witzig."

„Aber auch so gut wie unmöglich. Also los! Du klapperst nämlich schon wieder mit den Zähnen. Das verscheucht die Seehunde."

Katja gab sich geschlagen, zumal sie trotz der Decke schrecklich fror. Sie eilte neben dem Superhelden-Fan her, wobei die Enden ihrer Decke wie ein Umhang hinter ihr her flatterten.

Im Ferienhaus war es vollkommen dunkel. Da Katja nicht annahm, dass die anderen bereits schliefen, waren sie wohl noch immer nicht von ihrem Ausflug zurückgekehrt. Womöglich hatten sie ein Restaurant, eine Bar oder eine andere Lokalität gefunden, um dort gemeinsam den Abend zu verbringen.

Nacheinander stiegen sie die Stufen hinauf, und Jeffrey schloss die Eingangstür auf. Erst als Katja aus den Stiefeln geschlüpft war und die Jacke aufgehängt hatte, bemerkte sie, dass ihr Begleiter keinerlei Anstalten machte, sich die wärmenden Kleidungsstücke auszuziehen. „Was hast du vor?"

„Am Strand gibt es keinen Handyempfang."

Katja biss sich auf die Unterlippe. Nick hatte sie gekonnt manipuliert, damit sie schnellstmöglich ins Warme kam. Was aber würde geschehen, wenn er stolperte und sich dabei den Kopf stieß oder ein Bein brach? Immerhin war er recht unsicher auf den Beinen. Im schlimmsten Fall würde er es weder zurück zu Chiara und Forster noch hierher schaffen. Er könnte erfrieren.

„Ich gehe ihm entgegen", beruhigte Jeffrey sie.

„Bring ihn so schnell wie möglich her. Und dann bekommt er was zu hören!"

„Fein. Darauf freue ich mich jetzt schon." Jeffrey tippte ihr belustigt auf das eiskalte Kinn und wagte sich anschließend wieder in die frostige Nacht hinaus. Katja drehte sich um und warf einen Blick aufs Thermometer. Draußen waren es minus 21 Grad.

Katja begrüßte Jeffrey und Nick mit einer heißen Schokolade, samt Sahnehaube und winzigen Schokoperlen darauf.

„Ich sollte jeden Abend einen Spaziergang durch die Tiefkühltruhe machen." Nick nahm die Tasse entgegen, verbrannte sich seine Finger zuerst an Katjas Fingern und dann auch noch an dem heißen Gefäß.

„Das würde dir allerdings nur etwas nutzen, wenn du deine Abende auch gemeinsam mit Katja verbringst“, gab Jeffrey zu bedenken und setzte sich neben Nick auf die Couch. Entsetzt wandte dieser den Kopf, doch Katja war schon wieder in der Küchennische verschwunden, sodass sie die Bemerkung seines Freundes nicht gehört haben konnte. Das hoffte er zumindest.

„Danke, Kumpel“, zischte er. „Gieß nur weiter Öl ins Feuer.“

„Dass du für sie brennst, ist kaum mehr zu übersehen“, setzte Jeffrey noch eins drauf.

„Du weißt genau, dass das mit uns nicht funktionieren würde.“

„Das behauptest *du*. Ich bin da anderer Meinung.“

„Dann täuschst du dich.“

„Und wer von uns beiden hat den objektiveren Blick auf dich? Wer hat die letzten zweihundertdreiunddreißig von zweihundertvierunddreißig Wetten gewonnen?

„Du. Aber es ist dennoch *mein* Leben.“ Nick lehnte sich zurück, schaufelte sich mit dem Löffel eine große Portion Sahne in den Mund und schloss genießerisch die Augen. Er schmeckte einen Hauch von Zimt heraus. Die Sahne zerlief und hinterließ einen weichen, süßlichen Geschmack. *Ebenso weich und süß wie ...* Er rief sich erneut selbst zur Vernunft, was ihm jedoch nicht mehr wirklich gelingen wollte. Allmählich zerfiel sein vor Jahren gefasster Vorsatz wie eine von Wellen umspülte Sandburg.

„Richtig, es ist dein Leben. Übrigens das einzige, das du hier auf Erden haben wirst. Und ich finde, du solltest langsam mal erwachsen werden. Du beschützt Katja, seit ... seit diesem Theaterdesaster. Du schaust sie auf die gleiche Art an wie ... wie du gerade diese heiße Schokolade angehimmelt hast, verwehrst dir jedoch, sie zu genießen.“

Nick blendete Jeffrey aus, als Katja auf die Sitzgelegenheiten zusteuerte. Ihr schwarzer, bis knapp über die Knie reichender Rock wippte hin und her und offenbarte ihre wohlgeformten Beine. Ihr Becken war etwas breit, doch das störte ihn nicht. Ihr sandfarbenes Haar und ihre Augen von der Farbe eines aufgewühlten Meeres gefielen ihm dafür umso mehr. Eben hatte sie das Haar noch hochgesteckt getragen, jetzt fiel es in leichten Wellen über ihre Schultern. Da sie es meist zu einem Pferdeschwanz gebunden hatte oder in einen einfachen Knoten am Hinterkopf geschlungen trug, fiel ihm zum ersten Mal auf, wie lang es war. Bewundernd beobachtete er, wie es ihr über den Rücken floss, und, als sie sich setze, wie eine Welle über ihre linke Schulter nach vorn schwappte. Krampfhaft hielt er sich an der Tasse fest. Nur so konnte er verhindern, dass er die Hand ausstreckte und ein paar dieser wunderschönen Strähnen ergriff.

Noch nie zuvor hatte er sich so sehr gewünscht, im Unrecht zu sein. Ob Jeffreys Beteuerung stimmte? Konnte eine Beziehung zwischen ihm und Katja wirklich funktionieren? Wenn er sich, wie es Katja gelungen war, von seiner Vergangenheit löste und nicht zuließ, dass diese über den weiteren Verlauf seines Lebens bestimmte?

Würde er tatsächlich für sich annehmen können, was Forster nach dem Lesen der Weihnachtsgeschichte angesprochen hatte? *Es ist nicht wichtig, was andere über uns denken, sondern was dieses Kind in der Krippe, das schließlich zu dem Mann am Kreuz wurde, über uns denkt. Es ist völlig gleichgültig, wo wir herkommen, so lange wir wissen, wo wir hingehen. Es hat keine Bedeutung, wie wir uns selbst sehen, denn oft genug sehen wir uns in einem furchtbar schlechten Licht. Es zählt nur, dass Gott uns sieht und wie er uns sieht – im Licht seines liebenden Herzens.*

Katja und Jeffrey hatten inzwischen eine ruhige, nahezu träge Unterhaltung begonnen, die Nick nur am Rande mitverfolgte. Er war mit seinen Gedanken zwar ebenfalls bei Katja, aber dennoch meilenweit von ihr entfernt. Schließlich kam er zu dem Schluss, dass er Katja erklären musste, was ihn davon abhielt, sie – oder irgendeine andere Frau – in sein Leben zu lassen. Er musste ihr von seinem Elternhaus erzählen, aus dem er geflohen war, das ihn in Gedanken jedoch ständig wieder einholte. Meistens dann, wenn er an Katja dachte. Bereits all die langen Jahre über …

Nick kratzte mit bedächtigen Bewegungen den letzten Rest der Schokolade aus seiner Tasse. Katja war die großartigste Frau, die er kannte, und deshalb würde er sie entscheiden lassen. Jetzt musste er nur noch den richtigen Zeitpunkt finden, um in Ruhe mit ihr sprechen zu können.

Hoffnung, verlockend, süß und schmerzlich zugleich, zog in sein Herz ein und verdrängte seine Bitterkeit über längst Vergangenes ein Stück weit. Vielleicht hatte er eine Chance. Womöglich sah sie eine Möglichkeit …

8. Kapitel

Die eisigen Temperaturen hatten Nicks Gesicht gerötet, und winzige Eiskristalle hingen in seinen Haaren und schmolzen, als er den warmen Wohnbereich betrat. Er kam gerade von seiner fußlahmen Joggingrunde mit Forster zurück und war tief in Gedanken versunken. Forster hatte ihm – auf Chiaras Bitte hin – seine Geschichte erzählt. Sie unterschied sich von seiner, wies jedoch durchaus gewisse Parallelen auf. Allein Chiaras Bitte an ihren Ehemann, ihm seine Geschichte zu erzählen, hatte Nick aufmerken lassen, kam diese doch sicher nicht von ungefähr. Offenbar hatte Katja mit Chiara über ihn gesprochen. Etwa weil es Katja beschäftigte, dass sie seit Jahren umeinander herschlichen, ohne zusammenzukommen?

Froh darüber, niemanden anzutreffen, bereitete sich Nick einen Kaffee zu und setzte sich in einen Sessel. Das schwarze Leder war zuerst unangenehm kalt, doch bald schmiegte es sich sanft an ihn. Er atmete tief durch und spürte dem Kampf in seinem Inneren nach.

Forster hatte ihn gefragt, was er sich wünschte, und er hatte es zum ersten Mal auszusprechen gewagt: eine Frau, die für ihn da war, wenn er nach einem anstrengenden Arbeitstag nach Hause kam. Jemanden, der ihm zuhörte und ihn auch ein Stück weit verwöhnte – so lange, bis er seinen Arbeitsalltag hinter sich lassen konnte, um anschließend ihr zuzuhören und ihr die Aufmerksamkeit zu schenken, die sie brauchte. Er sehnte sich nach einem Nest, ruhig und friedlich, in dem Freude und Harmonie wohnten. Und daraufhin hatte er etwas ausgesprochen, was sich die meisten jungen Männer heutzutage nicht mehr zu sagen getrauten: Er wünschte sich eine Frau, die nicht auf Biegen und Brechen auf eine eigene Karriere aus war und deren oberstes Ziel nicht ihre Selbstverwirklichung „dort draußen“ war, sondern bei ihm. Und bei ihren Kindern.

Forster hatte ihm geduldig zugehört und ihm schließlich gesagt: „So wie ich das verstanden habe, unterrichtet Katja sehr gern. Ich glaube nicht, dass sie das völlig aufgeben würde.“

„Das würde ich auch gar nicht von ihr verlangen. Es geht mir nicht darum, eine Frau *an den Herd* zu fesseln. Aber ich würde einen Konkurrenzkampf der Geschlechter im eigenen Zuhause nicht ertragen können. Und ich finde es ... schwierig, wenn in einer Partnerschaft das Ego des Einzelnen dominiert und damit der Fokus nicht auf dem Wohlergehen des Partners und der Kinder liegt.“

„Dafür, dass du angeblich nie heiraten willst, hast du sehr genaue Vorstellungen von *deiner* Ehe.“

„Das ist ja die Krux an der Sache. Je mehr ich mich dagegen wehre, Gefühle zuzulassen, desto vehementer drängen sie in den Vordergrund.“

„Ich denke, ich muss dich enttäuschen, Nick. Du bist vermutlich nicht dazu geschaffen, den einsamen Wolf zu spielen.“

„Eine Zeit lang ist mir das ganz gut gelungen.“

„Und? Bist du in dieser Zeit wirklich glücklich gewesen?“

„Beschäftigt.“

„Und übervolle Arbeitstage sagen dir zu?“

„Ich scheue mich nicht vor harter Arbeit, vor neuen Projekten oder davor, viel Zeit in etwas zu investieren, aber wirklich zufrieden bin ich dabei nicht gewesen.“

„Vielleicht wirst du ja bald viel Zeit und Arbeit in ein neues *Projekt* investieren können.“ Bei diesen Worten hatte Forster ihn angegrinst, und sie waren wieder umgekehrt. Während sie gemütlich am Strand entlang geschlendert waren und ihnen der Wind eiskalt ins Gesicht geblasen hatte, war Nick bewusst geworden, dass sie nicht nur über ihn, sondern immer auch über Katja gesprochen hatten. Katja und Nick. Wie Scarlett und Rhett. Vielleicht war es wirklich an der Zeit, das ständige „Morgen ist auch noch ein Tag“ dorthin zu verbannen, wo es hingehörte: ans Ende eines alten Romans.

Nick hob den Kopf, als er Schritte auf der Wendeltreppe hörte. Katja kam in einer Jogginghose, einem viel zu weiten Sweatshirt und dicken Wollsocken herunter. Ihre Wohlfühlkleidung eben. Sie liebte es unkompliziert und bequem.

„Heute ist es so weit“, murmelte Nick vor sich hin, stand auf und eilte – so schnell es ihm mit seinem verletzten Bein möglich war – in die Küche, wobei er Katja nur ein knappes „Guten Morgen“ zuwarf, das sie lächelnd erwiderte. Er bereitete zwei weitere Tassen Kaffee zu, und sie hob erstaunt die Augenbrauen, als er eine davon neben ihrem Teller abstellte, auf dem sie sich gerade eine Scheibe Brot abschnitt.

„Danke. Hast du schon gefrühstückt?“

„Nein.“

Sie schnitt zwei weitere dicke Brotscheiben ab, legte sie auf einen zweiten Teller und schob ihm diesen hin.

„Wie geht es deinem Bein?“

„Gut.“

„Warst du heute Morgen schon draußen?“

„Ja.“

„Soll ich dir nachher beim Verbandswechsel helfen?“

„Ja. Danke.“

„Du warst schon gesprächiger.“ Sie lachte, strich Marmelade auf die gebutterte Brotscheibe, reichte ihm das Messer und ging dann zum Tisch hinüber.

Er bestrich die Brote, schnappte sich seine Tasse und folgte ihr, wobei er nach kurzem Zögern nicht neben ihr Platz nahm, um wie sie die Eislandschaft vor den Fenstern bewundern zu können, sondern ihr gegenüber. Schließlich war sie nicht weniger bewundernswert.

„Ich wollte ... etwas mit dir besprechen“, wagte er zu sagen.

„Das wird lustig, so gesprächig wie du heute bist.“

„Kannst du bitte mal einen Augenblick ernst sein?“

Sie runzelte die Stirn. Ganz offensichtlich war er ihr gegenüber viel zu häufig salopp, ja, nahezu frech aufgetreten. Seine Maskerade, die er gern benutzte, um dahinter seine Gefühle zu verbergen, hatte immer wunderbar funktioniert. Doch heute stand sie ihm offenbar im Weg.

„Okay.“

Jetzt war sie wohl an der Reihe, sich wortkarg zu geben.

„Ich denke, es ist fair, wenn ich dir erzähle, warum –“

„Guten Morgen, ihr beiden!“ Carola kam die Wendeltreppe herunter, die unter ihren schwungvollen Schritten vibrierte. „Hab ich einen Hunger!“ Sie stibitzte eine der Brotscheiben von Nicks Teller und tänzelte davon.

„Manchmal sind mir Kollegen, die vor mir kuschen, deutlich lieber“, murmelte Nick und grinste Katja schief an. Sie bot ihm prompt eines ihrer Brote an, doch er schüttelte den Kopf und lehnte sich – halb enttäuscht, halb erleichtert – zurück. Die Gelegenheit für ein Gespräch unter vier Augen war vorbei, zumal Carola mit einem Glas kalter Milch zurückkam und von ihrer lustigen Weihnachtsfeier im Restaurant einer großen Ferienanlage weiter im Süden Jütlands erzählte.

Als Carola sich einen Apfel holte, beugte sich Katja vor und legte für einen kurzen Augenblick ihre Hände auf Nicks. Er sah auf, blickte in das tiefe Blau ihrer Augen und wünschte sich einmal mehr, für immer darin versinken zu können.

„Ist alles in Ordnung, Nick?“, erkundigte sie sich flüsternd.

„Ja“, gab er ebenso leise zurück, wobei er sich über ihre Besorgnis ihm gegenüber freute. Er konnte sich gut vorstellen, wie sie ihn an der Tür begrüßte, ihn fragte, wie sein Tag gewesen war und ihn dazu motivierte, noch einen kleinen Spaziergang mit ihr zu unternehmen ...

„Wir können uns später unterhalten. Vielleicht bei einem Spaziergang?“, schlug sie vor.

Du bist ... diese Stimme in ihm, die in den vergangenen Tagen sehr still geworden war, drängte sich überdeutlich in sein Bewusstsein. Sie war zu gut für ihn. Er durfte keine weiteren Schritte auf sie zugehen. Seine Liebe würde sie nur zerstören. Nick verschränkte die Arme vor der Brust und erwiderte, dieses Mal in normaler Lautstärke: „Da draußen ist es so kalt, dass dir die Gesichtsmuskeln einfrieren, aber wir könnten versuchen, uns in Zeichensprache zu verständigen. Zumindest so lange, bis uns die Finger abgefallen sind.“

„Mich würde sehr interessieren, was dir gerade durch den Kopf gegangen ist.“ Sie schüttelte traurig den ihren, bevor sie sich Carola zuwandte. Sie hatte ihn demnach durchschaut – wie so oft. Ob das nun gut oder schlecht für ihn war, konnte er momentan nicht beurteilen.

„Wir wollen uns heute das Nordsee-Ozeanarium in Hirtshals anschauen. Kommt ihr mit?

„Ich wohl eher nicht“, antwortete Nick mit einem Fingerzeig auf sein Bein. Stundenlanges Herumschlendern und -stehen würde ihm sicher nicht besonders guttun.

„Danke, ich bleibe auch hier. Aber frag doch mal Jeffrey, vielleicht hat er Lust.“

Nick kniff die Augen zusammen und taxierte Katja. Plante sie gerade, alle aus dem Haus zu scheuchen, damit er sich nicht mehr vor dem Gespräch drücken konnte, das er angekündigt und doch nicht mit ihr geführt hatte? Welcher Wesenszug versteckte sich dahinter? Ein manipulativer – wie es bei Carola der Fall war

– oder doch eher ein besorgt-unnachgiebiger? Nick konnte ein Schmunzeln nicht unterdrücken. Er würde diese Frau vom Fleck weg heiraten – wäre da nicht seine Vergangenheit ...

Eine Stunde später wurde das Haus von lauten, ausgelassenen Stimmen erfüllt. Während Carola, Sonja, Peter und Flädle ihr Frühstücksgeschirr wegräumten, wechselte Katja unter den wachsamen Augen von Jeffrey Nicks Verband.

„Sieht gut aus", bemerkten sie synchron, stießen sich kumpelhaft mit den Ellenbogen an und lächelten sich zu. Nick verhagelte es die Laune. Offenbar war Katja zu einer Frau herangereift, die ihre Schüchternheit und ihre Angst, nicht gut genug zu sein, eingetauscht hatte gegen einen Charme, der ihr in Windeseile alle Herzen zufliegen ließ. Sie war schlicht liebenswert – und er wollte etwas von ihrer Liebe abhaben. Mehr als nur etwas. Viel. Sehr viel sogar. *Geh das Gespräch an und dann lass sie entscheiden. Wenn du etwas wirklich willst, musst du darum kämpfen.*

„Jeffrey, kommst du jetzt mit oder nicht?" Carola, die bereits ihre Mütze trug und sich ihre Jacke unter den Arm geklemmt hatte, kam auf die Sitzecke zu. Dabei kam ihr Peter in die Quere. Genau unter dem Mistelzweig.

„Du hättest ihn umhängen sollen." Jeffrey deutete unmissverständlich auf den Zweig.

„Oder besser endgültig wegwerfen", murmelte Katja.

Peter und Carola blickten nach oben, bevor sie sich gegenseitig anschauten, anlächelten und sich schließlich küssten. Der Kuss dauerte so lange, dass sich Nick von dem Anblick abwandte, um den beiden mehr Privatsphäre zu gönnen. Offenbar war die Kupplerin sich selbst zum Opfer gefallen und über ihre eigenen Gefühle gestolpert. Nick sah zu Jeffrey hinüber, der das Paar mit geneigtem Kopf beobachtete, dann fiel sein Blick auf Katja. Sie kniete noch immer vor ihm und versorgte seine Wunde. Trotz ihres leicht geneigten Kopfes sah er eine heimliche Träne über ihre Wange rollen.

Freute sie sich so sehr für Carola? Oder schmerzte es sie vielmehr, sie so glücklich zu sehen, während sie selbst seit Jahren in einen Kerl verliebt war, der ihr in einem fort die kalte Schulter zeigte? Nick biss die Zähne zusammen. Er verletzte sie bereits seit Langem.

Er beugte sich vor und wischte die Träne mit seinem Daumen weg. Unter seiner Berührung zuckte Katja zurück. Als sie aufsah, lagen Schmerz und Erschrecken zugleich in ihrem Blick. Sie war offenbar davon ausgegangen, dass niemand sie beobachtete.

„Wir reden. Nachher."

„Du musst nicht ..."

„Ich will aber."

Nick spürte Jeffreys Hand auf seiner Schulter. Eine feste, aufmunternde Geste, ehe er sich an Carola wandte, die sich inzwischen an Peters Arm klammerte und mit Sonja sprach. „Ich bin gleich fertig. Wollte mich schon immer mal mit einem Mondfisch unterhalten."

Die Unruhe im Haus vervielfachte sich, bis die Tür endlich ein letztes Mal ins Schloss fiel und Stille einzog, die lediglich vom Knacken und Zischen des fast niedergebrannten Feuers im Kamin unterbrochen wurde.

Nick beobachtete, wie Katja den Verband sorgfältig befestigte, vorsichtig sein Hosenbein nach unten zog, sich mit dem alten Verbandsmull in den Händen erhob und eilig davonhuschte. War sie nun diejenige, die die Flucht antrat?

Nachdenklich betrachtete Nick die blassblauen Eisranken an den Fensterscheiben. Sie waren zwar wunderschön anzusehen, dennoch standen sie für eine feindliche Kälte. Ihr Anblick machte ihm schmerzlich bewusst, dass das, was einem gefiel, nicht immer gut für einen war. Vielleicht sollte er Katja zu Beginn ihres Gesprächs auf diesen Umstand hinweisen.

Er hörte sie in der Küche hantieren, und gleich darauf wehte der Duft von Apfel und Zimt zu ihm herüber. Er schloss die

Augen. Katja genoss es offenbar, ihn zu verwöhnen. Doch würden ihre Gefühle ihm gegenüber, ihre Freude daran, ihn mit kleinen Gesten liebevoll zu umsorgen, und ihre Fähigkeit, tiefer in sein Herz hineinzuschauen als andere, ausreichen, um seinen Makel auszugleichen? War seine Liebe für sie stark genug, um den Test der Zeit zu bestehen? Würden sie Uneinigkeit, Missverständnisse, gegenseitige Verletzungen, Sorgen, Misserfolge, schlimme Nachrichten und Verluste überstehen können?

Er beobachtete, wie sie die Kerzen am Christbaum erneuerte und anzündete, Holz nachlegte und eine weitere Kerze auf die Küchentheke stellte. Mit nur wenigen Handgriffen gelang es ihr, eine heimelige Atmosphäre zu schaffen. Ihm fiel auf, dass sie sich nach dem Frühstück umgezogen hatte. Sie trug erneut ihren schwarzen Rock, diesmal jedoch keine Bluse, sondern einen langen hellblauen Strickpullover. Offenbar war es ihr wichtig, auch am ersten Weihnachtsfeiertag festlich gekleidet zu sein.

Katja kehrte mit zwei großen Gläsern in den Wohnbereich zurück. Der heiße Apfelsaft darin war mit Orangenscheiben und je einer Zimtstange dekoriert. Sie stellte die Getränke auf Korkuntersetzer, machte es sich aber nicht neben ihm auf der Couch bequem, sondern entschied sich für den Sessel auf der anderen Seite des Beistelltisches. Wie eine Katze, die sich auf dem Polster zusammenrollte, zog sie ihre Beine an. Nick hätte sich in diesem Moment unglaublich wohlgefühlt, wäre da nicht das anstehende Gespräch gewesen, das wie ein Damoklesschwert über seinem Kopf schwebte – und über seiner gemeinsamen Zukunft mit Katja. Alles könnte so einfach sein – wenn es nicht so furchtbar ... kompliziert wäre.

„Hast du eigentlich jemals meine Eltern kennengelernt?" Seine Stimme klang, als hätte er eine heiße Kartoffel im Mund, die Worte tropften nur schwer über seine Lippen.

Katja sah ihn an und schien zu überlegen, ehe sie zaghaft den Kopf schüttelte.

„Eltern …“, flüsterte sie und schenkte ihm ein aufmunterndes Lächeln. „Sie sind Menschen mit ihren ganz eigenen Problemen und Unzulänglichkeiten, die es gewagt haben, Verantwortung für empfindsame und extrem formbare Geschöpfe zu übernehmen. Sie machen nun mal Fehler …“

„Deine Eltern haben vielleicht Fehler gemacht. Aber meine …“ Nick sah, wie Katja sich auf die Unterlippe biss und nervös ihre Finger ineinander flocht. Bereits nach dieser Andeutung schien sie mit ihm zu leiden. Ob es wirklich eine gute Idee war, ihr noch mehr zu erzählen?

„Es begann, als ich fünf war. Nach der Krebserkrankung meiner älteren Schwester.“ Nick atmete tief durch und versuchte, sich Nataschas Gesicht ins Gedächtnis zu rufen. Es gelang ihm nicht. Die Erinnerung an ihre Gesichtszüge war wie ausgelöscht – so wie Natascha selbst.

Katja war inzwischen tiefer in den Sessel gerutscht, und in ihren Augen schwammen Tränen. Wie konnte jemand aufgrund der bloßen Andeutung eines Familiendramas so viel Mitgefühl aufbringen? War sie extrem sensibel? Oder liebte sie ihn so sehr?

Nick wäre am liebsten aufgesprungen und hätte sie in seine Arme gezogen. Er wollte sie trösten, ihr versichern, dass sie eine gemeinsame Zukunft hatten. Nur damit er ihr nicht noch mehr von dem erzählen musste, was ihn zu dem Menschen gemacht hatte, der er heute war. Aber er blieb sitzen und zwang sich, das auszusprechen, was ihn davon abgehalten hatte, Katja – oder überhaupt eine Frau – zu lieben.

„Ich weiß, dass …“ Er zögerte erneut. Wollte er seine Eltern wirklich verteidigen?

Ein Rumpeln war zu hören, gleich drauf drängte eiskalte Luft in den Raum, als würde eine Welle hereinschwappen.

„Hallo, ist jemand da? Katja? Jeffrey? Nick?“ Chiaras atemlose Stimme ließ Katja aufspringen. „Geht es dir gut?“ Einem Wirbelwind gleich stürmte sie an Nick vorbei in den winzigen Flur.

„Mir geht es gut. Nur das Treppensteigen strengt mich so sehr an. Und es ist lausig kalt." Für einen kurzen Moment war nur ein Rascheln und Poltern zu hören, dann kehrte Katja gemeinsam mit Chiara ins Wohnzimmer zurück.

„Ich muss ein wenig Schutz bei euch suchen. Ich hoffe, ich störe euch nicht?" Chiara ließ sich auf einen Sessel gleiten und seufzte laut, als sie die Beine ausstreckte. „So finster, wie Forster derzeit dreinblickt, bringt er gerade vermutlich eine Menge Leute um."

Nick sprang auf. „Okay, ich rufe die Polizei!"

„Was? Nein! Ich meine doch nur in seinem Manuskript", Chiara hatte die Augen weit aufgerissen, runzelte nun allerdings zweifelnd die Stirn und schenkte Nick ein strahlendes Lächeln. „Du Schlingel!", schalt sie ihn und klang dabei wie ein altes Großmütterchen.

„Ich lasse euch Mädels ein bisschen allein. Falls ihr einen Beschützer braucht ..." Nick ignorierte Katjas hochgezogene Augenbrauen und den zweifelnden Blick, den sie ihm zuwarf. Ja, er trat die Flucht an. Eine Flucht, die er diesmal zwar nicht gewollt hatte, die er aber dennoch dazu nutzte, um von ihr wegzukommen. Und von all dem, was er ihr eigentlich hatte erzählen wollen. Kurze Zeit später hörte er die beiden ausgelassen lachen.

Zwei Tage waren vergangen, seit Nick einen Versuch unternommen hatte, mit Katja über seine Eltern zu sprechen. Seitdem hatte sich keine Gelegenheit mehr für die beiden ergeben, ihre Unterhaltung fortzusetzen, und Katja beschlich allmählich das Gefühl, dass Nick ihr wieder bewusst aus dem Weg ging. Er machte einen Rückzieher. War ihm das Gespräch – und damit auch sie – doch nicht wichtig genug? Katja zwang sich, diesen mit Selbstzweifeln beladenen Gedanken schnell wieder aus ihrem Kopf zu vertreiben. Es lag nicht an ihr. Sie hatte nichts falsch gemacht.

Kälte belagerte ihr Herz, die fast ebenso frostig daherkam wie die eisigen Temperaturen entlang der Nordseeküste. Die Welt um sie herum war zu Eis erstarrt. Um jeden Dünengrashalm schmiegte sich eine durchsichtige, in der Sonne glitzernde Eisschicht und die Muscheln und Steine waren in kleinen Glaskugeln gefangen. Aus dem vom Wind verwehten Schnee ragten bizarre Eisformationen heraus und die Terrassenpfeiler und das Treppengeländer glichen weißen Marmorsäulen. An ihren windgeschützten Seiten waren bis zu ein Meter lange, waagrechte und damit regelrecht monströse Eiszapfenwälder gewachsen. Der Himmel kleidete sich in Eisblau und spiegelte sich in den sanften Meereswogen. Selbst die Sonne, die zaghaft über den Horizont kletterte, wirkte wie eingefroren. Ihre Strahlen tauchten Eis und Schnee in ein weiches Licht, waren aber nicht imstande, auch nur einen Hauch von Wärme zu spenden.

Katja, in Schneehose und Daunenjacke, mit Mütze und Handschuhen, den Loop zusätzlich um den Kopf gewunden, sodass nur die Augen herausschauten, tastete sich schrittweise und sehr vorsichtig über den Strand, der unter einer Eisschicht begraben war. Wie eine überdimensionale Luftpolsterverpackungsfolie lag der Küstenstreifen vor ihr, das rutschige Eis machte jeden Schritt zu einem Abenteuer. Ihre Augen tränten, und obwohl sie sich warm angezogen hatte, kehrte sie bereits nach weniger als zehn Minuten wieder um. Die Kälte war einfach zu feindlich, ja, sogar schmerzlich, als jagten winzige Eiszapfen durch die Luft. Katja wagte nur mit gesenktem Kopf, den Mund tief hinter Schal und Jackenumschlag vergraben, Luft zu holen. Sie erreichte den Aufgang zu ihrem Ferienhaus, an dem auch die Treppenstufen zu bizarren weißen Gebilden erstarrt waren. Wie schon auf dem Hinweg, wählte Katja den Dünensand neben dem bedrohlich verkleideten Geländer, um nach oben zu gelangen.

Sie war noch nicht weit gekommen, als sie eine Stimme hinter sich vernahm. Erstaunt drehte sie sich um, verlor den Halt und schlitterte auf ihrem Hosenboden die Düne wieder hinunter. Forster eilte in beängstigendem Tempo auf sie zu, rutschte dabei mehrmals aus, hielt sich aber gewandt auf den Füßen. Er war zwar mit einer Jacke, einer Jogginghose und einer Mütze bekleidet, trug jedoch keinen Schal oder Handschuhe. Sein Atem kondensierte in der eisigen Luft, und Katja wäre nicht überrascht gewesen, wenn sich die weiße Wolke in Eiskristalle verwandelt hätte und klirrend zu Boden gefallen wäre.

„Forster?" Katja rappelte sich auf und balancierte ihm einige Schritte entgegen.

„Mein Handy funktioniert nicht und das Auto springt nicht an."

„Was ist los?"

„Wehen! Chiara hat heftige Wehen!"

Katja schnappte nach Luft, was ihr allerdings nicht gut bekam. Ihre Lunge brannte schmerzhaft, als sie die eiskalte Luft inhalierte.

„Geh zum Haus hoch. Jeffrey und Nick sind da. Ich laufe schnell zu deiner Frau hinüber."

Forster nickte und kämpfte sich auf Händen und Füßen die Düne hinauf. Katja überlegte kurz, ob sie lieber über den Holzsteg durch die Dünen gehen sollte. Allerdings war dieser Weg deutlich weiter, und wohl nicht weniger eisverkrustet. Sie entschied sich für den Strand und schlitterte über die knirschende Eisfläche, vorbei an den durchscheinenden Eiskugeln, die das Strandgut wie einen wertvollen Schatz in sich eingeschlossen hielten. Ihrem Empfinden nach kam sie viel zu langsam voran. Chiara sollte in dieser Situation nicht allein sein – und Shakespeare würde sich wohl kaum als beruhigender Fürsprecher oder gar als Hebamme eignen.

Endlich hatte sie die große Düne umrundet. In ihrem Windschatten gab es einen schmalen Streifen eisfreien Strandes, den Katja nutzte, um so schnell zu rennen, wie sie nur konnte. Als sie endlich das Ferienhaus erreicht hatte, erklomm auch sie auf allen Vieren den Sandberg zu diesem hinauf und fiel förmlich mit der Tür ins Haus. Sie pellte sich eilig aus ihrer Winterkleidung, warf sie achtlos auf den Boden und stürmte in den Wohnraum. Hitze schlug ihr entgegen, raubte ihr für einen Moment den Atem und brannte ihr heiß auf Gesicht und Händen.

Ihr Blick fiel auf Chiara, die auf einer Couch vor der mit Eis verzierten Fensterfront kauerte. Sie war bleich, keuchte heftig und ihre Beine zitterten unübersehbar. Der Neufundländer lag direkt vor ihr, schaute sie mit geneigtem Kopf besorgt an und winselte. Er beachtete Katja nicht, als sie sich neben ihre neue Freundin kniete.

„Wo ist Forster?“, brachte Chiara mühsam hervor.

„Er ist in unserem Ferienhaus. Wahrscheinlich versuchen sie gerade, von dort aus zu telefonieren. Irgendeins von unseren Handys wird ja hoffentlich funktionieren.“ Doch Katja bezweifelte es. Sie hatte es ausprobiert, nachdem Nick sie an Heiligabend hereingelegt hatte. Sie hatte weder am Strand noch im Haus oder auf dem Parkplatz Empfang. Aber vielleicht würde es mit einem anderen Mobiltelefon funktionieren ...

„Was ist mit Nicks Auto?“

„Das springt bestimmt an“, tröstete Katja und half ihrer Freundin, deren Wehe abgeklungen war, auf die Couch. „Die anderen sind ja auch mit dem Auto unterwegs.“

„Die Wehen kommen in halbstündlichen Abständen“, klärte Chiara sie auf. „Es ging so plötzlich los, dass ich mich richtig erschreckt habe. Womöglich waren es die ganze Zeit über gar keine Senkwehen, sondern richtige.“

„Beim ersten Kind dauert eine Geburt doch meistens sehr lange.“

„Das ist meine Hoffnung.“ Chiara zog eine sarkastisch anmutende Grimasse. „Aber vielleicht sollte ich das nicht zu laut sagen.“

Katja lächelte verstehend. Sicher wollte Chiara diese Schmerzen nicht allzu lange aushalten müssen. Sie brachte ihrer Freundin eine Fleecedecke, die sie sich über die Beine legte. Anschließend holte sie ihr ein Glas Wasser und füllte auch Shakespeares Napf auf, wofür ihr der Hund dankbar die Hand leckte.

„Es geht wieder los", zischte Chiara plötzlich. Sofort setzte sich Katja neben sie, streichelte ihren Rücken und stützte sie. Chiaras Keuchen übertönte das leise Winseln des Hundes und das verhaltene Prasseln des Feuers. Kaum dass die Wehe abgeklungen war, half Katja ihrer Freundin, sich hinzulegen. Dabei fiel ihr Blick durch die Fensterscheibe hinaus auf die erstarrte Eislandschaft. Plötzlich wurde sie von Furcht ergriffen. So sehr sie die Stille und Einsamkeit, die bizarre Schönheit der vereisten Landschaft und die Weite des Meeres bisher auch genossen hatte, umso bedrohlicher erschien ihr dies alles nun. Chiara bekam gerade ihr erstes Kind. Und noch immer war niemand da, der sie in eine Klinik bringen oder ihr zumindest fachkundig zur Seite stehen konnte ...

In diesem Moment sah Katja zwei dunkel gekleidete, vermummte Gestalten über den Strand herbeieilen. Aufgrund ihres Körperbaus und der Tatsache, dass einer von ihnen leicht hinkte, vermutete sie, dass es sich bei ihnen um Forster und Nick handeln musste. Kamen sie, um Chiara über den Dünenweg zum Parkplatz zu bringen?

Wenig später eilten die beiden in den Raum. Nick hatte die Stirn sorgenvoll in Falten gelegt, Forster sah verzweifelt aus. In Katja drohte etwas zu zerspringen, wie ein Eiszapfen, der aus großer Höhe herabfiel und auf dem Boden aufschlug. Während Forster sich zu seiner Frau setzte und sie in seine Arme zog, gesellte sich Katja zu Nick.

„Keines der Handys hat Empfang", raunte er ihr zu. „Vermutlich sind die Sendemasten in der näheren Umgebung restlos mit Eis überzogen." Entsetzt klammerte sich Katja an seinen Arm, er umfasste sie fürsorglich und tröstend zugleich um die Hüfte. „Die Dieselmotoren unserer Autos haben offenbar Probleme mit der Temperatur. Und ausgerechnet die sind von uns auch noch lange Zeit nicht bewegt worden."

„Dein Auto springt ebenfalls nicht an?" Katja brachte nicht mehr als ein heiseres Flüstern zustande.

„Bis jetzt nicht. Jeffrey ist gerade dabei, alles Mögliche auszuprobieren, um wenigstens eins von beiden noch zum Laufen zu bringen."

„Und was sollen wir tun, wenn wir wirklich hier festsitzen?" Katja blickte Nick an, als hätte er auf jeden Fall eine Lösung parat. War es nicht immer so gewesen? Hatte er nicht immer einen Weg gefunden? Damals in der Schule, später beim Studium und nun bei seiner Arbeit?

Er verstärkte den Griff um ihre Hüfte und legte zusätzlich noch eine Hand an ihre Wange, als wollte er sichergehen, dass sie ihm auch wirklich zuhörte. Seine Aufmerksamkeit und Fürsorge taten Katja unglaublich gut und sorgten dafür, dass sie nicht in Panik verfiel. „Du kannst beten und hoffen, dass bei Chiara und dem Kind alles in Ordnung ist. Und wir können ihr so gut wie möglich helfen. Doch noch ist es nicht so weit, okay, Scarlett? Wir haben noch Zeit und damit auch die Chance, eine andere Lösung zu finden."

Katja nickte, ohne den Blick von ihm abzuwenden. Nie zuvor hatte das Braun seiner Augen so warm ausgesehen. Offenbar war er tatsächlich völlig ruhig. Nicht sorglos oder unberührt dem gegenüber, was hier gerade geschah, aber dennoch keineswegs überfordert oder gar kopflos.

Ihr Herzschlag beruhigte sich. Sie richtete sich auf, löste ihren Blick von seinen Augen und trat einen Schritt zurück. Er schien sie nur widerwillig aus seinem Arm zu entlassen, nickte ihr jedoch ermutigend und aufmunternd zu. Er traute ihr viel zu, und genau das war es, was sie so sehr brauchte.

„Also gut, konzentrier du dich auf das, was wir noch tun können, um Hilfe von außen zu holen, und ich kümmere mich um Chiara und das Baby."

„Du bist schon immer eine Kämpferin gewesen", flüsterte er ihr zu, drückte fest ihre Hand und wandte sich dann an Forster, der ihm kurz darauf sein Smartphone reichte.

Während Katja sich gemeinsam mit Forster um Chiara bemühte, bei der sich eine weitere Wehe wie eine Woge aufbaute, verließ Nick mit sämtlichen ihm zur Verfügung stehenden Mobiltelefonen das schützende Innere des Ferienhauses. Er wollte herausfinden, ob es irgendwo in der näheren Umgebung eine Stelle gab, an der er telefonieren konnte. Allerdings befürchtete Katja, dass er mit seiner Vermutung recht haben könnte: Die Handymasten waren wahrscheinlich zu ähnlich funktionsuntüchtigen weißen Skulpturen erstarrt wie die Treppengeländer, Leuchttürme, Straßenlaternen, Schiffskräne und Ruderboote im kompletten Norden Dänemarks, der in diesem Winter von heftigen Minustemperaturen im Würgegriff gehalten wurde.

9. Kapitel

Wenig später betrat Jeffrey Chiaras und Forsters Ferienhaus. Sein Gesicht war knallrot, die Nase auffällig weiß. Er benötigte einige Minuten und einen heißen Tee mit viel Zucker, ehe er halbwegs verständlich sprechen konnte. Dabei bewegte und rieb er in einem fort seine Finger, die ebenfalls eine ungesunde weißblaue Farbe angenommen hatten.

„Nichts zu machen. Die Autos springen einfach nicht an. Wo ist Nick?"

„Der ist noch mit den Handys unterwegs, um zu schauen, ob er irgendwo Empfang hat", erklärte Katja, die ihm eine zweite Tasse Tee hinstellte.

„Ich vermute, das ist ziemlich unsinnig." Jeffrey streckte seine Finger und verzog dabei vor Schmerz das Gesicht. Der zutiefst besorgte Forster knurrte Jeffrey ungehalten an, was dieser jedoch schlichtweg ignorierte. Stattdessen wandte er sich an Chiara. „Es hat keinen Sinn, dir etwas vorzumachen. Hast du einen Geburtsvorbereitungskurs besucht?"

Chiara nickte und strich ihrem aufgewühlten Mann tröstend über die verspannten Schultern.

„Dann sollten wir uns auf eine Hausgeburt vorbereiten."

In diesem Moment sprang erneut die Tür auf, was Jeffrey, so schien es Katja zumindest, davor rettete, von dem entsetzten Thrillerautor kaltgemacht zu werden.

„Jeffrey? Hast du eines der Autos zum Laufen bringen können?"

„Leider nicht."

„Und ich hatte kein Glück mit den Handys!"

„Das dachte ich mir. Komm rein, ehe du dir einen Schnupfen holst."

„Das ist noch das Geringste, was man sich da draußen holen kann."

„Wem sagst du das?" Jeffrey massierte erneut seine Finger.

Katja fröstelte, nicht nur, weil das kurze Öffnen der Tür den gut beheizten Raum bereits spürbar abgekühlt hatte, sondern auch, weil ihr nun eines deutlich vor Augen stand: Chiaras Kind würde ohne professionelle Hilfe geboren werden.

Nick betrat den Raum, jedoch ohne sich die Schuhe oder die Jacke auszuziehen. Er hatte sich lediglich den langen Schal von den Ohren und der Mundpartie gewickelt. Katja verzog das Gesicht. Er humpelte unübersehbar mehr als zuvor. Offenbar hatten die übermäßige Belastung und die Kälte seiner Wunde erneut zugesetzt.

„Ich versuche, mich zu der Ferienhaussiedlung durchzuschlagen, die ein Stück weiter im Landesinneren liegt. Vielleicht kann uns dort jemand helfen."

„Zuletzt hat es ziemlich verlassen ausgesehen. Außerdem sind es gut fünf Kilometer bis dorthin." Jeffrey schüttelte protestierend den Kopf, denn er wollte seinen Freund nur ungern wieder in der eisigen Kälte wissen.

„Einen Versuch ist es auf jeden Fall wert", bekräftigte Nick sein Vorhaben.

„Dein Bein ist noch nicht verheilt. Und du hinkst sogar mehr als an dem Tag, als du aus dem Krankenhaus gekommen bist." Katja trat näher an Nick heran, denn auch sie wollte nicht, dass er noch einmal wegging. Nicht in seinem Zustand und nicht bei dieser Kälte.

„Damals stand ich auch unter Drogen."

Von Chiara kam ein Stöhnen, gefolgt von heftigem Atmen. Die Abstände zwischen den Wehen waren inzwischen deutlich kürzer geworden.

„Wenn einer geht, dann Forster", entschied Jeffrey in ungewohntem Befehlston.

„Er ist doch der Vater!", widersprach Nick.

„Du bist verletzt, und ich bin der Einzige, der schon mal bei einer Geburt dabei gewesen ist. Bei Zwillingen. Bevor meine Schwester damals ihre Babys zur Welt gebracht hat, habe ich mich in die medizinischen Belange rund ums Kinderkriegen eingelesen, weil ich von vorneherein wusste, dass ich derjenige sein würde, der meiner Schwester beistehen muss. Ihr Mann hatte das von Anfang an kategorisch ausgeschlossen."

„Muss ich jetzt ‚Herr Doktor' zu dir sagen?", brummte Nick.

„Das hättest du eigentlich schon lange tun müssen, ich habe nämlich einen Doktortitel."

„Wann hast du den denn geklaut?"

„Erarbeitet und erschrieben. Rechtmäßig!"

„Und deine Doktorarbeit enthielt eine Abfolge von –"

„Ruhe jetzt!", ging Chiara laut, aber nicht unfreundlich dazwischen. „Das Kind braucht eine ruhige und gelassene Atmosphäre."

„Wenn ich dich richtig verstanden habe, braucht es wohl eher einen Fußball und Kickschuhe."

„Ich schmeiß dich gleich raus, Nick", drohte Chiara, was Forsters besorgte Miene deutlich erhellte. „Mach nur weiter so, Kumpel. Sonst bekomme ich das immer ab."

„Katja, nimm dir bitte einen Besen und schiebe alles nach draußen, was irgendwie nach Mann aussieht."

Shakespeare jaulte laut auf.

„Dich meine ich nicht. Du bist ja brav."

„Ausgerechnet", murmelte Forster, strich Chiara durch ihr kurzes Haar und ging zielstrebig in Richtung Ausgang.

„Ich werde es versuchen. Fünf Kilometer hin- und wieder zurückjoggen, das bekomme ich hin. Und abseits vom Meer ist der Wind auch nicht so beißend kalt."

Katja vermutete, dass Forsters kleiner Monolog dazu dienen sollte, seine Frau zu beruhigen. Doch auch Katja war nicht sonderlich wohl bei dem Gedanken, ausgerechnet den Vater des Kindes wegzuschicken. Allerdings war Forster tatsächlich derjenige von ihnen, der die Strecke am schnellsten würde laufen können. Und falls Jeffrey wirklich etwas von Geburtshilfe verstand – und sei es nur aufgrund von angelesenem Wissen –, so war dies immer noch weit mehr als das, was sie selbst übers Kinderkriegen wusste. Oder Forster. Oder Nick.

Allerdings wurde ihr mulmig, als sie hörte, wie Nick zu Forster sagte: „Pass bloß auf! Einmal ausrutschen und nicht mehr aufstehen können, und du bekommst innerhalb kürzester Zeit Erfrierungen."

Katja setzte sich wieder zu Chiara, die mit geschlossenen Augen auf der Couch lag. Ob sie betete? Für das Kind und Forster?

Für einen kurzen Augenblick gestattete Katja sich, an ihre Familie zu denken. Wie sie wohl die Weihnachtsfeiertage verbracht hatten? Es war seltsam, mit größtenteils Fremden im Urlaub zu sein, vor allem, seit diese sich neuerdings vor ihr zurückzogen. Vielleicht, weil sie sich eben doch zu fremd waren, zu unterschiedlich veranlagt?

Die Tatsache, dass sie erneut Zeit mit Nick verbrachte, hatte ihre Gefühle regelrecht in Aufruhr versetzt – vor allem aufgrund des unfreiwillig belauschten Geständnisses, seiner plötzlichen Bereitschaft, ein Gespräch mit ihr zu führen und dem Schweigen, das seitdem zwischen ihnen herrschte. Die eisigen Temperaturen sorgten zwar für eine faszinierende Landschaft, engten Katja aber auch ein – zumal sie kein Auto zur Verfügung hatte. Und nun steckten auch noch ihre neugewonnenen Freunde in beträchtlichen Schwierigkeiten, nein, sie schwebten sogar in Gefahr ...

„Weihnachten hatte ich mir irgendwie anders vorgestellt."

Katja erschrak, als sie eine Antwort erhielt. Ihr war nicht bewusst gewesen, dass sie den Gedanken laut ausgesprochen hatte.

„Das erste Weihnachtsfest hatte auch nichts Verklärtes, Romantisches an sich – vermutlich nicht einmal etwas Befreiendes", sagte Chiara. „Maria sah sich gezwungen, sich hochschwanger auf den Weg nach Bethlehem zu machen. Sie musste weg von ihren Nachbarinnen, die ihr bei der Geburt hätten beistehen können. Sie war ausgelaugt und müde und bekam als Schlafplatz eine Grotte zugewiesen, in der sonst das Vieh stand. Dort die Nacht zu verbringen war sicher sehr ungemütlich. Und damals konnte niemand im Internet nachlesen, wie eine Geburt vonstattengeht."

Von Jeffrey, der noch immer damit beschäftigt war, seine Finger warm zu reiben, kam ein zweifelndes Grunzen.

„Schon kurz nach der Geburt war klar, dass man nach Marias Kind suchte, weil es getötet werden sollte. Also musste die kleine Familie fliehen ..." Chiara deutete zuerst auf Katja, dann auf das flackernde Feuer im Kamin. „Ich dagegen habe eine Freundin bei mir, liege warm und weich und –" Die nächste Wehe setzte ein und brachte Chiara zum Schweigen.

Katja streichelte ihr wieder den Rücken und schaute dabei gedankenverloren zum Fenster hinaus. Vor etwas mehr als 2000 Jahren war ein hilfloses, unmündiges Kind unter widrigsten Umständen auf die Welt gekommen. Der Sohn Gottes hatte am eigenen Leib erfahren, was die Menschen auf dieser Erde erdulden mussten. Auch er war ausgelacht und geschlagen, gefoltert und schließlich sogar getötet worden. Das war es, woran Katja sich über all die Jahre hinweg geklammert hatte. Und das tat sie auch heute noch. Immer dann, wenn sie sich wieder einmal klein und unbedeutend, ja, gar wertlos fühlte. Dann hielt sie sich an dem Wissen fest, dass Gott sie kannte, sie wahrnahm, sie liebte und sie für so wertvoll erachtete, dass er dem Kind in der Krippe, und später dem Mann am Kreuz all das aufgebürdet hatte. Für sie.

Warum sollten sie also irgendwelche Miturlauber verletzen können, die sie ohnehin nur oberflächlich kannte und die sie später sicher nie mehr wiedersehen würde? Sie würde auch ein weiteres Mal über Nick hinwegkommen – diesmal vielleicht sogar endgültig. Weil sie sich nie wieder die Frage würde stellen müssen, ob es für sie nicht doch eine Chance gegeben hätte. Und Chiara hatte recht: Maria hatte ihr erstes Kind unter weitaus schlechteren Bedingungen zur Welt gebracht – und viele Frauen mussten das auch heute noch. Warum also sollte es ihnen hier nicht auch gelingen?

Die Wehe ebbte ab, wie eine Welle, die sich flüsternd und nahezu heimlich zurückzog, nachdem sie zuvor brodelnd und donnernd auf den Strand geschlagen war.

„Also gut“, Jeffrey erhob sich, prüfte noch einmal die fast wieder vollständig erlangte Beweglichkeit seiner Finger und wandte sich dann an Nick, der gerade Holz nachlegte.

„Du sorgst dafür, dass Chiara es warm hat und dass sie gleichzeitig ausreichend frische Luft bekommt. Sie darf Wasser trinken, allerdings nur schluckweise. Essen darf sie nichts, soweit ich weiß, doch vermutlich will sie das ohnehin nicht. Höchstens mal was kleines Zuckerhaltiges für den Kreislauf. Und dreh auch die Heizung im Bad an, vielleicht kann sie nachher ein schönes Bad vertragen. Dann besorge uns bitte noch eine saubere Schere. Die kannst du gern abkochen. Und etwas, womit wir die Nabelschnur abbinden können.“

„Aye, Sir.“ Nick salutierte und humpelte gehorsam davon.

„Katja?“

„Zu Ihren Diensten.“

Von Chiara kam ein Kichern. In Katjas Ohren klang es wie eine wunderschöne Melodie, so froh war sie darüber, dass die werdende Mutter gelassen blieb.

„Besorg Chiara bitte etwas Bequemes zum Anziehen. Das Hemd ist super, aber die Jeans muss nicht sein, auch wenn es eine Umstandshose ist. Und warme Socken wären nicht schlecht. Meine Schwester hatte Eiszapfen an den Füßen hängen. Für das Kind brauchen wir saubere, angewärmte Tücher ... Handtücher vielleicht? Sobald es an die Geburt geht, kann Nick sie in den Trockner werfen und darin anwärmen. Und je nachdem, wie lange wir hier festsitzen, braucht der Fußballer auch Windeln. Aus Geschirrtüchern oder etwas ähnlichem.

„Wir haben eine komplette Babyerstausstattung im Kofferraum", erklärte Chiara. „Ich bin zwar freiwillig unfreiwillig hier, aber nicht unvorbereitet."

„Gut, Nick kann die Sachen reinholen, sobald sich sein Bein etwas erholt hat. Das eilt ja nicht."

Katja umgriff das geschwungene Geländer der Wendeltreppe, drehte sich jedoch noch einmal zu Jeffrey um: „Du machst das super. Und ich bin sehr froh, dass du hier bist."

„Ja, herumkommandieren kann er wirklich prima!", erklang eine tiefe Stimme aus dem Küchenbereich.

„Danke, Kerstin", sagte Jeffrey.

Katja wandte sich lachend an die werdende Mutter: „Lass nur nicht den Geburtshelfer den Namen deines Kindes aussuchen, sonst heißt es alle paar Stunden anders."

„Ach wo, er bekommt einfach eine vierseitige Liste mit Vornamen, dann passt das schon." Jeffrey grinste sie breit an, während *Thor* auf seinem schwarzen Shirt mit einer sehr ähnlichen Frisur, wie Jeffrey sie trug, kämpferisch dreinschaute.

✷

Forster kehrte mit der Nachricht zurück, dass er in der Ferienhaussiedlung keine Menschenseele angetroffen hatte. Zwar habe vor einem kleinen Holzhaus ein Auto gestanden, auf sein Klopfen hin habe ihm jedoch niemand geöffnet. Er und Katja halfen Chiara in die Badewanne, und als Katja dem Paar etwas Privatsphäre gönnen wollte und das Bad verließ, fiel ihr Blick auf Shakespeare. Wie ein Wächter saß er vor der Tür, um nicht den Kontakt zu denen zu verlieren, die es zu beschützen galt.

Katja kraulte dem Tier den Hals, und dieses schloss genüsslich die Augen. „Du bist ein toller Hund. Und du wirst sicher gut auf das Kind achtgeben, nicht?"

Shakespeare bellte einmal kurz, flitzte davon, rutschte am Ende des Flurs auf seinem Hinterteil um die Kurve, als hätte er das mehrfach geübt, und kam wenig später mit einem zerkauten Ball zurück, den er sabbernd in Katjas Hände schob. Katja lachte und warf den Ball den Flur entlang. „Okay, ich habe verstanden. Du wirst wohl eher mit dem Kind herumtollen und ihm eine Menge Blödsinn beibringen."

„Von der Sorte Beschützer hat der Kleine dann gleich zwei", sagte Chiara durch die geschlossene Tür, was wieder einmal die hellhörige Bauweise des Ferienhauses unter Beweis stellte. Noch mehr, als Nicks Stimme aus dem Wohnbereich in den Flur herüberdrang: „Drei." Sekunden später kam von Jeffrey: „Vier."

„Tut mir leid, Chiara. Aber das mit der Privatlehrerin wird doch nichts werden. Ich lasse mich lieber zur Hundetrainerin ausbilden."

„Das ist ein geniales Geschäftsmodell: Bringen Sie mir Ihren Hund – und Ihre Kinder und Ihren Ehemann gleich mit!" Chiaras ansteckendes Lachen erfüllte das Haus und machte Katjas Herz ein wenig leichter. Jetzt war sie sich sicher: Sie würden das Kind schon schaukeln.

Forster und Jeffrey kümmerten sich um Chiara, Katja und Nick bereiteten unterdessen eine warme Mahlzeit zu. Als Nick allerdings zu einer Zwiebel griff, schüttelte Katja den Kopf. „Wir bewahren eine Portion für Chiara auf – und bei Zwiebeln in der Muttermilch wird der Nachwuchsautor protestieren."

„… und später in einem seiner Bücher einen Nickolas eines grausamen Todes sterben lassen?"

„Gut möglich. Willst du das wirklich riskieren?"

Nick warf die Zwiebel zielsicher zurück in den Weidenkorb. „Es macht Spaß, mit dir zu kochen."

„Weil ich dich nicht daran hindere, mit den Zutaten Basketball zu spielen?"

Nick grinste, doch Katja sah die Traurigkeit in seinen Augen. Alles, was mit dem Zusammenleben zweier oder mehrerer Personen zu tun hatte, schien ihm gelegentlich Schwierigkeiten zu bereiten. Waren es ungute Erinnerungen, die ihm zu schaffen machten? An seine Familie? Bei dem Gespräch, das sie vor einigen Tagen begonnen und nie zu Ende geführt hatten, hatte er vorgehabt, ihr von seinen Eltern zu erzählen. Tatsächlich konnte sich Katja überhaupt nicht an sie erinnern. Sie hatten nie eine schulische Veranstaltung ihres Sohnes besucht – ganz im Gegensatz zu ihrer eigenen Mutter, die grundsätzlich überall ihre Finger im Spiel gehabt hatte, jedoch hauptsächlich, um zu kontrollieren, ob Katja auch wirklich eine grandiose Leistung erbrachte und nicht etwa übervorteilt wurde. Und anschließend hatte sie immer gejammert, wie viel Stress es ihr doch bereite, sich neben der Arbeit auch noch darum kümmern zu müssen, dass ihre Töchter stets ihr Bestes gaben ...

Nick klopfte ihr sanft auf die Schulter und holte sie damit zurück in die Gegenwart. „Versuchst du, das Fleisch allein mit deiner Willenskraft zu schneiden? Testest du deine Superkräfte, um endlich auf einem von Jeffreys T-Shirts verewigt zu werden?"

„Ach, hat dir das noch niemand gesagt? Mit dem Antritt dieser Reise hast du automatisch deine Einwilligung gegeben, mein nächstes Versuchskaninchen zu werden."

Nick zog den Messerblock aus ihrer Reichweite und schenkte ihr dieses breite Lächeln, mit dem er damals viele ihrer Mitschülerinnen verzaubert hatte, das Katja aber jedes Mal als Warnung verstanden hatte, dass er demnächst zum Angriff überzugehen gedachte.

„Hier ist es viel ruhiger und harmonischer als drüben, findest du nicht auch?“, merkte sie an, um schnellstmöglich das Thema zu wechseln, und widmete sich endlich dem Schneiden der Putenbrust. „Ich habe mich in unserem Ferienhaus immer etwas fremd und deshalb unwohl gefühlt. Irgendwie ein bisschen ... gehetzt.“ Sie warf ihm einen Seitenblick zu und stellte erleichtert fest, dass er ihr aufmerksam zuhörte. Durch den Themenwechsel hatte sie den Angriff entweder verhindert oder zumindest auf später verschoben.

„Du hast dich von Anfang an wie eine Außenseiterin gefühlt und bist deshalb nicht wirklich in der Truppe angekommen. Aber du warst ja früher schon eher zurückhaltend. Außer mir gegenüber natürlich.“ Jetzt lächelte er sie voller Zuneigung an, sodass sie sich zwingen musste, sich wieder auf ihre Finger und das Messer in ihrer Hand zu konzentrieren. „Und ich bin in den Köpfen der anderen nach wie vor ihr Vorgesetzter, und nicht ihr Urlaubs-WG-Mitbewohner. Das hat die Situation für mich auch nicht gerade angenehm gemacht.“

„Und Jeffrey?“

„Der hat sich gekonnt hinter seiner Arbeit verkrochen. Wobei Jeffrey ein Typ ist, der ziemlich unkompliziert Anschluss findet und sich leicht in eine Gruppe einfügen kann. Aber trotzdem scheint er sich hier ebenfalls deutlich wohler zu fühlen als drüben bei den anderen.“

„Aber nur, weil ich euch hier herumkommandieren kann!“, warf Jeffrey ein, der plötzlich auf der anderen Seite der Küchentheke stand.

„Und was willst du?“ Nick sah Katja an und schenkte ihr ein schiefes Lächeln. Offenbar war er über die Störung alles andere als erfreut.

„Wie lange braucht ihr noch mit dem Essen?“

„Wir werden dich schon nicht verhungern lassen, versprochen!“

„Ich bin schon verhungert. Aber egal. Seit Chiara in der Badewanne gewesen ist, geht es mit der Geburt gut voran. Wenn wir also vorher noch Essen wollen ..."

„Sind fünfzehn Minuten okay?", erwiderte Katja und warf das Fleisch in die heiße Pfanne.

„Klingt gut. Und sieh zu, dass dein Küchenjunge die Finger aus den Töpfen lässt."

„Ich bin extrem treffsicher." Katja hielt vielsagend den hölzernen Rührlöffel in die Luft, ehe sie damit die Zutaten in der Pfanne verrührte.

„Ich wusste, dass ich mich auf dich verlassen kann. Nachher brauche ich übrigens deine Unterstützung. Chiara ist es bestimmt lieber, wenn ihr eine Frau hilft."

Katja nickte nur, ohne Jeffrey dabei anzuschauen. Nun lief ihr doch ein kalter Schauer der Furcht über den Rücken. Bald war es so weit. Chiara würde ihr Kind bekommen. Und sie sollte ihr dabei helfen? Sie wusste doch rein gar nichts darüber, wie eine Geburt ablief, wie man ein Neugeborenes versorgte und was man dabei tun oder lieber lassen sollte.

Plötzlich fühlte sie zwei starke Hände an ihrer Taille. Nick stand dicht hinter ihr und beugte sich zu ihrem Ohr vor. „Entspann dich wieder. Du bist intelligent, einfühlsam und handelst überlegt und ruhig. Du bist genau die richtige Frau, um Chiara dabei zu helfen, ihr Baby auf die Welt zu bringen."

„Aber –"

Nick legte seine Wange an ihre, verstärkte den Griff um ihre Taille und sie spürte die von ihm ausgehende Wärme in ihrem Rücken. „Pst", versuchte er sie zu beruhigen, und seltsamerweise entspannte sie sich tatsächlich. „Du kannst das, auch wenn du dich nicht stundenlang darauf vorbereitet hast. Ganz einfach, weil du *du* bist."

Katja fühlte neue Zuversicht in sich aufkeimen. Warm und weich wie eine flauschige Decke, umschmeichelnd und wohltuend. Dass Nick ihr dies zutraute, bedeutete ihr unsagbar viel. Und dass er es ihr gegenüber aussprach, erfüllte ihr Herz mit Dankbarkeit – und auch mit ein wenig Stolz. Er traute ihr offenbar eine Menge zu und maß sie nicht nur an ihren Erfolgen und ihren Leistungen.

„Wo warst du damals, als ich ermutigende Worte wie diese gut hätte gebrauchen können?", flüsterte sie und drehte den Kopf. Sein Gesicht war nahe an ihrem, sein Atem streichelte ihre Haut und die zimtfarbenen Sprenkel in seinen Augen schienen mehr geworden zu sein.

„Mit mir selbst beschäftigt. So wie auch heute noch."

„Das sollten wir dringend ändern, Nick."

„Das wäre schön, Scarlett."

„Wann kümmern wir uns darum?"

„Sobald du das Fleisch vor dem Anbrennen gerettet hast und –"

Katja wand sich erschrocken aus seinen Händen und zog die Pfanne von der Herdplatte.

„Siehst du, ich habe schon immer alles anbrennen lassen!" Er zwinkerte ihr zu, doch die Leichtigkeit in seinem Blick war augenblicklich verschwunden und hatte der Dunkelheit Platz gemacht, die ihn gelegentlich gefangen zu halten schien. War sie es auch, die ihn von ihr fernhielt?

Katja kümmerte sich wieder um die Zubereitung der Mahlzeit, während Nick den Tisch deckte. Sie aßen abwechselnd, weil immer jemand an Chiaras Seite blieb, die inzwischen verschwitzt und von Wehen überrollt, aber weiterhin tapfer lächelnd und manchmal sogar scherzend ihre Runden durch das untere Stockwerk des Ferienhauses drehte.

Gerade als der letzte Topf gespült war und die Spülmaschine leise zu brummen begann, jubelte Jeffrey, als hätte er soeben das Internet revolutioniert. „Fruchtblase geplatzt!" Gleich darauf fügte er hinzu: „Hey Mädchen, mach langsam!"

„Hier ist nichts mit langsam“, keuchte Chiara. Ihre weiteren Worte gingen in ein Jammern über. Alarmiert verließ Katja die Küchenzeile und beobachtete, wie Forster und Jeffrey Chiara mehr in Richtung Couch trugen, als dass sie ging. Das Möbelstück hatten sie zuvor mit einer Mülltüte und einem Betttuch überzogen.

Katja atmete mehrmals tief durch. Sie rief sich in Erinnerung, dass die Verantwortung nicht allein bei ihr lag. Forster und Jeffrey waren ebenfalls da. Und Gott! Er wusste um dieses Kind, hatte es im Mutterleib geformt und liebte es jetzt schon. Sie rief sich einige Zeilen aus Psalm 139 in Erinnerung, die ihr immer wieder dabei halfen, sich selbst als kostbar zu erachten. Energisch vertrieb sie jeden aufkeimenden Zweifel, erinnerte sich an Nicks ermutigende Worte und drehte sich zu ihm um. Er hängte gerade das Geschirrtuch an den Haken.

„Nick, gehst du bitte eine Runde mit dem Hund spazieren?“

„Hm?“

„Da ist Blut auf dem Boden.“

„Bin schon weg!“

Katja sorgte dafür, dass Nick den Hund nicht suchen musste und vergewisserte sich, ob der Mann auf der Flucht warm genug angezogen war. Schließlich stellte sie sich vor ihn und steckte ihm die losen Schalenden fest in den Jackenkragen.

„Ich bete für euch“, raunte er ihr zu und öffnete die Tür. Eine unbarmherzige Kälte schlug Katja entgegen. Vielleicht hätte sie Nick einfach nach oben schicken sollen. Allerdings musste Shakespeare wirklich dringend mal raus.

In der Tür drehte Nick sich noch einmal um. „Ich bleibe in Sichtweite des Hauses.“

„Das ist gut, danke.“ Sie war beruhigt, weil sie ihn würde sehen können, falls sein Bein Schwierigkeiten machte. Ohnehin sollte bei diesen Minusgraden niemand allein an einem einsamen Strand wie diesem unterwegs sein. Wie gut Nick sie doch verstand ...

„Nick?“

Er hob fragend die Augenbrauen, sie hingegen musste den Impuls unterdrücken, ihm die Tür vor der Nase zuzuschlagen, um ihrer eigenen Courage zu entkommen.

„Du weißt, dass diese Häuser extrem hellhörig sind?“

„Ja, und?“

„Ich habe an der Badezimmertür gelehnt, als du davor gestanden hast. Ich konnte hören, was du geflüstert hast.“

Shakespeare drückte sich ungeduldig an ihren Beinen vorbei ins Freie, doch Nick machte trotzdem einen Schritt auf Katja zu. Er wirkte plötzlich viel größer. Nicht auf bedrohliche oder einschüchternde Weise, sondern irgendwie ... vor lauter Selbstbewusstsein. Wie ein Mann mit einer Vision?

„Hebamme, wir brauchen dich hier!“ Jeffreys Stimme ließ Katja herumwirbeln.

Nick betrat die kleine Terrasse vor dem Wintergarten, in dem das Poolwasser in sanftem Aquamarinblau schimmerte. Vorsichtig stellte er sein schmerzendes Bein auf die unterste Verstrebung des wegen der Eisschichten futuristisch anmutenden Holzgeländers. Shakespeare schnüffelte neugierig an allem, was größer als fünf Zentimeter war, und schien noch immer voller Tatendrang zu sein, obwohl sie gut eine Stunde lang am Meer entlang spaziert waren. Nicks Blick schweifte über die erstaunlich ruhige Nordsee, und es war ihm unmöglich, nicht an Katja zu denken. Selten zuvor hatte die Farbe des Meeres ihrer Augenfarbe so sehr geglichen wie an diesem späten Nachmittag. Allerdings wollte er Katja gar nicht mehr aus seinen Gedanken vertreiben. Dass sie wusste, wie lange er sie bereits liebte, machte die Dinge einfacher – und zugleich auch komplizierter. Jedenfalls war er nun gezwungen, Entscheidungen zu treffen und seinem Leben dadurch womöglich eine vollkommen neue Richtung zu geben.

Nick rieb sich seine trotz der Handschuhe kalten Finger. All die Jahre, die seit jener Theateraufführung vergangen waren ... Wie sehr er doch bedauerte, dass er sie hatte verstreichen lassen! Diese großartige Frau hätte sein Leben schon viel früher bereichern, verschönern und erfüllen können. Wenn er nur mutiger wäre und daran glauben könnte, dass Gott Vergebung und Heilung schenkte, dass bei ihm Veränderung möglich war. Schließlich war Katja der lebende Beweis dafür.

Nun, da seine Gefühle für Katja endlich die Mauer des selbst auferlegten Widerstandes und der Vorsicht durchbrachen, geschah etwas Seltsames mit ihm. Er hatte immer befürchtet, dadurch angreifbar, verletzlich und schwach zu werden. Das Gegenteil war jedoch der Fall. Er fühlte neue Energie in sich, als würde sein Herz erst jetzt damit beginnen, seinen Dienst richtig zu versehen. Es kam ihm vor, als wären die eisigen Ketten aufgesprungen, die ihn jahrelang fest umschlungen gehalten hatten. Eine wohltuende Ruhe überkam ihn. Sein Eindruck, ein Getriebener zu sein, den er zuvor zwar gespürt, aber nicht hatte benennen können, versank im Meer seiner überschwappenden Emotionen.

Konnte er tatsächlich frei sein? Musste er seine Gefühle nicht länger hinter einer Maske verstecken, nicht mehr nur das Kind seiner getriebenen Eltern sein? Er war Nickolas. Und er war geliebt. Von Katja und – was ihm noch viel wichtiger erschien – von Gott, der ihn an die Hand nahm und auf neue Wege führen wollte. Wege, die nichts mit denen zu tun hatten, von denen er immer geglaubt hatte, dass sie ihm vorherbestimmt waren.

Am liebsten wollte Nick einmal tief durchatmen, doch das ließ er angesichts der eisigen Meeresluft lieber bleiben. Stattdessen schweifte sein Blick erneut über das ruhige Meer, das sich weit entfernt mit dem Horizont vereinte, während der Himmel allmählich seine lichte Farbe ablegte und sich in dunklere Blautöne kleidete. Die Zeit zwischen Tag und Nacht, eingetaucht in ein wunderbar sanftes Licht.

Nick hatte den Eindruck, dass ihn jemand auf behutsame Art dazu bewegen wollte, seine Entscheidungen endlich festzumachen. Er befand sich ebenfalls in einer Art „Zwischenzeit" und musste sich nun entscheiden. Noch immer zögernd betrachtete er die schneebedeckten Hügel, die vereisten Steine und Muscheln und den Sand, der teils von Schneeverwehungen bedeckt und teils mit einer den Himmel widerspiegelnden Eisschicht überzogen war. Dies alles versank zunehmend im warmen Blau der Dämmerung. Ein einzelner Stern leuchtete am Himmel auf. Der Abendstern.

Stand er heute als Wegweiser für ihn am Firmament und wollte ihn dazu auffordern, das anzunehmen, was Gott längst für ihn vorbereitet und ihm geschenkt hatte? Und beinhaltete dieses Geschenk auch Katja?

Plötzlich war sie bei ihm, einem Wirbelwind gleich, und nur in Jeans und Pullover gekleidet, der an den Armen weit hochgekrempelt war. Dazu steckte sie in viel zu großen Gummistiefeln, die vermutlich Forster gehörten. Sie schlitterte über die eisigen Holzbretter auf ihn zu, sodass er schnell den Fuß herunternahm und sie auffing.

Mit funkelnden Augen und einem Strahlen auf ihrem Gesicht, das er so noch nie zuvor bei ihr gesehen hatte, blickte Katja ihn an. Ihr ganzer Körper schien zu vibrieren. Sie strahlte Freude und Erleichterung aus und sprühte förmlich vor Überschwang.

„Von wegen Fußballer!" Sie lachte glockenhell auf, schlang ausgelassen die Arme um seinen Nacken und drückte sich kurz an ihn, wich aber – soweit er das zuließ, und das war nicht wirklich viel – sofort wieder zurück.

„Sie haben ein wunderschönes, perfektes und sehr lautstarkes Mädchen bekommen!"

„Das ist ja –"

„Sie hat jede Menge schwarze Haare auf ihrem süßen Köpfchen."

„Das ist –“

„Und sie hat mich schon angeschaut, obwohl ihr Gesicht noch ziemlich zerknautscht ist.“

„Das –“

„Und erst diese kleinen, perfekten Finger und ihre herrlich knubbeligen Zehen!“

„Da –“

„Ach, und ihr rosiger, kleiner Mund. So entzückend!“

Nick konnte nicht anders. Er drückte seine Lippen auf einen anderen rosigen Mund. Katja zuckte nicht zurück, stattdessen lehnte sie sich an ihn. Obwohl sie für die eisigen Temperaturen bei Weitem nicht warm genug gekleidet war, verströmte sie eine enorme Hitze.

„Chiara geht es richtig gut. Forster wirkt etwas ... verstört.“ Katja lachte und legte ihre Hände an Nicks Wangen. „Er bringt Chiara gerade zur Dusche. Und Jeffrey! Du solltest Jeffrey mit dem kleinen Mädchen im Arm sehen. Er ist ... glückselig. Ja, glückselig. Genau so muss man ihn beschreiben!“

Nick fragte sich, was Katja dann wohl war, beschloss aber, dem Gedanken nicht weiter nachzugehen. Auf jeden Fall war sie eine Frau, die unbedingt eigene Kinder brauchte! Ihre Nase war inzwischen ganz rot und ihr Körper reagierte auf die feindliche Umgebung, wie ihr Zittern verriet, was sie jedoch nicht zu bemerken schien.

„Ist das nicht einfach fantastisch?“, sprudelte es weiter aus ihr heraus.

„*Du* bist fantastisch.“ Zumindest war er nun endlich mal zu Wort gekommen. Ob sie jetzt erst bemerkte, dass er sie im Arm hielt und dass sie ihre Handflächen liebkosend an seine Wangen gelegt hatte? Jedenfalls biss sie sich auf die Lippe und zog ihre Hände zurück, als hätte sie einen elektrischen Schlag bekommen. Vielleicht hatte sie das tatsächlich, immerhin fühlte sich Nick, als würde er unter Strom stehen.

„Ich bringe dich gleich rein. In diesen Klamotten solltest du nicht länger zweistelligen Minusgraden trotzen. Aber zuerst muss ich noch etwas sehr Wichtiges erledigen."

„Shakespeare ist schon drin und –"

Er brachte sie mit einem flüchtigen Kuss zum Schweigen.

„Das funktioniert prima. Ich werde mir das für die Zukunft merken müssen."

„Für ...?" Ihr Zittern verstärkte sich. Sie sah ihn erstaunt an, und er versank im Anblick des weiten Meeres, das sich in ihren Augen spiegelte. Nie zuvor hatte sich etwas so richtig angefühlt wie der nun folgende innige Kuss. Umgeben von atemberaubenden Eisformationen, einer stillen, nahezu grenzenlosen Landschaft, die in blaues Licht getaucht war, und unter dem sanft glühenden Abendstern.

10. Kapitel

Katja hatte nicht übertrieben, wie Nick feststellte, als er den Wohnbereich betrat. Jeffrey saß in einem Sessel, hielt das Neugeborene im Arm und betrachtete es mit einem Lächeln, das man entweder als glückselig oder – wenn man zu Jeffreys Freunden zählte – auch als reichlich dümmlich bezeichnen konnte. Shakespeare saß neben ihm und hatte den Kopf auf die Armlehne gelegt.

Nick kniff die Augen zusammen, doch er wurde den Eindruck einfach nicht los, dass auch der riesige, zottelige Neufundländer grinste. Amüsiert wandte er sich zu Katja um. Zwar wollte er das kleine Mädchen ebenfalls gern begrüßen, seine Sorge galt jedoch zuerst dem anderen wunderbaren Mädchen in diesem Raum. Katja stand vor dem Kamin und rieb sich ihre Finger, die zuvor weiß gewesen waren und jetzt so rot wie ihre unterkühlte Nase leuchteten.

„Du hast *Rudolph, the Red Nosed Reindeer* mitgebracht?“, foppte Jeffrey prompt und wenig galant. Sogleich stieß das Baby ein vorwurfsvolles Greinen aus.

„Kümmere dich lieber um den Schriftstellernachwuchs, Nanny“, gab Katja gelassen zurück. Nick verschränkte die Arme vor der Brust und grinste zufrieden. Zwar mochte Katja nach wie vor als ruhig, vielleicht sogar als ein wenig schüchtern durchgehen, doch genau wie in seinem Fall hatte sie auch Jeffrey gegenüber kein Problem damit, ihre Zurückhaltung über Bord zu werfen.

„Ich mache dir eine heiße Schokolade, Scarlett“, beschloss Nick und bekam dafür ein dankbares Lächeln von ihr geschenkt.

„Mit etwas Zimt?“

„Unbedingt."

Nick ging in die Küche, wusch sich die Hände und bereitete für Jeffrey, Katja und sich das Heißgetränk zu. Das kleine Mädchen würde wohl leer ausgehen. Sobald er die Tassen auf dem Beistelltisch abgestellt hatte, nahm er eine Fleecedecke, wickelte Katja, die noch immer vor dem Kamin aufzutauen versuchte, darin ein und führte sie zur Couch. Er ließ sich neben ihr nieder und massierte sanft ihre Finger. Dabei fing er den interessierten Blick von Jeffrey ein, der daraufhin fragend die Augen zusammenkniff. Nick grinste, nickte vielsagend und sah zu, wie sein Freund schnell den Kopf senkte. Vermutlich um sein triumphierendes Lächeln zu verstecken. Vielleicht auch seine Freude? Oder waren es doch eher seine Zweifel – zumal Jeffrey wusste, dass Nick und Katja ihr begonnenes Gespräch nie zu Ende geführt hatten?

Energisch vertrieb Nick den leisen Angriff auf sein neu gewonnenes Glück, seine befreiten Gefühle und seine veränderte Zukunftsvision. Er reichte Katja eine der Tassen und kniete sich dann auf die andere Seite von Jeffreys Sessel, da Shakespeare seinem neuen Rudelmitglied offenbar nicht einen Zoll breit von der Seite zu weichen gedachte.

Das Neugeborene war in ein flauschiges Handtuch gewickelt, aus dem lediglich eines seiner nackten Ärmchen mit einer zur Faust geballten Hand hervorschaute. *In Windeln gewickelt …* Prompt musste Nick an die Weihnachtsgeschichte denken, die ihm durch diesen Anblick noch einmal deutlich lebendiger vor Augen gestellt wurde. So klein hatte Gott sich also gemacht. Für die Menschen. Und so nah war er ihnen gekommen. Es war und blieb ein Wunder!

Eine zufallende Tür im Flur ließ Nick aufblicken. Forster führte Chiara herein, deren feuchtes Haar wild von ihrem Kopf abstand. Sie wirkte blass, aber ansonsten wohlauf. Offenbar hatte sie die Geburt gut verkraftet.

„Herzlichen Glückwunsch zu diesem Wunder!“, sagte Nick, sprang auf und ging schnell zur Seite, damit Chiara neben Katja auf der Couch Platz nehmen konnte. Forster nahm Jeffrey übervorsichtig und etwas unbeholfen das Kind ab, betrachtete es einige Zeit, als müsse er sich jedes Detail seines kleinen Gesichtes einprägen, und reichte es schließlich an Chiara weiter, die es nicht weniger ehrfurchtsvoll bestaunte. „Forster, wie haben eine *Tochter.*“

„Da könntet du recht haben.“

Die beiden wechselten einen Blick, der zuerst erstaunt, dann fragend und schließlich belustigt wirkte. Chiara kicherte und wandte sich an Jeffrey: „Wir brauchen eine vierseitige Liste mit Namensvorschlägen für Mädchen von dir.“

„Ihr habt euch keine Mädchennamen überlegt?“

„Wir waren uns immer sicher, einen Sohn zu bekommen.“ Chiara zuckte mit den Schultern. „Ich habe beim Frauenarzt nie nachgefragt. Irgendwie war ich mir sicher, dass es ein Junge wird. Vielleicht sollte ich mich nicht noch einmal nur auf mein Gefühl verlassen.“

Kurz darauf entbrannte zwischen Forster und Jeffrey eine nicht ganz ernst gemeinte Diskussion über Mädchennamen. Chiara machte es sich mit der Kleinen auf der Couch gemütlich, und Katja rutsche dicht neben sie. Nick blendete irgendwann den fröhlichen Schlagabtausch der beiden Männer aus und betrachtete Katja über seine dampfende Tasse hinweg, was er stundenlang tun könnte, ohne dass ihm dabei langweilig werden würde. Er verlor sich so sehr im Anblick ihrer weichen Gesten, ihres Lächelns und der wellenartigen Bewegungen ihres sandfarbenen Haars, dass er erschrocken zusammenzuckte, als Chiara plötzlich „Mia!“ ausrief.

Die Schokolade in seiner Tasse war mittlerweile deutlich abgekühlt, worüber Nick durchaus froh war. Ansonsten hätte er sich jetzt die Oberschenkel verbrannt.

„Sie soll Mia heißen?“ Forster wandte sich seiner Frau zu, in deren Augen Tränen schimmerten. Nick war sich sicher, dass Forster, falls ihm der Name nicht zusagen sollte, bereits verloren hatte.

„So hieß Patricks erste Frau und Leos Mutter, nicht wahr?“, fragte Katja leise. Nick runzelte die Stirn und versuchte anhand dessen, was er von Carola, Katja und ihrem Treffen auf der Winterhochzeit wusste, eine Verbindung zwischen den genannten Personen herzustellen.

„Das stimmt“, pflichtete Chiara ihr bei und nickte. „Mia ist Leos leibliche Mutter. Und sie ist viele Jahre lang meine Freundin gewesen – eine der wenigen, die ich überhaupt hatte.“ Chiara wischte sich eine Träne von der Wange und drückte dann Katjas Hand. „Du bist ihr übrigens sehr ähnlich.“

Nun schwammen auch Katjas Augen in Tränen. Offenbar verstand sie Chiaras Worte als ein großes, liebevoll gemeintes Kompliment.

„Jetzt sieh sich einer an, was diese kleine Mia mit den Frauen anstellt“, lachte Forster.

„Mein Smartphone hat wieder Empfang!“, rief Jeffrey dazwischen, was für Gelächter sorgte.

„Gut, dann werde ich mal versuchen, einen Gynäkologen oder eine Hebamme zu finden, die sich hierher wagen, um nach meinen zwei Schönheiten zu schauen.“ Forster erhob sich, drückte Chiara einen Kuss aufs Haar und suchte sich einen ruhigen Platz zum Telefonieren.

„Warte du nur, bis du bemerkst, was diese ... Mia alles mit *dir* anstellt“, spottete Jeffrey und erntete dafür das zustimmende, wissende Nicken der beiden Frauen.

Als Forster eine Hebamme gefunden hatte, die ganz in der Nähe wohnte, das Ferienhaus kannte und gern nach Chiara und Mia sehen wollte, legten sich Mutter und Kind ins Bett, um sich ein wenig auszuruhen. Forster holte den Champagner, der eigentlich für Silvester gedacht gewesen war, und so saßen die anderen noch in geselliger Runde zusammen, als die Hebamme schließlich eintraf.

Nachdem die Dänin das Schlafzimmer wieder verlassen hatte, lobte sie die Geburtshelfer, halb auf Englisch, halb auf Deutsch, für ihre gute Arbeit und bescheinigte Mutter und Kind einen sehr guten Allgemeinzustand.

Während Forster die junge Frau zu ihrem Auto begleitete und auf dem Rückweg die von Chiara vorsorglich eingepackten Babysachen mitbrachte, holte Katja die Wäsche aus der Waschmaschine und steckte sie in den Trockner. Jeffrey spülte unterdessen das Geschirr, und Nick brachte das Zimmer in Ordnung und rückte die Möbel an ihre angestammten Plätze zurück.

Die drei wollten sich gerade verabschieden, als Forster zurückkam und sie darum bat, noch einen Augenblick zu warten. Nach einem kurzen Gespräch mit Chiara gesellte er sich wieder zu seinen Gästen. „Wir haben das Okay von der Hebamme, dass wir übermorgen abreisen können – sofern der Mechaniker, den ich inzwischen organisieren konnte, unser streikendes Auto wieder in Gang bringt."

„Ihr wollt den langen Weg in die Schweiz zurückfahren?" Katja schüttelte zweifelnd den Kopf, denn solch eine lange Fahrt stellte sie sich äußerst anstrengend für Mutter und Kind vor, und außerdem – und das spürte sie ganz deutlich – wollte sie sich noch nicht von ihren neuen, liebgewonnenen Freunden verabschieden.

„Wir übernachten einmal in Hamburg bei einem Freund von mir und ein zweites Mal im Schwarzwald. Dort stellen wir Mia dann Patrick, Debora und Leo vor und treffen hoffentlich auch Noa und Jonas."

Katja nickte traurig. Es war also beschlossene Sache. Allerdings würden sich sowohl die Cafébetreiberin Noa und ihr Schreiner Jonas als auch Patrick und Debora, vor allem aber Leo über den Überraschungsbesuch freuen.

Katja senkte den Kopf. War es wirklich erst wenige Tage her, dass sie alle auf Deboras und Patricks Hochzeit in dem festlich dekorierten Gutshof gewesen waren, Katja ihre Freundin Carola wiedergetroffen und ihren Schüler Leo dabei beobachtet hatte, wie er sich heimlich am Bufett bedient hatte? Ihr kam es vor, als läge das alles schon viel länger zurück.

Forster räusperte sich. „Die Miete für unser Ferienhaus ist noch für zwei weitere Wochen bezahlt. Würde es euch gefallen, wenn ihr, als kleines Dankeschön für euren Beistand, euren restlichen Urlaub hier verbringen könnt?"

Auf diese unerwartete Frage hin rieb sich Jeffrey kräftig den Nacken, Nick verschränkte abwägend die Arme vor der Brust, und Katja schob ihre Brille zurecht, bevor sie antwortete: „Das klingt ... toll! Wunderbar. Ich habe mich drüben bei den anderen nämlich nie wirklich wohlgefühlt. Allerdings kann ich keine zwei Wochen mehr bleiben, denn die Schule beginnt bereits am siebten Januar."

„Ich bleibe gern noch ein paar Tage hier, bevor ich nach Kalifornien fliege", erklärte Jeffrey und schaute fragend zu Nick hinüber.

„Ich muss ebenfalls am siebten Januar wieder zu Hause sein. Wir könnten also zusammen fahren, Scarlett."

„Gut, dann ist das abgemacht." Forster rieb sich zufrieden die Hände. „Ich gebe dir die Mietunterlagen, Nick. Weißt du, wo du den Schlüssel zurückgeben musst?"

Katja ließ die Männer allein und schlich ins Schlafzimmer. Mia schlief noch, doch Chiara lächelte ihr entgegen.

„Ihr werdet also bleiben?"

„Ja, vielen Dank für das großzügige Angebot. Aber ich werde dich vermissen."

„Wir halten auf jeden Fall Kontakt", versprach Chiara mit ernster Miene und fügte dann mit einem schelmischen Schmunzeln hinzu: „Schließlich wird Mia ja eines Tages eine Lehrerin brauchen."

Katja lächelte zurück und setzte sich vorsichtig auf die Bettkante.

„Wirst du so ganz ohne Hilfe zurechtkommen? Mit dem Stillen und mit allem anderen?"

„Bestimmt. Ich habe nach Leos Geburt zwei Wochen lang den Haushalt für Mia und Patrick geschmissen und dabei viel von dem mitbekommen, was auch Mia als frisch gebackene Mutter erst einmal lernen musste."

„Dann bin ich beruhigt. Halbwegs zumindest."

„Du bist eine richtige Glucke. Eines Tages wirst du selbst eine großartige Mutter sein."

„Eigentlich bin ich davon ausgegangen, dass ich mich von diesem Traum würde verabschieden müssen. Aber ..." Katja warf einen Blick zur offenen Tür, durch die das Gelächter der Männer zu ihnen hereindrang.

„Sprich mit ihm", sagte Chiara leise, jedoch mit eindringlicher Stimme. „Er trägt eine große Last mit sich herum. ‚Ein schweres Erbe' hat Forster es genannt, und er weiß, wovon er spricht. Aber Katja: Nichts, rein gar nichts, ist größer als Gott!"

Von dem Gefühlschaos in ihrem Inneren überwältigt, schniefte Katja, zuckte hilflos mit den Schultern, lachte dann jedoch auf und ließ sich fest von Chiara umarmen.

„Perfekt", verkündete Jeffrey, ließ Katjas Kiste mit den Backzutaten auf die Küchentheke fallen und breitete zufrieden die Arme aus. Damit nahm er Forsters und Chiaras Ferienhaus erfolgreich in Besitz.

„Die anderen waren nicht gerade traurig darüber, uns loszuwerden. Bis auf Carola vielleicht.“ Katja wuchtete ihren Koffer in Richtung Wendeltreppe.

„Ach, Carola ist jetzt mit Peter beschäftigt und damit, ihn so oft wie möglich unter den Mistelzweig zu schubsen.“

Katja verdrehte die Augen und stieg die Treppe hinauf. Oben angekommen, wollte sie automatisch die letzte Tür im Flur ansteuern, blieb dann allerdings nach wenigen Schritten stehen. Weshalb sollte sie schon wieder das kleinste Zimmer im Haus auswählen, zumal außer ihr niemand im Obergeschoss wohnte? Bescheidenheit mochte zwar ein guter Wesenszug sein, sich selbst damit herabzusetzen war jedoch nicht nötig.

Nachdem sie sämtliche Türen geöffnet hatte, entschied sie sich für einen großen Raum mit hellen Möbeln, blauen Flickenteppichen auf dunklem Schiffsboden und gleichfarbigen Vorhängen an den Fensterfronten. Eines der Fenster eröffnete ihr der Blick über die sanft geschwungenen Dünen mit ihrem in Eis gehüllten Dünengras, während das andere den Blick auf das Meer freigab.

Ein lautes Poltern im Untergeschoss verriet ihr, dass Nick ebenfalls eingetroffen war. Voller Vorfreude, ihn zu sehen, verschob sie das erneute Auspacken und Bettenbeziehen und huschte stattdessen die Wendeltreppe hinunter. Sie fand Nick in der Küche, wo er in den Kühlschrank starrte.

„Und, läuft ein interessantes Programm?“, fragte sie ihn.

„Extrem spannend!“ Er zwinkerte ihr zu. „Forster muss heute Morgen, bevor sie losgefahren sind, noch einkaufen gewesen sein. Er hat den Kühlschrank und den Vorratsschrank für uns aufgefüllt.“

Von Jeffrey kam ein Seufzen. „Na ja, zum Überleben wird’s wohl reichen!“

„Nun übertreib mal nicht“, rügte Nick.

„Du hast wohl diesen Zettel von Forster noch nicht gelesen.“ Jeffrey winkte mit einem Blatt Papier, bevor er laut las: „Hej

Nick, hej Jeffrey – oder wie immer du heißt – und hej, wunderbare Katja!"

„Frechheit", brummte Nick.

„Das kannst du laut sagen! Schließlich heiße ich George. Ich werde doch wohl meinen eigenen Namen wissen!"

„Ich mag den Kerl!", feixte Katja.

„Na ja, die Schrift ist so gut wie unleserlich. Vielleicht heißt es auch: Hej, wunderfitzige Katja."

Katja lachte, fragte sich allerdings, ob Jeffrey nicht sogar recht hatte, war „wunderfitzig" in der Schweiz doch ein geläufiger Ausdruck für eine sehr neugierige Person. Es war jedoch mehr als fraglich, ob Jeffrey dieses Wort überhaupt kannte.

„Und weiter?" Nick schloss den Kühlschrank.

„Genießt ein paar ruhige Tage, ihr habt sie euch verdient. Um das zu unterstützen, haben Chiara und ich ordentlich für euch eingekauft. Ihr werdet also vorerst das Haus, den Strand und die Dünen nicht verlassen müssen. Das könnt ihr allerdings auch nicht, denn der Mechaniker ist am Reparieren deines Vehikels gescheitert, Nick. Er kommt aber wieder, sobald er die passenden Ersatzteile erhalten hat." Jeffrey hielt inne und wandte sich an Katja. „Sichere dir lieber mal eine Mitfahrgelegenheit bei der Druidin mit den Mistelzweigen."

„Ich habe aber Angst, dass sie das ganze Auto damit vollhängt."

„Das ist ein Argument", räumte Jeffrey schmunzelnd ein und las weiter. „Wir sind euch für eure Unterstützung sehr dankbar. Meldet euch, so bald es geht, damit wir ein erstes Wiedersehen arrangieren können. Eure Mia, Chiara und Florian."

Jeffrey drückte Katja das Papier in die Hand und durchforstete dann aufmerksam die Schränke und den Kühlschrank. Offenbar stand das Thema „Nahrungssicherung" ganz oben auf seiner Prioritätenliste. Katja las den ersten Satz noch einmal selbst. Forster hatte tatsächlich „wunderbare Katja" geschrieben. Sie lächelte, faltete den Brief zusammen und schob ihn in ihre Hosentasche.

„Hast du kurz Zeit?", sprach Nick sie leise an. Sie nickte ihm lächelnd zu. Aufregung und Vorfreude gaben sich in ihrem Herzen ein Stelldichein und rieselten als kalte und heiße Schauer abwechselnd ihren Rücken hinunter. Würde Nick ihr jetzt erzählen, was ihn all die Jahre beschäftigt hatte? War er endlich bereit, über die große Last zu sprechen, die er Forster gegenüber bereits erwähnt hatte? Zuletzt hatte Katja den Eindruck gewonnen, dass Nick den Ballast abzuwerfen begann. Vielleicht, um in seinem Leben Platz für sie zu schaffen?

„Ich habe mir vorhin ziemlich heftig die Tür gegen das Schienbein geschlagen ..." Nick seufzte und humpelte zu einem Sessel hinüber, in den er sich schwer fallen ließ.

Katja schloss für einen kurzen Moment die Augen und wappnete sich gegen den Schmerz in ihr. Sie hatte zu viel erwartet. Es würde kein klärendes Gespräch geben. Zumindest nicht jetzt. Vielleicht aber später? Oder niemals?

Nick beugte sich vor und krempelte seine Sporthose hoch. Schon durch den Verband hindurch war zu sehen, dass die Verletzung erneut geblutet hatte. Er lehnte sich stöhnend zurück und starrte ärgerlich zur Decke hinauf.

„Ich hole das Verbandszeug", murmelte Katja, drehte sich um und marschierte los, wobei sie an Jeffrey vorbeikam, der seine blauen Augen prüfend auf sie gerichtet hielt. Leise sagte er: „Lass ihm etwas Zeit. Und die kannst du später dann auch von ihm einfordern." Nach diesen kryptischen Worten erklärte er wieder gutgelaunt wie immer: „Ich versenke jetzt meinen bewundernswerten Superheldenkörper im Pool!" Dabei klopfte er dem *Hulk* auf seinem Shirt zielsicher auf die grüne Nase.

„Nicht reinspringen. Nimm bitte die Leiter", ermahnte ihn Nick.

„Ist Springen denn verboten?"

„Nein, aber wenn dein Superheldenkörper mit zu viel Schwung eintaucht –"

„– spritzt das ganze Wasser raus. Dieser Witz ist so alt, wie meine Haare lang sind. Oder wie die der *wunderbaren* Katja."

„Du findest meine Witze ... altbacken?"

„Na, sie waren schon frischer und erfrischender."

„Da war es draußen aber auch wärmer. Ich bin nun mal auf Ausgleich bedacht."

„Du bist auf –"

„Jungs!", ging Katja energisch dazwischen.

„Ja?", kam es zweistimmig, überraschend einig und verdächtig brav zurück.

„Wir sollen die Zeit hier genießen. Befehl vom Meister des Thrills, und das schließt auch mich ein. Also hört gefälligst auf mit euren lautstarken, albernen Streitereien. Sonst nehme ich mir ein Beispiel an einer von Forsters ganz fiesen Romanfiguren!"

„Weißt du, wie du uns auf jeden Fall ruhig bekommst?", fragte Jeffrey.

„Bitte, verrate es mir!", flehte Katja ihn gespielt verzweifelt an. Ihre Ahnung, dass sie gerade dabei war, auf ein Komplott der beiden hereinzufallen, schien sich zu bewahrheiten.

„Mich mit deinen leckeren Lebkuchen, und ihn mit irgendetwas, das Apfel und Zimt enthält."

„Abgemacht."

Jeffrey machte sich auf den Weg in sein Zimmer, um sich fürs Schwimmen umzuziehen, und klatschte im Vorbeigehen noch Nicks erhobene Hand ab.

„Ihr seid manchmal wie zwei junge Hunde", sagte Katja, als sie sich vor Nick auf den Boden kniete.

„Du hast doch gesagt, dass du Shakespeare zum Anbeißen süß findest."

„Ach, halt den Mund!"

„Das geht nur mit Zimtgebäck!", erinnerte Nick sie. „Wobei ich die Art, wie ich dich zum Schweigen bringen kann, auch ganz ... süß finde."

Katja hielt es für das Beste, Nick zu ignorieren, denn einerseits trommelte ihr Puls viel zu schnell und flatterte ihr Herz deutlich zu wild, andererseits schmerzte ihre Seele. Schließlich war zwischen ihnen noch immer nichts geklärt. Nach wie vor bewegten sie sich auf Eis, das sie oberflächlich betrachtet zwar tragen konnte, an manchen Stellen jedoch gefährlich dünn war. Und genau jene zerbrechlichen Stellen waren es, die sie dringend finden mussten, denn nur so würden sie ihnen ausweichen oder rettende Stege über sie hinweg bauen können.

Nick sah Katja dabei zu, wie sie das Verbandszeug wegräumte. Die Wunde hatte zum Glück nur leicht geblutet und die Naht war noch intakt. Das änderte jedoch nichts an seinen Schmerzen, die quer durch sein Bein rollten, weil sich seine Muskeln offensichtlich gegen den erneuten Schlag, die Kälte und die Überbeanspruchung der letzten Tage zur Wehr setzten. Vermutlich hätte er seinem Bein doch etwas mehr Ruhe gönnen sollen.

Es gab allerdings noch mehr in ihm, das sich nach Ruhe sehnte: sein Herz. Es war der Teil seines Körpers, der ihn nicht nur am Leben erhielt, sondern tief in sich auch seine Gefühle beherbergte. Und damit auch die völlig verquere Angst davor, nun, da er Katja tatsächlich für sich gewonnen hatte, ihr endlich die Wahrheit erzählen zu müssen. Denn dies barg die Gefahr, sie womöglich gleich wieder zu verlieren. Eines hatten ihm die gemeinsamen Stunden bei Chiara und Forster deutlich vor Augen geführt: Katja wünschte sich eine eigene Familie. Und sie brauchte ein harmonisches Umfeld, um aufblühen und ganz sie selbst sein zu können. Würde er ihr das wirklich bieten können? Oder war sein vor Jahren gefasster Entschluss, sich vor all dem zu verschließen, nicht doch besser gewesen – für ihn selbst, und besonders für Katja?

In seinem Inneren stritt seine Sehnsucht nach einer Heimat, in der sein Herz zur Ruhe kommen konnte, mit der Stimme, die ihm über Jahre hinweg zugeflüstert hatte, dass er dafür nicht geschaffen sei und dass er den Menschen, den er liebte, nur zerstören würde ...

„Ich drehe mich im Kreis“, murmelte Nick halblaut vor sich hin. Katja, die mit ihren Backzutaten beschäftigt war, wandte sich fragend zu ihm um. Ihr Blick war ernst, und ihre Augen sahen ihn traurig an. Sie durchschaute sehr wohl, dass er sich erneut von ihr zurückgezogen hatte. Allerdings versteckte sie ihren Schmerz und ihr Unverständnis darüber nicht länger. Es war offensichtlich, dass sie litt.

Diese Erkenntnis schmerzte ihn sehr, denn genau das, was er zu verhindern versucht hatte, war nun doch eingetroffen – und das, bevor sie überhaupt ein Paar geworden waren. Er wollte dieser liebenswerten, bewundernswerten und außergewöhnlichen Frau auf keinen Fall wehtun. Das hatte sie nicht verdient. Sie verdiente Liebe und Glück – und zwar so viel davon, wie ein Mann imstande war, ihr zu geben. Doch war er wirklich der Richtige dafür?“

Mühsam stemmte er sich aus dem Sessel und floh aus ihrer Nähe in den feuchtwarmen Wintergarten. Sanftes Blau hüllte ihn ein, Wellenbewegungen tanzten über die weißen Wände und die blaue Decke. Jeffrey ließ sich rücklings auf dem Wasser treiben, wodurch sein Bauch wie ein großer, runder Kiesel aus dem Wasser ragte.

„Du machst also einen Rückzieher?“ Jeffreys Stimme klang hohl durch den verglasten Bau.

„Ich sollte mit der Verletzung lieber nicht schwimmen.“

„Ich spreche von Julia.“

„Katja.“

„Uh, so humorlos!“ Jeffrey drehte sich um und schwamm zu Nick herüber, der die Hände tief in den Taschen vergraben hatte.

Seine Schultern hingen kraftlos nach unten. Er fühlte sich vollkommen hilflos und verloren.

„Sie schwimmt doch gern mit Seehunden. Wirf sie einfach in den Pool und *ich* rede mit ihr."

„Du siehst mehr wie ein Walross aus. Außerdem backt sie gerade deine Lebkuchen, und du willst doch sicher nicht, dass ich sie davon abhalte."

„Stimmt auch wieder." Jeffrey strich sich über den nassen Bart. „Trotzdem steht mein Angebot. Ich kann gern mit ihr reden."

„Das muss ich schon selbst hinbekommen."

„Dann tu es!"

„Ich weiß nicht. Sie ist so ... empfindsam."

„Richtig. Und das ist nicht negativ, sondern positiv für dich. Sie wird sich gut in dich hineinversetzen und dich verstehen können."

„Ich werde ihr wehtun."

„Hör mal, mein Freund!", Jeffrey legte die Hände auf den Beckenrand und bedeutete Nick, dass er sich setzen sollte. Also ließ er sich auf den gekachelten, angewärmten Boden sinken und streckte vorsichtig sein schmerzendes Bein aus.

„Du wirst ihr wehtun, wenn du sie erneut ohne eine Erklärung abblitzen lässt. Noch viel mehr, als das früher schon passiert ist, denn diesmal bist du deutlich weiter gegangen. Du hast ihr Hoffnungen gemacht."

„Ein Fehler?"

„Siehst du es denn so?"

Nick schüttelte verneinend den Kopf, zuckte dabei aber mit den Schultern.

„Erzähl ihr von deinen Ängsten. Und dann lass *sie* entscheiden."

Nick stöhnte leise auf und vergrub sein Gesicht in den Händen. Er wünschte, alles wäre anders gelaufen. Seine Kindheit, seine Jugend ... Nein, das stimmte nicht ganz. Er wünschte sich nicht, dass er Katja nie wiedergesehen hätte. Denn sie tat ihm gut, und im Gegensatz zu ihm hatte sie beschlossen, sich nicht länger an die Erfahrungen aus ihrer Vergangenheit zu ketten, um damit ihr Verhalten zu entschuldigen. Sie hatte losgelassen, sich befreit. Ihr Beispiel zeigte ihm, dass man trotz der Verletzungen aus seiner Kindheit ein gutes, glückliches und selbstbestimmtes Leben führen konnte. Katja hatte gelernt, zu vergeben. Das, was ihre Familie ihr angetan hatte, bestimmte nicht mehr, wer sie war. Sie hatte einen Weg gefunden, sich anerkannt und geliebt zu fühlen, und auf diesem Fundament hatte sie sich ein neues Leben aufgebaut. Heute nutzte sie das, was sie erlebt hatte, um es anderen Kindern leichter zu machen. Sie hatte das Schlechte aus ihrer Vergangenheit in etwas Gutes verwandelt. Sie würde bei ihren eigenen Kindern kaum den gleichen Fehler begehen wie ihre Eltern, weil sie diesen durchschaut und Strategien entwickelt hatte, um ihn zu vermeiden. Sollte ihm das nicht auch gelingen?

„Es wird schwer ...“, sagte er halblaut, und dennoch dröhnten seine Worte durch den Wintergarten.

„Schau mal“, begann Jeffrey und stützte sich mit den Unterarmen auf den Beckenrand, wodurch er kleine Wellen auslöste, die ihre Bahn bis an das gegenübergelegene Ende des Pools zogen und dort auf die abschließende Einfassung klatschten. Waren sie ein Sinnbild für das, was Katja in Bezug auf ihre Vergangenheit gelungen war? Die Wellen mit all den unschönen Erinnerungen hatten sie so lange überrollen können, bis sie eines Tages eine Grenze gezogen hatte, an der sie seitdem abprallten. Zwar schwappte gelegentlich noch etwas Wasser zu ihr hinüber, doch damit konnte sie umgehen; sie ertränkten sie nicht mehr in Selbstmitleid oder dem lähmenden Gefühl, wertlos zu sein ... Nick zwang sich, Jeffrey seine volle Aufmerksamkeit zu schenken.

„Katja hat irgendwann einmal beschlossen, Lebkuchen zu backen. Sie hatte das vorher noch nie gemacht, das Ganze war also eine echte Herausforderung für sie. Zuerst hat sie alle erforderlichen Zutaten besorgt; leckere Dinge und seltene Gewürze, die sie sicher nicht unbedingt im Laden um die Ecke bekommen hat. Das alles hat sie so zusammengefügt, wie es im Rezept stand, und das Ganze schließlich in den Backofen geschoben. Vielleicht sind ihr die ersten Lebkuchen nicht wirklich gut gelungen. Dennoch waren es Lebkuchen. Alles, was in den Teig hineingehörte, war darin, womöglich von dem einen Gewürz ein Quäntchen zu viel, von dem anderen dafür etwas zu wenig. Aber das Resultat schmeckte nach Lebkuchen. Doch Katja wollte sie leckerer und hübscher haben. Also wagte sie einen zweiten Versuch. Sie nahm die gleichen Zutaten, diesmal jedoch hiervon ein bisschen mehr und davon etwas weniger. Wieder ab in den Ofen, aufpassen, dass sie nicht verbrennen ... und voilà: Diesmal waren sie bereits viel besser. Beim dritten Mal gelangen sie ihr erneut nicht ganz so gut – vielleicht war sie beim Mischen der Gewürze abgelenkt gewesen? Dennoch kamen wiederum Lebkuchen dabei heraus. Beim vierten Mal war sie sich schon etwas sicherer und sie brachte tolle Lebkuchen zustande. Das fünfte Mal ebenfalls. Allerdings wurde ihr das ein wenig langweilig. Also variierte sie mutig beim sechsten Mal Lebkuchenbacken. Das Ganze ließe sich endlos fortsetzen."

„Ich danke dir für die Abkürzung."

Jeffrey grinste und blinzelte einige Wassertropfen weg, die ihm von der Stirn in die Augen liefen.

„In einer Ehe ist jeder Tag wie Lebkuchenbacken."

Nick schmunzelte, hatte er ein derartiges Resümee doch geahnt.

„Zwei Menschen werfen ihre Wünsche, Erfahrungen, Pläne und Eigenheiten zusammen und wollen daraus ein gemeinsames Leben formen. An manchen Tagen gelingt es ihnen gut, an anderen weniger. Aber wenn beide dranbleiben, jeder sich von Zeit zu Zeit zurücknimmt und den anderen wichtiger erachtet als sich selbst, Misslungenes nur als kleiner Rückschlag und nicht als das Ende angesehen wird, man immer mutig von vorn anfängt und auch mal etwas Neues wagt ... dann kann eine Ehe gelingen. Und das Rezept dafür muss nicht unbedingt aus der eigenen Familie stammen. Die besten Lebensrezepte stehen noch immer in der Bibel."

Nick warf einen Blick über die Schulter, doch vom Wintergarten aus konnte er Katja nicht sehen. Wie sehr er sich wünschte, ihr dabei zusehen zu können, wie sie die Küche für sich einnahm und leise vor sich hin summend die Zutaten zusammenrührte. Er wollte das Lächeln in sich aufsaugen, das sie ihm schenken würde, wenn er ihr anbot, ihr beim Backen zu helfen. Er wollte keinen Tag mehr erleben, ohne ihre Stimme zu hören, in ihre meerblauen Augen zu schauen und sie zum Lachen zu bringen ...

„Auch wenn du Lebkuchen eigentlich nicht magst: Gib Katja die Chance, sich deine Geschichte anzuhören, und lass sie dann entscheiden, ob sie eine gemeinsame Zukunft mit dir wagen will oder nicht." Jeffreys Worte wurden von der drängenden Stimme in Nick unterstützt, die ihm genau dasselbe sagte, und dennoch blieb er sitzen. Letzte Zweifel nagten an ihm.

„Wag es, Nick! Geh zu ihr rüber und erzähl Scarlett, was Katja unbedingt wissen sollte."

11. Kapitel

Katja schaute auf, als Nick auf sie zukam. Seine Gesichtszüge waren ernst, und obwohl er stark hinkte, wirkte sein Schritt äußerst zielstrebig. Erneut strahlte er eine Version von „der Mann mit einer Mission“ aus. Ob er sie diesmal wirklich in die Tat umsetzen würde?

„Kannst du Jeffreys *Ehebeispiel-Gebäck* später fertig machen?“

Mit gerunzelter Stirn betrachtete Katja die vor ihr ausgebreiteten Gewürze und den halb fertigen Teig. Was hatte das nun wieder zu bedeuten? Sie wusste, dass man Honigkuchen bereits in der Antike genossen hatte und dass später, etwa ab dem 16. Jahrhundert, sogar eine eigene Berufsgruppe, die Lebküchner, entstanden war, deren Vertreter hauptsächlich in Aachen, Braunschweig, Pulsnitz und Nürnberg angesiedelt gewesen waren. Ebenso war ihr bewusst, dass Lebkuchen zuvor schon in Klosterküchen ein beliebtes Gebäck gewesen waren, weil sie aufgrund ihrer außergewöhnlichen Zutaten als äußerst nahrhaft und heilsam galten. Verfeinert mit Nüssen und Mandeln, die symbolisch für Tod und Auferstehung standen, hatten sie schließlich ihren Namen bekommen, wobei Katja ebenfalls schon gehört hatte, dass die Bezeichnung „Lebkuchen“ auch vom mittellateinischen Wort „libum“ stammen könnte, das eine Art Fladen bezeichnete. Was das Gebäck allerdings mit einer Ehe zu tun haben sollte, erschloss sich ihr nicht. Dennoch nickte sie und wusch sich die Hände.

„Können wir eine Runde spazieren gehen?“

„Ich weiß nicht, ob dein Bein –“

„Vergiss das Bein!“, unterbrach Nick sie und deutete entschlossen in Richtung Eingangsbereich.

„Du ignorierst die Verletzung viel zu häufig. Vielleicht sollte ich –“

„Das darfst du gern, allerdings erst, *nachdem* wir spazieren waren und ich dir etwas Wichtiges erzählt habe.“

Katja unterdrückte jegliche Reaktion, denn Nick klang, obwohl er sehr energisch sprach, zugleich auch verunsichert. Es erstaunte sie immer wieder aufs Neue, wie leicht es ihr doch fiel, seine Gefühlslage einzuschätzen. Er hatte offenbar einen Entschluss gefasst, aber jedes nicht überaus sorgfältig gewählte Wort von ihr könnte diesen ins Wanken bringen.

„Ich hole nur meine Skihose. In zwei Minuten bin ich fertig.“

„Ich liebe Frauen, die klare Ansagen machen und schneller zum Ausgehen fertig sind als ich.“

„*Eine* Minute!“, korrigierte sich Katja, und auf Nicks angestrengte Gesichtszüge schlich sich ein Schmunzeln. Er verstand sie ebenso spielend wie sie ihn. *Ich verdiene seine Liebe. Punkt.*

Katja flog förmlich die Stufen hinauf, zog sich die Skihose über ihre bequeme Jogginghose und war ruckzuck wieder unten. Genauso flott schlüpfte sie in die gefütterten Gummistiefel und zog sich Schal, Mütze, Handschuhe und die Jacke an. Sie stand bereits an der Tür, als sich Nick zu ihr gesellte, und wartete, bis auch er sich warm eingepackt hatte, ehe sie diese öffnete.

Abermals biss ihr der kalte Wind ins Gesicht, weshalb sie sich schnell den Schal über Mund und Nase zog und ihre Brille in die Jackentasche steckte. Noch immer bestand die Welt um sie herum aus verwehtem Schnee, bizarren Eisskulpturen und einem glasklaren Himmel über der Nordsee. Katja und Nick schlitterten hintereinander die Düne hinab zum Strand und schlugen einmütig den Weg in Richtung Norden ein, weil beide keine Lust darauf hatten, von ihren ehemaligen Mitbewohnern im Nachbarferienhaus gesehen zu werden.

Sie kamen nur langsam voran, doch das störte Katja nicht. Dafür genoss sie viel zu sehr die unendliche Weite, das Knirschen, wenn eine dünne Eisschicht unter ihren Füßen brach, die sanfte Melodie der Wellen zu ihrer Linken und die Gegenwart des Mannes, den sie liebte, zu ihrer Rechten.

„Ich liebe dich, Scarlett." Nicks Stimme drang nur gedämpft zu Katjas Ohr hindurch, dennoch perlten seine Worte wie Champagnerbläschen durch sie hindurch. Sie schwieg und ließ ihm gern die Zeit, die er benötigte, um die nächsten Worte über die Lippen zu bringen.

„Aber ich stamme aus einer völlig zerrütteten Familie. Nach dem Krebstod meiner Schwester haben meine Eltern nur noch gestritten."

Katja nickte und signalisierte ihm damit, dass sie ihm aufmerksam zuhörte. Es kam häufig vor, dass ein Schicksalsschlag Ehepaare auseinanderriss. In genau jener Zeit, in der sie sich eigentlich am meisten brauchten, sie sich und den Kindern Halt und Hoffnung geben sollten. Eine eigenartige Disharmonie der Liebe.

Als seine Schwester starb, war Nick erst fünf Jahre alt gewesen. Er hatte zuerst das Leiden und den Tod seiner Schwester und dann die Streitigkeiten seiner Eltern und vermutlich auch deren Trennung miterleben müssen. Beim Gedanken daran blutete Katjas Herz.

„Meine Eltern ... Kennst du den Film *Der Rosenkrieg* mit Michael Douglas und Kathleen Turner?"

Katja nickte. Eine schreckliche Ahnung stieg in ihr auf, stach mit spitzen Nadeln in ihr Herz, verursachte Schmerzen, löcherte es.

„So in etwa kannst du dir vorstellen, was bei mir zu Hause losgewesen ist."

Katja zwang sich, einen weiteren Schritt über den gefrorenen Sand zu gehen. Dann einen zweiten. Die Tragödie, die Nick erlebt haben musste, bereitete ihr innere Qualen, riss Löcher in ihr

Herz, ließ Kälte herein. Scheidungskinder trugen immer Narben mit sich herum. Aber das, was Nick da gerade andeutete, hatte nicht nur Wunden in seine Seele geschlagen, die irgendwann heilen durften – selbst wenn die Narben für immer blieben –, sondern es hatte sie vermutlich beinahe erschlagen. Eine zarte Kinderseele, die eigentlich auf Liebe und Aufmerksamkeit angewiesen war, hatte nichts als Krieg, Hass und Verderben erlebt.

„Sie haben sich angeschrien, Bücher und Geschirr geworfen und sich gegenseitig Verletzungen zugefügt, auch körperliche. Bewusste Gehässigkeiten und gegenseitige Zerstörung der Dinge, die dem anderen wichtig waren oder die sie für die Arbeit brauchten, waren an der Tagesordnung. Sie *wollten* einander Schaden zufügen – und das in jeder nur erdenklichen Art."

Katja konnte nicht mehr die Kraft aufbringen, ihre Füße vom Boden zu heben. Die Kälte und der Schmerz, den sie mit Nick mitfühlte, froren sie förmlich ein. Er ging noch zwei Schritte weiter und drehte sich dann erst zu ihr um. Dort verharrte er reglos, war auf Abstand zu ihr bedacht. Ja, sie wollte ihn gern umarmen, ihn trösten und ihm Halt und Liebe geben. Allerdings ahnte sie, dass er noch nicht zu Ende erzählt hatte. Sie musste ihn jetzt erst einmal gewähren lassen.

„Das Ganze hat sich über Jahre hingezogen, weil sie offenbar ... Freude daran hatten, sich gegenseitig wehzutun. Vielleicht hatten sie einfach nichts anderes mehr, an dem sie sich festhalten konnten – außer an ihrem Hass? Und es wurde immer schlimmer. Selbst dann noch, als sie endlich geschieden waren und getrennte Wohnungen hatten. Das Perfide daran war, dass sie sich stets so weit im Griff hatten, dass nie ein Nachbar die Polizei verständigt hat. Ich war in dieser Zeit drei Tage hier, vier Tage dort. Aber nur nachts. Wenn möglich, nicht einmal das. Die meiste Zeit habe ich bei einem Freund und dessen Familie verbracht. Sein Vater war Pastor in einer kleinen Gemeinde. Sie hatten nicht viel Geld und dennoch war ich jederzeit willkommen. Sie fütterten mich durch, ließen mich bei sich schlafen. Ich habe nie etwas erzählt, doch vermutlich haben sie geahnt, was zwischen meinen Eltern vor sich ging. Sie haben mir vorgelebt, wie ein gesundes Familienleben aussehen kann. Manchmal war aber genau das kaum auszuhalten für mich. Du weißt schon: Sehnsucht, Eifersucht. Die Familie war meine Rettung. Allerdings sind sie weggezogen, als ich vierzehn war."

Katja hörte an seinem Seufzen, wie unsagbar er unter dem Verlust dieser Ersatzfamilie gelitten haben musste.

„Nach meinem Praktikum bei Carolas Vater, ich war damals gerade sechzehn, hat dieser mich zu Hause rausgeholt. Eigentlich hatte er rechtlich gesehen gar keine Befugnis dazu, aber meine Eltern haben überhaupt nicht bemerkt, dass ich nicht mehr da war. Er muss ebenfalls durchschaut haben, was bei uns schieflief, und er hatte eine unglaubliche Geduld und zugleich auch Beharrlichkeit, als es darum ging, die Wahrheit aus mir herauszulocken. Dank Carolas Familie habe ich noch gerade so die Kurve bekommen. Ich war kurz davor, alles hinzuschmeißen."

Zuletzt war Nick immer schneller geworden. Er hatte ihr die Worte einfach so hingeworfen. Wie ein Angler, der seinen ungenießbaren Fang zurück ins Meer schleuderte. Katja versuchte zu erfassen, was Nick ihr da vor die Füße geschleudert hatte, was sich wand und wild umherzappelte. Das alles war erschreckend und ungenießbar. Und giftig?

Nick, der den Kopf die ganze Zeit über gesenkt gehalten hatte, sah sie nun an. Unwillkürlich wich sie einen Schritt zurück, als sie erkannte: Da war noch mehr! Das Unfassbare, das er ihr erzählt hatte, war noch längst nicht alles gewesen. Für einen kurzen Moment überkam sie der Wunsch, einfach wegzulaufen. Sie wollte nicht noch mehr hören. Aber dann besann sie sich. Wenn sie jetzt weglief, würde sie Nick nur in dem bestärken, was er jahrelang befürchtet hatte – und damit jede Hoffnung in ihm zerstören. Denn offenbar trug er die Angst in sich, dass seine Liebe zu ihr einmal so enden könnte, wie die Liebe zwischen seinen Eltern damals gestorben, vergiftet, missbraucht worden war. Und genau das hatte er zu verhindern versucht, indem er sich von ihr fernhielt. Er wollte weder sie noch sich selbst zerstören.

„Meine Großeltern väterlicherseits haben sich nie scheiden lassen, sich das Eheleben aber zur Hölle gemacht“, fuhr Nick schließlich mit belegter Stimme fort. „Durch ständige Sticheleien und kleine verbale Seitenhiebe. Über meine anderen Großeltern – ich habe sie nie kennengelernt – sagt man, dass mein Großvater meine Großmutter verprügelt hat. So lange, bis sie eines Tages zurückschlug. Daraufhin haben sie schweigend nebeneinander her gelebt. Mein Onkel, der Bruder meiner Mutter, ist jetzt das vierte Mal verheiratet. Unglücklich, soweit ich weiß.“

Nick wandte sich von ihr ab und humpelte weiter. Ein großer, kräftiger Mann mit der Seele eines verstörten Kindes? Katja folgte ihm nicht. Sie fühlte sich, als hätte sie jemand gepackt, geschüttelt und dann wieder losgelassen, sodass sie schmerzhaft auf dem Boden aufgeschlagen war. Hatte Nick recht? War er gar nicht in der Lage, eine Beziehung oder gar eine Ehe zu führen? Wie viele Altlasten würde er mitbringen? Das hatte Jeffrey also gemeint, als er ihr geraten hatte, dass auch sie Zeit von Nick einfordern sollte. Zeit zum Abwägen, was sie mit dem Gehörten anfangen und wie sie darauf reagieren, welche Entscheidung sie treffen sollte.

Katja litt schrecklich mit dem kleinen Jungen, der Nick einmal gewesen war, und gleichzeitig staunte sie darüber, was aus ihm geworden war. Kein Schulabbrecher, der dem Staat auf der Tasche lag, kein Alkoholiker, der die Erinnerungen im Dunst des Vergessens zu ertränken versuchte, kein Mann, der Gewalt verherrlichte oder die Ellenbogen ausfuhr, um Erfolg und Anerkennung zu erlangen.

Nick wollte niemanden verletzen. Die Pastorenfamilie hatte ihn aufgefangen und geprägt, und dort hatte er von der Hoffnung auf Veränderung, Vergebung und Heilung gehört und sie vorgelebt bekommen. Und später hatte Carolas Vater ihn unter seine Fittiche genommen; als Nick gerade im Begriff gewesen war, vom rechten Weg abzukommen. Aufgrund seines beruflichen Werdegangs war der Kriminalhauptkommissar wahrscheinlich genau jener konsequente Lehrmeister gewesen, den Nick damals gebraucht hatte.

„Gott hat dich nie verlassen. Er hat dich immer an der Hand gehalten und dich dorthin geführt, wo du Hilfe und Liebe erfahren durftest. Er hat dich nicht vor dem Schrecklichen bewahrt, aber dich hindurchgeführt. Du bist reich beschenkt. Weißt du das eigentlich?“, sagte sie halblaut vor sich hin.

Nick drehte sich um. War er nicht zu weit von ihr entfernt, als dass er ihre Worte hätte hören können?

„Sag doch was, bitte“, flehte er sie an, während er zu ihr zurückkam. Endlich konnte sie seine Gesichtszüge wieder deutlicher sehen. Er sah zerbrochen aus. In seinen Augen lag mehr Schmerz als vor einigen Tagen, als er sich mit der Axt verletzt hatte.

Katja eilte zu ihm und wiederholte das, was sie gerade vor sich hin gemurmelt hatte. Dabei sah sie ihm in die Augen und beobachtete, wie die zimtfarbenen Sprenkel mit dem dunkleren Braun verschmolzen. Eine neu erwachte Wärme in seinem Blick verdrängte den Schmerz. Würde diese auch die Hoffnungslosigkeit besiegen können?

Katja atmete tief durch, ließ die kalte Luft durch den Strickschal hindurch in ihre Lungen fließen und wandte sich dem Meer zu. Sie wartete schweigend ab, ließ Nick die Zeit, die er benötigte. Zwischen dem eisblauen Wasser und dem lichten Blau des Himmels schwebte ein sanfter rosafarbener Schimmer, der sich immer weiter ausbreitete. Es schien, als würde sich die Luft mit der Pastellfarbe vollsaugen. Katja hoffte, dass sich der Trost, der in ihren Worten gelegen hatte, auf die gleiche Weise in Nick ausbreiten konnte.

Nick hatte sekundenlang reglos vor ihr gestanden und durch sie hindurchgesehen. Nun umfasste er mit seinen behandschuhten Händen zärtlich ihr Gesicht und legte seine Stirn an ihre. Es störte sie nicht, dass dabei ihr Schal nach unten rutschte, war ihr im Augenblick doch kein bisschen kalt. „Du weißt gar nicht, wie gut du mir tust, nicht wahr? Aber das wusste ich ja selbst nicht."

Katja schwieg und schloss die Augen, an deren Wimpern winzige Eisperlen hingen. In einer Sache war sie sich vollkommen sicher: Nick trug viel mehr Liebe in sich, als er selbst als Kind erfahren hatte, und er würde diese auch verschenken können. Sie fragte sich nur, ob er das auch wusste …

„Ich will es wagen, Katja." Die Worte kamen zwar leise, aber entschlossen über seine Lippen. Sie wich etwas zurück, um ihm wieder ins Gesicht sehen zu können. Seine Haut war vor Kälte gerötet und an seinen langen dunklen Wimpern hatten sich ebenfalls winzige Eiskristalle festgesetzt, wie auch an seinen kräftigen Augenbrauen. Der Kontrast zwischen der Wärme in seinen Augen und der in Rosé getauchten Eislandschaft um sie herum ließ sie sanft lächeln, bestätigte er doch ihren Gedanken von zuvor. Nick hingegen blieb vollkommen ernst. „Ich will das wirklich –"

Katja hob die Hand, woraufhin er sofort abbrach und die Augen zusammenkniff. Was er in diesem Moment wohl befürchtete? Schnell sagte sie: „Ich werde Fehler machen, Nick. Und ich kann streiten und danach schmollen – frag mal meine Schwester! Und ich –"

Jetzt lachte Nick, und vor seinem Mund kondensierte der Atem. Er verstärkte den Griff um ihr Gesicht. „Eigentlich wollte ich dich gerade vor all dem warnen, was von meiner Seite aus auf dich zukommen könnte."

„Ich glaube, ich habe durchaus verstanden, wovor du dich fürchtest, weil du es als Erbe deiner Familie ansiehst. Aber ich bin mir ganz sicher, dass du es besser machen wirst. Viel besser sogar. Du bist anders als sie. Du hast unter dem gelitten, was sie sich gegenseitig angetan haben. Du hattest keine Schuld daran und du konntest sie nicht ändern. Du hast den Aufruhr in ihren Herzen nicht vererbt bekommen."

Er öffnete den Mund, doch sie verschloss ihn mit ihrer behandschuhten Hand. „Du wirst nur dann in Schwierigkeiten geraten, wenn du dir sie anstelle des Pastorenehepaars oder Carolas Eltern zum Vorbild nimmst. Du hast ein eigenständiges, freies Herz. Und ich sehe zugleich ein gutes, wenngleich verletztes Herz. Doch das kann heilen. Es werden zwar Narben zurückbleiben, aber mit denen lässt sich viel leichter leben als mit offenen und womöglich sogar eiternden Wunden. Es kommt nur darauf an, was dein Herz ausfüllt und wer darin wohnt. Denn wo Gott wohnt, ist kein Platz für Hass."

„Wo ist nur diese schüchterne, stille Scarlett geblieben?"

Katja freute sich über Nicks zurückgekehrten Humor. „Sie steht vor dir, und sie trägt ebenfalls Narben auf dem Herzen, die sich inzwischen aber nur noch selten bemerkbar machen. Und wenn sie es tun, dann erinnern sie Scarlett daran, was sie überwunden hat, was sie besser machen kann und dass sie – aufgrund ihrer Erfahrungen – Gutes für andere tun kann, die womöglich in einer ganz ähnlichen Situation stecken."

Nick ließ sie los und bedeutete ihr, dass sie besser zum Ferienhaus zurückgehen sollten. Katja war darüber einerseits enttäuscht, schließlich genoss sie die Zweisamkeit mit ihm, andererseits aber auch dankbar, fror sie mittlerweile doch erbärmlich.

Mit kleinen Schritten und angeschoben vom leichten Rückenwind gingen sie schweigend über den mit Schnee und Eis bedeckten Sand. Inzwischen hatte der tröstliche Roséton beinahe den ganzen Himmel eingenommen und hob das frostige Weiß der Landschaft umso deutlicher hervor, malte aber auch rosafarbene Tupfen auf Eisriefen, Schneeverwehungen und Wellenkämme. Katja war sich sicher, dass sich ein ebenso warmer Farbton in Nicks Herzen befand, der die verkrusteten Stellen allmählich abmildern würde ... Ein einsamer Stern zeigte sich hoch oben am Himmel und leuchtete hell. Wie ein Vermittler zwischen zwei Welten schickte der Abendstern sein freundliches Licht zu ihnen herunter.

„Tu mir bitte einen Gefallen.“ Nick ergriff Katja bei der Hand und zwang sie damit zum Stehenbleiben. Sie schaute fragend zu ihm auf. „Prüfe in den nächsten Tagen sehr genau, ob du ...“

Katja lächelte. Nick wirkte so ungewohnt schüchtern, dass sie ihn am liebsten umarmt hätte.

„Hör auf, mich so anzusehen“, knurrte er, grinste dabei jedoch und legte somit noch mehr von seiner verletzlichen Seite offen. „Bitte lass dir ausreichend Zeit. Überleg dir gut, ob du dir eine Ehe mit mir vorstellen kannst, jetzt, da du weißt, woher ich komme und welchen Ballast ich mit mir herumschleppe.“

„Hast du nicht gerade irgendetwas ... übersprungen?“ Katja lachte in sich hinein. Belustigt und glücklich zugleich.

„Nein!“, entgegnete er mit fester Stimme. „Wir haben schon so viele Jahre verloren ...“

„Wir haben nichts verloren. Wir haben gelernt, uns zu verändern, und wir sind reifer geworden. Gelegentlich müssen wir Umwege gehen, um zu dem Menschen zu werden, den Gott in uns sieht. Manchmal gehen wir diese Umwege, weil wir blind oder bockig sind und einfach nicht sehen können oder *wollen*, was gut für uns ist. In unserem Fall glaube ich jedoch, dass wir diese Zeit ganz einfach gebraucht haben. Gottes Plan ist gut, Nick. Mehr als das: Er ist perfekt!“

„Überleg es dir gut!“, wiederholte Nick, und Katja nickte ihm zu. Ja, das wollte sie, *musste* sie tun. Denn gleichgültig, wie viel sie für Nick empfand und wie sicher sie sich war, dass er nicht wie seine Eltern oder Großeltern war, trug er diese Erinnerungen doch in seinem Herzen. Und sie würde ihm dabei helfen müssen, dass sie genau das blieben: Erinnerungen an die Vergangenheit, keine Vorboten für die Zukunft. Sie würden beide hart daran arbeiten müssen, ihre Gegenwart zu schreiben – und die Weichen für eine gemeinsame Zukunft zu stellen. Denn eine Ehe war immer mit Arbeit verbunden, und immer wieder neu mit der bewussten Entscheidung *für* den Ehepartner, selbst bei Ehepaaren, die keinen derartigen Ballast mit sich herumtrugen, wie es bei Katja und Nick der Fall war.

12. Kapitel

In den folgenden Tagen verbrachten Katja, Nick und Jeffrey ruhige, erholsame Stunden in dem Ferienhaus, das äußerlich betrachtet noch immer in Eis erstarrte, während in seinem Inneren Harmonie, Freude und Frieden herrschten.

Katja nutzte die Zeit hauptsächlich zum Backen und Lesen. Manchmal schaute sie aber auch einfach nur ihren beiden Freunden beim Schachspielen zu oder dabei, wie sie wieder einmal ihre gutmütigen Sticheleien austauschten, wobei ihr Augenmerk hauptsächlich auf Nick lag. Dieser warf ihr gelegentlich einen ernsten, nachdenklichen Blick zu, wusste er doch, dass sie ihn beobachtete. Meistens schien er das allerdings ausblenden zu können. Dann bezog er sie in die lustigen Unterhaltungen mit ein, wobei seine Augen vor Begeisterung und Zuneigung regelrecht sprühten. Ab und zu stahl er ihr eine Berührung, zog seine Hand aber jedes Mal so schnell wieder zurück, als hätte ihm jemand – oder er sich selbst – mahnend auf die Finger geklopft. Er gab ganz den Gentleman der alten Schule. Obwohl ihm sein Bein immer noch Probleme machte, klagte er nicht und half bereitwillig bei allen zu erledigenden Aufgaben – die sich dank Forsters und Chiaras guter Vorarbeit jedoch in Grenzen hielten.

Als Jeffrey eines Morgens ohne Vorwarnung seinen gepackten Koffer aus seinem Zimmer holte, sprang Katja erstaunt auf. Jeffrey umarmte sie nur und deutete zur Tür. „Gleich kommt mein Taxi."

„Du ... reist schon ab?"

„Ja klar. Ich will Silvester mit meiner Verlobten in Kalifornien verbringen."

„Das wusste ich nicht."
„Du musst ja auch nicht alles wissen, Linda."
„Eine Vorwarnung wäre ganz nett gewesen, Peter."
„Ich verstehe nicht, warum ihr Deutschen euch einfach nicht meinen Namen merken könnt. Es heißt ‚Piiiiter', mit einem langem ‚i'."
Katja lachte, kehrte dann aber sofort zu ihrem eigentlichen Gesprächsthema zurück. „Ich hätte es aber trotzdem gern vorher gewusst."
„Wenn man immer alles im Voraus wüsste, wäre das Leben doch langweilig! Außerdem hast du gestern Lebkuchen gebacken, ich kann demnach ein paar davon als Wegzehrung mitnehmen. Wo ist also das Problem?"
„Das ist also alles, was du von mir –"
„Den Rest überlasse ich Nick."
Katja schluckte die Tränen hinunter, bevor sie erneut auflachte und Jeffrey ein zweites Mal umarmte.
„Lass das lieber, sonst werde ich erdolcht, erwürgt, ertränkt und zuletzt als Schneemann ausgestellt." Jeffrey deutete mit dem Daumen auf Nick.
„Für gewöhnlich umarme ich keine Männer. Bei dir muss er das aushalten."
„Kein Problem!", mischte sich Nick ein, knuffte Jeffrey aber in den Rücken. „Lass sie gefälligst wieder los."
Jeffrey folgte der Aufforderung und umarmte stattdessen Nick. Die beiden klopften sich kräftig auf die Schultern. Wenig später ergriff Jeffrey seinen Trolley, ließ einen Schwall Kälte herein, und dann fiel die Tür hinter ihm ins Schloss.
Katja starrte auf die Eingangstür. „Er ist … einfach abgehauen!", murmelte sie vor sich hin.
„So ist Jeffrey nun mal. Ein echtes Genie, aber wahnsinnig sprunghaft. Wobei ich annehme, dass der Flug nach Kalifornien wirklich schon lange gebucht war."

Katja drehte sich langsam wieder um. Auf einmal kam ihr das Ferienhaus riesig vor. Und furchtbar leer. Deutlicher als je zuvor trat ihr die feindlich anmutende Eislandschaft vor Augen, wurde ihr die einsame Lage ihres Aufenthaltsorts bewusst. „Und was machen wir jetzt?“, fragte sie leise und unsicher darüber, ob sie die plötzliche Zweisamkeit mit Nick überhaupt wollte.

In den vergangenen Tagen hatte sich ihr Wunsch, eine gemeinsame Zukunft mit Nick zu planen, zwar vertieft, doch nun keimten Zweifel in ihr auf. Diese waren wie Schneeglöckchen, die sich vorsichtig aus der Wintererde geschoben hatten, nun jedoch unter frischem Neuschnee begraben wurden. Allerdings wollte sie ihre Gefühle für Nick nicht wieder unter Schichten von Kälte, die ihre Zweifel transportierten, vergraben wissen. Dennoch empfand sie die wie aus dem Nichts über sie hereingebrochene Situation als … herausfordernd.

„Was wir jetzt machen? Ich schlage vor, dass wir erst einmal nachsehen, wie viel Essen Jeffrey uns noch übrig gelassen hat.“

Katja lachte auf, und die seltsame Kälte, die sie so unvermittelt angegriffen hatte, fiel augenblicklich von ihr ab.

Gemeinsam begutachteten sie den Vorratsschrank, das Gefrierfach, den Kühlschrank und Katjas Kiste mit Backzutaten, bevor sie schließlich einen Essensplan für die nächsten Tage aufstellten.

„Spätestens in zwei Tagen sollte dein Auto wieder funktionstüchtig sein.“ Katja tippte nachdenklich mit dem Bleistift auf das Blatt Papier.

„Ansonsten leihen wir uns Carolas schicken Beetle. Oder wir bestellen ebenfalls ein Taxi.“

„Stimmt.“

„Und jetzt bringe ich dir erst mal das Schachspielen bei.“

Katja runzelte die Stirn. „Ich finde, Schach sieht immer so … anstrengend aus.“

„Seit wann fürchtest du dich vor einer Herausforderung?“

Katja neigte den Kopf, bemerkte das Funkeln in Nicks Augen und fühlte sich unverzüglich in ihre Schulzeit zurückversetzt. War Nick gerade tatsächlich dabei, ihre Rivalität von früher neu aufleben zu lassen? Katja beschloss, dass das im Moment keine schlechte Idee war.

„Also gut."

Auf ihre Zustimmung hin rieb sich Nick den Nacken, als sei ihm die Aussicht auf eine Schachpartie gegen Katja gar nicht mehr recht. „Ich fürchte, ich habe soeben eine Löwin geweckt. Du wirst mich spätestens morgen vom Brett fegen."

Katja verscheuchte ihre Zweifel und das wieder einmal zum Leben erweckte Gefühl der Unzulänglichkeit in ihr, indem sie Nick breit angrinste.

„Was habe ich getan?", stöhnte er, ergriff sie aber dennoch bei der Hand und zog sie zum Tisch, wo das Schachbrett noch von der letzten Partie mit Jeffrey stand.

Der letzte Tag des Jahres begann mit gleißendem Sonnenschein und bitterkalten Temperaturen, einem ausgedehnten, gemütlichen Frühstück vor dem Kamin, Eisblumenschmuck, der sich fast über die gesamte Länge der Fensterscheiben ausdehnte, und Nicks zweiter Niederlage beim Schach. Katja lehnte sich zurück und schaute ihn misstrauisch an. „Du hast mich gewinnen lassen. *Schon wieder!*"

Nick verschränkte die Arme vor der Brust und atmete gespielt entsetzt aus. „Es ist erschreckend, wie leicht du mich durchschaust. Und das *schon immer.*"

„Warum tust du das?" Katja warf ihm einen vorwurfsvollen Blick zu. Sie wollte nicht gewinnen, wenn sie es nicht verdient hatte. Das fühlte sich bitter an, ein bisschen so, als traue Nick ihr nichts zu ... Grimmig verdrängte sie den unguten Gedanken.

Nick traute ihr mehr zu, als ihre Eltern oder ihre Schwester es jemals getan hatten – und das hatte er *schon immer.*

„Warum also?“, wiederholte sie ihre Frage.

„Meine Erfahrung zeigt, dass ich Leuten, gegen die ich gern häufiger spielen möchte, am Anfang ihrer Karriere den einen oder anderen kleinen Sieg gönnen muss. Dadurch verlieren sie nicht gleich die Lust, es steigert vielmehr ihren Ehrgeiz ...“

„So ist das –“

„Und mit dir möchte ich noch sehr lange Schach spielen, am liebsten so lange, bis die grauen Zellen unter meinen weißen Haaren – oder meiner Glatze – den Bauer nicht mehr von der Königin unterscheiden können.“

Katja lächelte, begeistert von der Überzeugung, die in seinen Worten mitschwang. Der Wunsch, sein Leben mir ihr zu verbringen, gewann Tag für Tag ein wenig mehr gegen die warnenden Stimmen aus seiner Vergangenheit.

„Ich spiele mit dir. Aber nur, wenn du mich nicht absichtlich gewinnen lässt!“

Nick hob ergeben die Arme. „Versprochen. Ab jetzt kämpfe ich mit harten Bandagen.“

„Gut, dann stell schon mal die Figuren auf. Ich bereite uns schnell einen Punsch zu und schiebe die Apfel-Zimt-Hörnchen in den Backofen.“

Nick griff nach dem schwarzen Läufer, dabei grinste er wie der freche Schuljunge von damals. „Ich habe tatsächlich die Löwin in dir geweckt.“

„Dann sieh dich lieber vor!“ Katja tänzelte in Richtung Küchenbereich, fuhr jedoch erschrocken herum, als plötzlich die Eingangstür aufging. Kälte und ein Schwall an dänischen Wörtern drangen herein. Katja sah einen älteren Herrn vor sich, dessen Haarfarbe sich unter einer dünnen Schicht aus Eis verbarg. Er trug lediglich Jeans und einen Parka; auf Schal, Mütze oder Handschuhe hatte er verzichtet.

„Kommen Sie schnell rein", rief sie entsetzt und winkte ihn zu sich, um ihre Worte zu verdeutlichen. Doch der Mann schüttelte bedächtig den Kopf und redete erneut auf sie ein. Hilflos zuckte sie mit den Schultern und war dankbar, als Nick ihr zu Hilfe kam. Er unterhielt sich in fast flüssigem Dänisch mit dem Fremden und griff dann nach seinen Stiefeln.

„Du sprichst Dänisch?"

„Ich verstehe es sogar."

„Das wusste ich nicht."

„Scarlett, es gibt vieles, was du nicht über mich weißt."

„Das kann nicht sein. Schließlich durchschaue ich dich doch mit spielender Leichtigkeit!"

„Rede dir das nur weiter ein."

„Wer ist das und was hast du vor?"

„Das ist der Automechaniker. Er will mir schnell etwas zeigen, das ich in Deutschland noch in Ordnung bringen lassen muss, da er es nur provisorisch repariert hat."

„Ich könnte doch –"

„Das bisschen Bewegung schadet mir nicht."

„Du meinst, ich als Frau würde bei technischen Dingen ohnehin –"

„Du darfst später gern alle Reparaturen an Haus und Hof eigenhändig erledigen. Ich habe nämlich zwei linke Hände."

Katja bemerkte die Anspielung auf ein gemeinsames Zuhause sehr wohl, überging sie aber. War Nick sich inzwischen sicherer als sie? Hatte ihr Gespräch ihm geholfen, seine Wünsche und Hoffnungen, die mit seinen Vorbehalten kollidiert und dabei in Schieflage geraten waren, zumindest annähernd wieder geradezurücken?

„Der Mechaniker ist viel zu leicht angezogen", wandte sie ein.

„Er kommt von hier und wird schon wissen, was er tut. Du musst dich wirklich nicht um alles und jeden sorgen."

Katja zuckte erneut mit den Schultern. Sie kümmerte sich nun mal gern um andere. Nick, der inzwischen Jacke, Mütze und

Schal angezogen hatte, griff nach seinen Handschuhen, beugte sich dabei vor und drückte ihr einen flüchtigen Kuss auf die Wange. „Aber genau das mag ich an dir." Damit ging er nach draußen und zog die Tür hinter sich zu.

Als Nick nach einer Stunde noch immer nicht zurück war, machte sich Katja ernsthaft Sorgen um ihn. Ob ihm sein Bein Schwierigkeiten machte? Lag er womöglich irgendwo hilflos neben dem Steg in einer Schneewehe? Sie wollte und konnte nicht länger warten. Entschlossen griff sie nach ihrer Skihose. Im gleichen Moment schwang die Tür auf. Nick sah aus wie ein Zwillingsbruder des Automechanikers – bis auf die Tatsache, dass Nick wärmer angezogen war, dafür aber deutlich unterkühlter aussah als der Däne vorhin.

„Meine Güte!", rief Katja, drückte sich an Nick vorbei und schob energisch die Tür zu. „Steht neben deinem Auto jetzt eine Mechaniker-Eisskulptur?"

„Wir haben uns nur noch einen Moment unterhalten", presste Nick zwischen klappernden Zähnen hervor.

„Ehe er erstarrt ist?"

„Nein, bevor er weggefahren ist, hat er gesagt hat, dass ich besser ins Haus zurückgehen soll, um mich von meiner Frau umarmen und auftauen zu lassen."

„Und dabei ist ihm wahrscheinlich noch nicht einmal das Grinsen im Gesicht festgefroren, nicht wahr?"

„Nein. Aber wenn du mich jetzt in den Arm nimmst, passiert mir das garantiert."

„Dann lassen wir das lieber."

„Mist."

„Zieh das klamme Zeug aus. Ich wärme den Punsch für dich auf."

Nick grinste, weil sie ihn wieder einmal herumkommandierte, folgte ihrer Anweisung jedoch unverzüglich. Kurz darauf saß er auf einem Flickenteppich vor dem flackernden Feuer.

Katja kniete sich neben ihn, stellte seinen Becher auf dem Kaminsims ab und ergriff seine kalten Hände, um ihm behutsam die Finger zu massieren.

„Warum sprichst du so gut Dänisch?"

„Ich habe zwei Jahre in Dänemark gelebt."

„Das wusste ich nicht."

„Ich weiß, dass du das nicht wusstest. Was du auch nicht weißt, ist, dass sie mich gefragt haben, ob ich nicht erneut in Dänemark arbeiten und damit auch hier wohnen will." Katja betrachtete nachdenklich seine Hände in ihren. War das eine weitere Überlegung, die womöglich eines Tages auf sie zukam? Falls sie und Nick ...

Schließlich ging sie dazu über, seine Finger zu kneten. Als diese wieder gut durchblutet aussahen, legte sie ihre Hände auf Nicks rote Ohren.

„Vielleicht solltest du besser duschen gehen", meinte sie nach einem besorgten Blick in sein Gesicht, in das inzwischen das tauende Eis aus seinen Haaren tropfte.

„Nichts ist besser als das, was du da gerade machst", erwiderte er leise. Katja sah ihn an, versank im warmen Braun seiner Augen und war überwältigt von dem Gefühl von Heimat, das diese ihr vermittelten. Sie blinzelte, als sein Zeigefinger ihr Kinn berührte. Langsam strich er an ihrer Kinnlinie entlang, erst in die eine, dann in die andere Richtung, bevor er ihre Lippen nachzeichnete.

„Ich sollte das nicht tun", murmelte er eigentümlich gemütlich, keineswegs so, als meinte er, was er sagte.

„Ich finde es schön." Mehr als das, doch das brauchte sie ihm ja nicht auf seine kalte Nase zu binden.

„Aber ich habe noch keine Antwort von dir bekommen."

„Stimmt", gab sie zu, ohne den Blick von seinem zu lösen und überwältigt von dem wirbelnden, erstaunlich warmen Schneesturm in ihrem Innern.

Noch ehe sie sich Gedanken darüber machen konnte, ob sie bereit war, ihm eine Antwort zu geben, wich er von ihr zurück.

„Du hast recht. Ich sollte duschen." So schnell sein verletztes Bein es erlaubte, stand er auf und humpelte davon. Dabei hörte sie ihn etwas murmeln wie: „Kalt. Eiskalt. Noch kälter!"

Zuerst verspürte Katja ein schmerzliches Ziehen in ihrem Herzen, weil er sie einfach so hatte sitzen lassen, doch dann lächelte sie. Dankbarkeit und ein tiefes Glücksgefühl schwemmten den Schmerz davon, wie ein vom Eis befreiter Gebirgsbach ein Stück Holz. Nick nahm sich unglaublich beherrscht und fürsorglich zugleich zurück, wartete und bedrängte sie nicht, einen übereilten Entschluss zu fassen. Er wollte, dass sie ihre Entscheidung gut durchdachte, prüfte und darüber betete, und dabei ließ er ihr viel Zeit. Und ausgerechnet er hatte Angst davor, dass er sie überfordern, sie zu sehr einschränken oder ihr wehtun könnte?

Katja hörte, wie Nick aus dem Bad in sein Zimmer hinüberging. Da es um diese Jahreszeit bereits früh zu dämmern begann, zündete Katja alle im Wohnraum verteilten Kerzen an, auch die am Christbaum. Sie legte Holz nach und widmete sich anschließend den Vorbereitungen für das kleine Festmahl, das sie an diesem letzten Tag des Jahres zusammen genießen wollten. Schließlich stieß auch Nick wieder zu ihr. Er war frisch rasiert, trug eine schwarze Jeans und ein weißes Hemd. Unschlüssig blieb er neben der Küchentheke stehen, die Hände tief in den Hosentaschen vergraben. Er wirkte wie ein Schuljunge, der etwas ausgefressen hatte und zum Lehrergespräch einbestellt worden war. Und das, obwohl er sich in Katjas Augen sehr überlegt, ja, ehrenhaft verhalten hatte.

„Sehr praktisch, dieses weiße Hemd. Damit disqualifiziert du dich automatisch fürs Gemüseschneiden."

„Das war ja auch der Sinn der Sache." Er grinste sie an, hatte verstanden, dass sie gern die lockere Atmosphäre der vergangenen Tage beibehalten wollte.

„Ich würde dich ja zum Holzhacken schicken, aber in Anbetracht deiner schlechten Trefferquote ..."

„Ich kann es mir ohnehin nicht leisten, eine weitere Hose zu ruinieren."

„Tja, dann wirst du mir wohl bei der Arbeit zuschauen müssen."

„Es gibt Schlimmeres." Er schob sich auf einen Barhocker, stützte die Ellenbogen auf die Theke, den Kopf in seine Handflächen und folgte jeder ihrer Bewegungen mit den Augen. Sie zuckten beide zusammen, als sein Smartphone eine Abfolge schriller Töne von sich gab.

„Ist das der beste Klingelton, den du gefunden hast? Entspricht das etwa deinem Musikgeschmack?", frotzelte Katja.

„Das ist jemand aus meinem Büro."

„Alarmierend!", lachte Katja.

„Wenn Günther mich im Urlaub anruft, dann schon."

„Okay, geh bitte ran, ehe mir die Ohren abfallen." Sie deutete mit dem Gemüsemesser auf das über die Thekenoberfläche rutschende schwarze Gerät.

„Danke. Ich wusste nicht, ob dich das an einem Abend wie diesem vielleicht stören würde."

Katja schüttelte den Kopf, als er das Gespräch entgegennahm. Das war fast schon zu viel Rücksichtnahme seinerseits. Aber irgendwie war es auch süß.

„Doch, der Urlaub ist ... *wunderschön.*" Bei Nicks besonderen Betonung des letzten Wortes sah Katja auf. Sein Blick malte ihr bunte Blüten ins Herz, gegen die die fantasievollen, filigranen Eisblumen an den Fenstern zur Nichtigkeit verblassten. Sie strahlte ihn an, was ihn offenbar aus dem Konzept brachte. Er drehte sich auf dem Hocker um, was ihr wiederum ein Kichern entlockte. Anscheinend gelang es ihr spielend, Nick ein bisschen zu irritieren. Vielleicht sollte sie sich das für ihre nächste Schachpartie merken ...

„Und was sagt Dominik dazu?“, fragte Nick gerade.

Katja widmete sich wieder ihrem Gemüse, da sie aus den Gesprächsfetzen, die sie mitanhören konnte, ohnehin nicht ganz schlau wurde.

Schließlich beendete Nick das Gespräch, legte das Smartphone beiseite und strich sich mit beiden Händen über das Gesicht.

„Probleme?“, erkundigte sie sich zurückhaltend.

„Ein paar“, entgegnete er, ergriff erneut sein Telefon und schrieb eine lange SMS. Als er sie abgeschickt hatte, schwieg er für geraume Zeit. Katja ließ ihn gewähren, war er doch tief in Gedanken versunken. Als er sich leise räusperte, hob sie fragend den Kopf.

„Interessiert dich, was los ist?“

„Mich interessiert alles, was mit dir zu tun hat.“

„Auch das, was die Arbeit betrifft?“

„Du verbringst einen Großteil deiner Zeit auf der Arbeit. Also ja.“

„Vor etwas mehr als einem Jahr habe ich einen Versuch gewagt. Wir haben die Abteilung vergrößert, und ich habe Mitarbeiter eingestellt, die ich für absolut fähig hielt, bei denen es sich allerdings um Menschen handelt, die man landläufig wohl als gescheiterte Existenzen bezeichnen würde.“

„Das klingt … herausfordernd.“

„Einer von ihnen war drogensüchtig, einer ist ein *Ex-Knacki*, wie er sich selbst bezeichnet, und zwei junge Frauen haben keinen Schulabschluss, eine davon, weil sie mit sechzehn ein Kind bekommen hat. Insgesamt habe ich damals sieben solcher jungen Menschen eingestellt. Einen musste ich in der Probezeit entlassen. Jeder Einzelne der restlichen sechs hat mich mit seinen Fähigkeiten und seinem Können überzeugt. Sie wurden angelernt, haben nach und nach mehr Freiheiten bekommen und arbeiten inzwischen meist hochkonzentriert, fleißig und sind oft sogar mit wesentlich mehr Begeisterung bei der Sache als andere.

Vermutlich deshalb, weil wir sie genau in den Bereichen eingesetzt haben, in denen sie besonders gut sind, und das, obwohl sie eigentlich nicht dafür qualifiziert sind, weil ihnen das notwendige *Papier* fehlt, auf dem ihre Studien- oder Ausbildungsabschlüsse dokumentiert sind."

Katja hatte mittlerweile das Messer beiseitegelegt, stützte sich mit den Händen auf die Arbeitsplatte und lauschte ihm fasziniert. Nicks Herz schlug unübersehbar für jene jungen Menschen, denen sich zuvor vielleicht noch nie eine solch große Chance geboten hatte. Woran das lag, war für sie nicht schwer zu durchschauen. Wie Nick selbst, stammten wohl auch die meisten dieser Angestellten aus schwierigen Verhältnissen, doch anders als im Fall von Nick, dessen sich zuerst ein Pastor und später ein Kriminalhauptkommissar angenommen hatten und der gefördert und gefordert worden war, war ihnen dieses Privileg verwehrt geblieben.

„Sie bekommen mittlerweile etwas mehr als den gesetzlichen Mindestlohn, allerdings nicht das gleiche Gehalt wie die anderen, was sie jedoch akzeptieren. Nicht nur, da sie inzwischen durchschaut haben, dass sie besser verdienen als andere in ihrer Situation, sondern auch, weil ich klar kommuniziere, weshalb das so ist. Die junge Mutter zum Beispiel kann ihre Aufgaben und Arbeitsergebnisse nicht ordentlich dokumentieren und braucht die Hilfe einer Kollegin, um ihre fehlerhafte Rechtschreibung und Grammatik auszubessern. Das Gute an diesem betriebsinternen Deal ist, dass die beiden sich mittlerweile angefreundet haben."

„Das klingt toll, Nick! Mutig und bewundernswert."

„Ich möchte nur zurückgeben, was ich selbst erfahren habe." Nick zuckte mit den Schultern, seine Bescheidenheit war echt. „Flädle ist übrigens einer dieser jungen Männer. Er hat sich prima gemacht, eckt aber hier und da noch ein bisschen an. Die meisten können damit umgehen, weil sie um das schwierige Umfeld wissen, aus dem er kommt."

„Und dieser Dominik?"

„Er arbeitet gemeinsam mit Carola in unserer Werbe- und Grafikabteilung. Er kann sehr gut mit Bildern, Mustern, Schriften und Farben umgehen, der Umgang mit anderen Menschen ist dafür nicht so sein Ding. Offenbar hat er sich mit einem Mädchen eingelassen, das bei der Polizei als Kleinkriminelle aktenkundig ist. Sie hat ihn in Schwierigkeiten gebracht."

„Musst du zurückfahren?"

„Nein, da muss er jetzt erstmal allein durch. Unser Firmenanwalt in Deutschland hat aber ein Auge darauf. Er geht davon aus, dass Dominik mit einem blauen Auge davonkommen wird. Jedenfalls wird es ihn nicht den Job kosten."

„Das ist gut." Katja senkte den Kopf, jedoch ohne nach dem Messer zu greifen. Wie hatte Nick je annehmen können, dass er nach seinen Eltern geraten könnte? Selbst wenn ihn ein ähnlicher Schicksalsschlag treffen würde, wie sie ihn durch den Tod ihrer Tochter erfahren hatten, würde Nicks Herz weiterhin von Güte und Liebe erfüllt sein. Dessen war sich Katja gewiss. Das, was Nick ausmachte, würde in den kommenden Jahren vermutlich unter so manchem Sturm durchgeschüttelt und auf die Probe gestellt werden, doch die Gefahr, dass er daran zerbrach, sah sie nicht.

Ihr Herz schien einen neuen Takt zu schlagen. Denselben, den Nicks Herz schlug. Katja freute sich schon heute auf den Moment, wenn sie ihm dies mitteilen würde. Bei passender Gelegenheit. Bald.

Es war kurz vor Mitternacht, als Katja und Nick dick vermummt das Ferienhaus verließen. Weit entfernt und beinahe unwirklich über der schwarzen Meeresfläche schwebend, war ein flimmernder Lichtschein mehr zu erahnen als zu sehen. Kam er von einem Schiff oder handelte es sich um die Lichter von Hirtshals? Katja zuckte mit den Schultern und folgte Nick den Abhang hinunter und über den knirschenden Untergrund hinweg ans Ufer der Nordsee, die in dieser Nacht nur ein leises, sanftes Lied flüsterte. Es war nicht eindeutig auszumachen, wo das von einer Eisschicht überzogene Ufer endete und das Wasser begann. Erst als sie stehen blieben, hob Katja den Blick. Ihre Augen weiteten sich, und ihre Lippen formten einen ersticken Laut des Entzückens. Der Himmel, so schwarz wie die See unter ihm, war übersät von unzähligen weißen Sternenschleiern, einzelnen Sternformationen und nebelähnlichen, deutlich blasseren Himmelslichtern.

Katja hörte auf, auf der Stelle zu treten. Sie legte den Kopf in den Nacken, um jedes Detail des klaren Nachthimmels, der sich ihr zum Bestaunen anbot, zu betrachten. Sie sog den Anblick förmlich in sich auf. Welch berauschende Klarheit, faszinierende Unendlichkeit und bewundernswürdige Anmut. In dieser Nacht schien sich der Himmel geöffnet zu haben, um ihr einen kleinen Einblick in die Schönheit des Jenseits zu gewähren.

„Das ist …“ Katja brach ab, konnte sie doch nicht in Worte fassen, was ihr Auge einfing, ihr Herz spürte, ihre Seele empfand.

„Schau!“, flüsterte Nick ihr zu, umfasste von hinten ihr Gesicht und drehte ihren Kopf behutsam in Richtung Norden. Katja hielt unwillkürlich den Atem an. Ein roter Nebel wand sich in langsamen Drehbewegungen über den Himmel. Rote Kreise, die am unteren Rand in Gelb, am oberen in Violett übergingen, erschienen wie von Engelshand ans Firmament gemalt. Sie verblassten und tauchten an anderer Stelle erneut auf; flimmerten und flatterten, drehten sich und hüpften umher, als hätten sie einen unbändigen Spaß an den staunenden Bewunderern ihrer Darbietung. Dann, von einem Wimpernschlag auf den nächsten, überließen sie den Sternen wieder die volle Aufmerksamkeit der Zuschauer. Als wären sie schüchtern oder sehr bescheiden; nicht wissend um ihre Schönheit und die Faszination, die von ihnen ausging.

„O Nick, ich hätte nie gedacht, dass man hier Polarlichter sehen kann."

Er schlang von hinten die Arme um sie. Nicht fest, aber dennoch einladend, und so lehnte sie sich an ihn, um sich ein wenig vor der Kälte zu schützen und einen festen Halt zu haben, während sie weiterhin das Gefühl genoss, inmitten der unendlichen Weite der Himmelslichter spazieren zu gehen.

„Die können hier auch nur ganz besondere Menschen sehen", raunte er ihr zu. „Junge Frauen, die sich niemals haben unterkriegen lassen, weil sie beschlossen haben, dass sie sich von ihrer Vergangenheit nicht den Rest ihres Lebens verpfuschen lassen wollen. Frauen, die ihre Gaben dafür einsetzen, anderen zu helfen, anstatt sie für sich zu behalten. Solche, die ein riesengroßes Herz für die Schwachen der Gesellschaft haben und ihnen gern dienen – was heutzutage eine echte Seltenheit ist. Sie sind stark und sanft zugleich; kämpferisch und dennoch mit einem großen Herzen ausgestattet. Sie haben sich ein heiteres Gemüt bewahrt, obwohl ihre Kindheit nicht immer fröhlich war. Sie sind einfach wunderschön."

Katja atmete langsam aus, hatte sie doch über einen langen Zeitraum hinweg die Luft angehalten. Etwas tröstlich Weiches flutete ihr Inneres. Seine sanften Worte schienen die letzten verhärteten Narben auf ihrem Herzen noch ein wenig mehr geglättet, sie nahezu weggestreichelt zu haben. Zwar nicht vollständig, aber das wollte sie auch gar nicht, hatten diese sie doch zu der Frau gemacht, die sie heute war. Die Höhen und vor allem die Tiefen auf ihrem Lebensweg hatten ihr Herz geformt, was nicht immer leicht auszuhalten, aber keinesfalls unnütz gewesen war.

Langsam drehte sie sich in Nicks Armen um. Sie konnte sein Gesicht nur schemenhaft sehen. War er etwa beunruhigt, weil er einen neuen Vorstoß gewagt hatte? Fragte er sich nun, ob er zu forsch vorangeprescht war? Oder waren die alten Zweifel in ihm gerade wieder übermächtig geworden?

Katja neigte leicht den Kopf. „Aus welchem Reiseführer hast du das denn auswendig gelernt?"

Es dauerte einen Moment, ehe sich seine Gesichtszüge entspannten und er zu lächeln begann.

„Aus keinem."

„Und das soll ich dir glauben?"

„Ich beweise es dir."

„Und wie?"

„Polarlichter unterliegen einem Sonnen-Aktivitätsrhythmus. Deshalb sieht man alle elf Jahre besonders viele von ihnen und dann flaut das Phänomen wieder ab. Das Jahr 2003 war offenbar ein geniales Polarlichtjahr, denn damals konnte man sie sogar in Griechenland sehen. Das, meine liebe Scarlett, kannst du nachlesen, und somit ist zumindest der Teil der Geschichte erfunden, dass sie hier in Dänemark nur ganz besondere Frauen sehen können. Dies wiederum beweist, dass ich das Gesagte nirgends gelesen und damit auch nicht geklaut haben kann."

„Und der Rest?"

„Was denkst du?"

Katja holte tief Luft, was ihre Lungen mit einem schmerzhaften Ziehen bestraften. „Ich mache es kurz."

Nicks Arme lockerten sich, also fuhr sie schnell fort: „Ich denke, dass du perfekt für mich bist. Ich möchte an deiner Seite sein. Für den Rest meines Lebens. Im Gegensatz zu manch anderem Paar wissen wir sehr genau, welche Vorgeschichten wir mitbringen, die unsere Ehe belasten könnten – und es sicher auch werden. Jedes Paar geht früher oder später durch eine Krise. Wobei – vielleicht geht das eine oder andere Paar durch weitaus tiefere Täler, falls das Leben es in ihrer Kindheit überaus gut mit ihnen gemeint hat und die wirklich großen Herausforderungen erst in späteren Jahren auf sie zukommen. Anders, als das bei uns der Fall war. Uns hat das Leben schon sehr früh geformt." Katja zuckte mit den Schultern. Da Nick weiterhin abwartend schwieg, fuhr sie fort:

„Wir ergänzen uns durch unsere Unterschiedlichkeit. Wir kennen einander schon sehr lange, haben den jeweils anderen immer durchschaut und verstanden. Und ich bin mir ganz sicher, dass es kein Zufall war, dass wir uns hier wiedergetroffen haben. Älter, reifer und – zumindest was mich betrifft – auch vernünftiger."

Nick lachte auf und zog sie kräftig an sich.

„Ich liebe dich, und ich will eine gemeinsame Zukunft mit dir, Nick. Und ich sehe das keineswegs als Wagnis, das solltest du wissen, sondern als ein Geschenk."

Nick legte seine kalte Wange an ihre und flüsterte: „Das werte ich jetzt einfach mal als ein Ja auf meinen völlig unromantischen Antrag von vorhin."

„Welchen Antrag? Diesen Teil hast du übersprungen", gab sie ebenso leise zurück und schloss die Augen.

„Dann hole ich das hiermit nach: Willst du mich heiraten, Katja?"

Ein Sternenhimmel puren Glücks schien in sie hineingefallen zu sein. „Ja, das möchte ich sehr gern. Und du, willst du mich denn auch heiraten?"

Die kleine Bewegung an ihrer Wange verriet ihr sein Schmunzeln. Dennoch kam keiner seiner locker-flockigen Sprüche, als er ihr antwortete: „Unbedingt. Auch wenn mir bei der Tatsache, dass ich das jetzt wirklich gesagt habe, ganz schön das Herz pocht."

„Das ist keine Angst, Nick. Das ist pures Glück!"

„Wenn du das sagst."

„Das darfst du dir gleich schon mal merken: Ich habe immer recht."

Erneut lachte er leise auf und verstärkte den Druck seiner Arme.

„Wenn du das sagst", wiederholte er, wobei seine warmen Lippen über ihre kalte Wange strichen. Katja zitterte, diesmal jedoch nicht aufgrund der eisigen Temperaturen. „Ich denke, du solltest mich jetzt küssen."

„Wenn du das sagst." Es war offensichtlich, dass Nick dieser Aufforderung nur allzu gern nachkam. Als er sich irgendwann wieder von ihr löste, war sie vollkommen atemlos und hatte den Eindruck, als würde sie von innen heraus strahlen. Die Polarlichter, die vorhin im Nichts verschwunden waren, wirbelten und tanzten nun in ihrem Herzen.

Ein leises Zischen ließ beide aufsehen, dann zersprang ein Feuerwerkskörper am Himmel, explodierte in tiefem Rot, dem ein flirrender Goldregen folgte. Carola und ihre Freunde feierten den Beginn des neuen Jahres. Katja sah zu, wie zwei weitere Raketen bunte Lichter nach oben katapultierten, und fand das eigentümlich schade. Der Lärm der Detonation störte die friedliche, nächtliche Stille, ebenso empfand sie das künstliche Blinken und Funkeln als unangebracht, drängte es doch das sanfte Licht der betörend schönen Sterne in den Hintergrund. Nick ging es offenbar ähnlich, denn er drehte sie um, sodass sie sich wieder mit dem Rücken an ihn lehnen konnte. Gemeinsam schauten sie in die entgegengesetzte Richtung, dorthin, wo die Sterne noch immer die Weite des Himmels markierten.

„Das ist unser Weg", sagte Nick fest. „Keiner, der von Lärm und Glitzer verfälscht wird, sondern ein echter, geradliniger. Ganz egal, ob er vielleicht unpopulär erscheint oder vielleicht etwas weniger Glanz und Gloria hat."

Katja legte den Kopf in den Nacken und küsste ihn. Als beide sich erneut den Himmelslichtern zuwandten, während hinter ihnen mit viel Lärm und Rauch die Raketen explodierten, fügte Nick noch hinzu: „Ich bin mir ganz sicher."

13. Kapitel

Müde, da Nick und sie noch lange am Kaminfeuer gesessen hatten, tappte Katja die Wendeltreppe hinunter. Erstaunt stellte sie fest, dass Nick bereits auf der Couch saß und das Notebook auf den Oberschenkeln balancierte.

„Du bist schon auf?"

Nick drehte sich um, schenkte ihr ein Lächeln und stellte das Arbeitsgerät beiseite.

„Guten Morgen. Kommst du bitte mal her?"

Katja stieg eilig die restlichen Stufen hinunter und ging zu ihm. Energisch ergriff er sie an der Hüfte und zog sie auf seinen Schoß. Er küsste sie langsam und genießerisch, obwohl er zuvor noch überaus beschäftigt gewirkt hatte. Schließlich lehnte er sich in das Polster zurück und sagte: „*Das* jeden Morgen und ich werde meinen Kaffeekonsum beträchtlich reduzieren können."

„Du hältst mich also für eine Art Droge?"

„Du hast ja nicht die leiseste Ahnung!"

„Nur gut, dass ich legal bin."

„Und sehr lecker und süß und –"

„Du trinkst deinen Kaffee doch ungesüßt."

„Jetzt nicht mehr."

Katja strich ihm einige Haarsträhnen zurück. „Was ist los?"

„Weshalb ahnst du schon wieder, dass etwas los ist?"

„Du bist und bleibst ein offenes Buch für mich."

„Warum hast du dann nicht früher bemerkt, wie sehr ich dich liebe und brauche und dass ich dies für völlig falsch gehalten habe?"

„Weil ich nie bis zum letzten Kapitel vorgestoßen bin. Du hast das Buch immer vorher zugeklappt und weit weg von mir ins Regal gestellt."

Nick brummte etwas Undefinierbares und vergrub sein Gesicht in ihrem Haar.

„Raus damit", forderte Katja ihn schließlich auf, endlich mit der schlechten Nachricht rauszurücken.

„Ich muss heute noch zurück."

„Etwa wegen... Dominik?"

„Nein. Wegen mir selbst."

„Das verstehe ich nicht."

Nick seufzte und schob sie von seinem Schoß herunter neben sich, wobei sie mit einer Hand das Notebook beiseiteschieben musste.

„Ich habe heute Nacht praktisch nicht geschlafen, und das aus zwei Gründen. Der eine ist der, dass ich nun mal ein Mann bin. Dich so nah zu wissen, ohne dich in meinen Armen halten zu können, ohne dich ... hat mich beinahe verrückt gemacht."

Katja nickte verstehend, ihr Pulsschlag beschleunigte sich. Sie wusste sehr genau, wovon er sprach.

„Deshalb – und ohnehin – wollte ich heute Morgen die nächsten Schritte planen."

„Und wie sollen die aussehen?"

„Ich denke, es ist sinnvoll, wenn ich dir noch eine weitere Bedenkzeit einräume, indem –"

„Wird das ein Rückzieher? Denn falls ja, bekommst du den geballten –"

Er verschloss ihr den Mund mit einem Kuss.

„Das ist kein Rückzieher. Eher so etwas wie der ... normale Lauf der Dinge."

Katja kniff ein Auge zu, um abzuwägen, ob sie genauer nachfragen sollte, wovon er sprach. Sie entschied sich für ein weiteres abwartendes Nicken.

„Ich möchte es richtig machen mit uns beiden, Katja. Und dazu gehört eine Menge mehr, als dir meine Liebe und mein Vertrauen zu schenken. Nenn mich ruhig hoffnungslos altmodisch, aber ich wünsche mir unter anderem, dass wir verheiratet sind, wenn wir das erste Mal die Nacht zusammen unter einem Dach verbringen. Auch wenn das im Hinblick auf das hier", er deutete zu der blau lasierten Decke des Ferienhauses hinauf, „jetzt seltsam klingt."

„Ich weiß, was du meinst. Und ich finde es nicht hoffnungslos altmodisch."

„Ich möchte, dass das ein ganz besonderes Geschenk für uns wird: das erste Mal, dass wir uns abends nicht trennen müssen. Der Tag, an dem sich nicht einer von uns beiden aufraffen muss, um nach Hause zu fahren, sondern wir endlich zusammenbleiben und unsere Zweisamkeit genießen dürfen, soll ein unvergesslicher Festtag für uns beide sein. Denn ich will mich später, wenn wir wirklich mal in einer Krise stecken, an diesen speziellen, wunderschönen ersten Augenblick erinnern können. Wie an ein einmaliges Geschenk."

„Das klingt herausfordernd. Und gut."

„Da wir gerade beim Thema ‚Herausforderungen' sind ..." Nick strich ihr mit dem Zeigefinger die Kinnlinie entlang, und als er endlich weitersprach, schien er das, was er ursprünglich hatte sagen wollen, völlig vergessen zu haben. Katja wusste jedoch, dass dem nicht so war und dass er irgendwann darauf zurückkommen würde. Womöglich zu einem Zeitpunkt, an dem sie gar nicht mehr damit rechnete ...

„Wir fahren also nach Hause und treffen uns, wenn möglich, jedes Wochenende. Ich möchte gern deine Eltern und deine Schwester besuchen und sie etwas besser kennenlernen. Mal sehen, vielleicht bringe ich sogar den Mut auf, dich meinem Vater und meiner Mutter vorzustellen. Vielleicht!", schränkte er ein zweites Mal ein.

„Hast du ihnen jemals gesagt, wie es dir ergangen ist und dass du ihnen inzwischen verziehen hast?“

„Ja, wobei sie Ersteres bedauert und das andere nicht ... verstanden haben.“

„Sie haben sich nie gegenseitig verziehen, nie Vergebung zugelassen? Das ist wirklich traurig.“ Mitfühlend ergriff Katja Nicks Hand und drückte sie fest.

„Wir werden es besser machen“, flüsterte er, hob ihre Finger an seine Lippen und küsste sie sanft.

Katja erkannte einen leichten Anflug von Unsicherheit bei ihm, der jedoch rasch wieder verschwand. Genau wie bei ihr juckten auch seine Narben von Zeit zu Zeit etwas. Sie würde ihm sagen müssen, dass das vollkommen in Ordnung war, weil sie niemals in Vergessenheit geraten sollten. Allerdings brauchte er ihrem Aufbegehren nicht zu viel Beachtung beizumessen, durfte nicht an den Narben kratzen, denn das würde nur neue Schmerzen verursachen und ihnen eine Bedeutung verleihen, die sie nicht mehr verdienten.

„Wie schnell kannst du deine Sachen zusammenpacken?“

„Gib mir achteinhalb Minuten.“

„Ich liebe diese Frau!“, rief Nick übermütig aus, küsste sie erneut und erhob sich dann etwas schwerfällig.

„Und ich werde wohl die meiste Zeit fahren müssen.“

„Und wiedermal hast du recht.“

Wenig später küsste Nick sie zur Strafe dafür, dass sie eine ganze Minute länger als angekündigt gebraucht hatte, um ihren Trolley zu packen. Einen zweiten Kuss bekam sie für die Drohung, ab sofort immer zu knappe Zeitangaben zu machen.

Schließlich reinigte Katja den Kamin, und Nick notierte den Wasser- und Stromverbrauch auf dem dafür vorgesehenen Formular. Er legte den Betrag gleich mit in den Umschlag, weil er vermeiden wollte, dass dieser auch noch auf Forsters und Chiaras Rechnung auftauchen würde.

Nach einem letzten Strandspaziergang, den sie eigentlich dazu hatten nutzen wollen, um den Mietern des Nachbarferienhauses mitzuteilen, dass sie bereits heute abfuhren, dort allerdings noch niemand wach gewesen war, brachten sie ihr Gepäck zum Auto. Katja lenkte den Wagen vorsichtig durch die enge, verschneite Straße, vorbei an den Kiefernwäldchen und der Ferienhaussiedlung, und hielt kurz bei dem Haus, in dem sie den Schlüssel und die vorbereiteten Papiere in einen Briefkasten werfen konnten. Sie ließen die Einsamkeit und Schönheit des vereisten Nordens hinter sich, irgendwann auch Dänemark mit seinen angenehm leeren Straßen und landeten schließlich im hektischen Feiertagsverkehr ihres Heimatlandes.

Als Katja mit Nicks Auto – er wollte am kommenden Wochenende mit dem Zug anreisen – vor ihrer Wohnung einparkte, kamen ihr zwei Gedanken: Die Aussicht, einige Jahre in Dänemark zu leben, war gar nicht mal so schlecht. Vielleicht würde sie dort ja als Deutschlehrerin arbeiten können ... Und ihr fiel auf, dass Nick zwar die nahe Zukunft, die Wochenendbesuche und das Kennenlernen ihrer Familie thematisiert hatte, nicht jedoch, wie lange diese Zeit seiner Meinung nach andauern sollte.

Es war Freitagnachmittag, Punkt halb zwei an einem ungewöhnlich warmen und sonnigen Tag Ende Oktober, als es an der Tür Sturm läutete. Katja hob irritiert den Kopf. Sie erwartete keinen Besuch, bis auf Nick. Doch der kam für gewöhnlich erst später, wenn er mit ihrer reizenden Nachbarin, bei der er alle vierzehn Tage übers Wochenende ein Zimmer bewohnte, zu Abend gegessen hatte.

Katja legte den grünen Glitzerstift auf die Hefte mit den Aufsätzen der Zweitklässler und eilte zur Tür. Neugierig schaute sie durch den Spion. Direkt vor ihrer Eingangstür, im Schatten des leuchtenden Herbstlaubs zweier Rot-Ahorne, stand die schlanke, großgewachsene Debora. Direkt dahinter, neben einem altmodisch anmutenden Kinderwagen, in dem ein molliges, hübsches Kind saß und die im Herbstwind flatternden Blätter über sich bestaunte, unterhielt sich Chiara mit Noa, deren zierliche Statur ihre Schwangerschaft überdeutlich hervorhob. Gerade strich sie sich – wie sie es so oft tat – eine ihrer wilden roten Locken aus dem Gesicht.

„Mir schwant nichts Gutes!" Mit diesen Worten begrüßte Katja die Delegation, nachdem sie leise die Tür geöffnet hatte, weil Debora ihr gerade den Rücken zugekehrt hatte. Diese stieß prompt einen kurzen, erschrockenen Schrei aus, ehe sie auflachte und Katja so stürmisch umarmte, als hätten sie sich nicht erst in der vergangenen Woche oben in ihrem Atelier getroffen, um – gemeinsam mit Noa – eine Horde Grundschulkinder beim Werkunterricht anzuleiten.

„Zu Recht, Scarlett! Zu Recht!" Chiara drückte sich an Noa und Debora vorbei und zog Katja ebenfalls in ihre molligen Arme.

„Wenn du mich Scarlett nennst –"

„Richtig, dann hat unser Besuch etwas mit Nick zu tun. Diesem ... Spinner!"

„Du meinst wohl Katjas wunderbaren, verliebten, romantischen und – ach, egal. Den Spinner eben!", korrigierte Noa eher halbherzig und kichernd.

„Ich habe keine Ahnung, was das soll, aber jetzt möchte ich gern mein Patenkind begrüßen."

„Vorsicht, sie fremdelt gerade sehr." Chiara ließ Katja an sich vorbei ins Freie. Sie ging lächelnd auf den kleinen Wonneproppen mit den dunklen Locken und den großen blauen Augen zu. Mia schenkte ihr ein Lächeln, das oben drei und unten zwei Zähne offenbarte, ehe sich Falten auf ihrer Stirn bildeten und sie sich nach vorn beugte, um sich zu vergewissern, dass ihre Mama auch wirklich noch da war.

Katja blieb in zwei Schritten Entfernung stehen und sprach ein bisschen mit Mia, die sich trotz Katjas Besuch in der Schweiz vor zwei Monaten nicht mehr an sie erinnerte. Aber ihr Lächeln wurde schnell wieder etwas breiter.

„Katja, unsere Zeit ist knapp bemessen." Chiara strich ihrer Tochter über den Kopf und deutete dabei mit dem Daumen über ihre Schulter zur geöffneten Haustür.

„Was hat Nick angestellt?"

Von Noa kam erneut ein Kichern, Debora hingegen schüttelte gespielt entrüstet den Kopf. Es war dann aber Chiara, die sagte: „Zuerst einmal soll ich dir Grüße von Forster, Jonas, Patrick und Nick ausrichten."

„Die sind alle gemeinsam an einem Fleck?" Katja vollführte mit der Hand eine kreisende Bewegung. „Habt ihr für die Region schon eine entsprechende Katastrophenwarnung rausgegeben?"

„Wir werden die Katastrophe verursachen, wenn wir dich nicht endlich in ein anderes Outfit stecken als diese verwaschene Jeans und das ... was ist das eigentlich auf deinem T-Shirt? Etwa *Wanda Maximoff* aus dem Marvel-Universum?" Noa kniff die Augen zusammen, als könne sie neuerdings nicht mehr gut sehen.

„Ja, Wanda – so heißt sie im Film, aber in den Comics heißt sie *Scarlet* Witch. Das Shirt war ein Geburtstagsgeschenk von Jeffrey und seiner Frau. Und ich habe wirklich gar keine Ahnung, warum sie es mir geschenkt haben", erwiderte Katja grinsend.

Noa wedelte aufgeregt mit beiden Händen durch die Luft. „Wer auch immer Jeffrey und seine Frau sind – zieh dich jetzt bitte um. Und zwar schnell. Nick meinte ja, dass du darin Weltmeisterin bist."

Katja musterte vielsagend Chiaras Jeans und das weiße Herrenhemd, die bevorzugte Freizeitkleidung der jungen Frau, fügte sich aber den auffordernd-drohenden Blicken ihrer Freundinnen. Als sie wenig später in einer neuen schwarzen Jeans, einem weinroten Shirt und einer grauen Strickjacke wieder in den herbstlichen

Sonnenschein hinaustrat, stemmte sie erst einmal die Hände in die Hüfte. „Und jetzt verlange ich eine Erklärung."

„Nick meinte, du bist flexibel, reaktionsschnell und spontan", zählte Chiara auf.

„Du machst mir Angst."

„Und ich soll dir von ihm ausrichten. Moment ..." Sie kramte einen kleinen quadratischen Notizzettel aus ihrer Gesäßtasche, den sie sorgfältig glättete, ehe sie vorlas: „Da wir gerade beim Thema ‚Herausforderungen' sind ..." Chiara brach ab, drehte den Zettel um, fand dort jedoch keine weitere Erklärung und zuckte schließlich mit den rundlichen Schultern. „Verstehst du das?"

Katja lachte und zog ihr das Blatt Papier aus der Hand. „Ja. In Dänemark hat Nick genau diesen Satz in einem unserer Gespräche nicht beendet. Das war sehr auffällig, und ich dachte mir schon, dass er irgendwann darauf zurückkommen würde. Damals hatte ich den Verdacht, dass es zu einem Zeitpunkt geschehen könnte, an dem ich gar nicht mehr damit rechnen würde. Und voilá – genauso ist es."

„Du kennst ihn ziemlich gut, nicht?", hakte Noa nach. „Ich weiß manchmal einfach nicht, was er ernst meint und was nicht."

„Ich habe ihn schon immer durchschaut. Wobei – das heute, das erschließt sich mir noch nicht ganz."

„Aber du hast einen Verdacht?" Debora wippte auf die Zehenspitzen und wieder zurück, als müsse sie sich trotz ihrer imposanten Körpergröße von 1,81 Metern noch ein wenig größer machen.

Katja lächelte zaghaft, fühlte sie doch ein aufgeregtes Flattern in sich. Ihr war, als hätte der laue Herbstwind einige der verfärbten Blätter in ihr Innerstes geweht, wo sie sich in einem roten und goldfarbenen Wirbel um sich selbst drehten. Hatte Nick beschlossen, ihre zweite Bedenkzeit nicht länger auszudehnen? Auf ihrem letzten Spaziergang vor rund einer Woche war er nämlich erneut auf das Angebot der Firmenleitung zu sprechen gekommen, die ihn gern baldmöglichst in Dänemark sehen würden, und dabei hatte er angemerkt, dass er das nicht allein entscheiden könne – und wolle. Anschließend hatte er schnell das Thema gewechselt. Hatte er für den heutigen Tag womöglich geplant ... seinen Antrag zu wiederholen? Wollte er sich von ihr eine verbindliche Zusage für eine gemeinsame Zukunft einholen? Waren ihre Freunde deshalb hier?

„Nun mach nicht so ein erschrockenes Gesicht. Nick hat nämlich ebenfalls behauptet, dass er dich gut kennt. Und er war sich ganz sicher, dass du das, was er geplant hat, mitmachen würdest und auch kein Problem mit dem Timing hättest." Debora schob Katja vor sich her in Richtung Innenstadt. Noa und Chiara folgten ihnen mit dem Kinderwagen.

„Ich finde das unfair. Eine Frau braucht mehr Zeit. Auch wenn Nick annimmt, dass *dir* eine Woche genügt." Noas Stimme klang zuerst zweifelnd, dann belustigt.

„*Acht* Tage. Nick meinte doch, er ist großzügig und schenkt Katja einen Tag mehr", verbesserte Chiara ihre Freundin.

„Zwangsläufig. Der Termin auf dem Standesamt ist heute, weil sie morgen keine Anmeldung zur Ehe entgegennehmen."

Auf Noas Worte hin wirbelte Katja herum.

„Wir hätten es ihr schonender beibringen sollen", mutmaßte Debora.

„Acht Tage sind immer noch eine Frechheit!", sagte Noa, schmunzelte dabei aber, was, wie Katja vermutete, an ihrem fassungslosen Gesichtsausdruck liegen musste.

„Debora und ich werden die ganze Woche über für dich da sein, und Noa immer dann, wenn sie ihr Café zugemacht hat oder einer aus ihrer *Rentnergang* einspringen kann. Wir bekommen das mit der Planung sicher locker hin." Chiara zwinkerte Katja ermutigend zu.

„Ihr seid verrückt!", brach es aus Katja heraus. Sie wusste einfach nicht, ob sie vor Aufregung wie ein Feuerwerkskörper explodieren oder vor lauter Freude wie süßes Schokoladeneis dahinschmelzen sollte.

„Moment mal!“ Chiara hob warnend den Zeigefinger. „Das Ganze ist nicht auf unserem Mist gewachsen. Wir sind nur die Überbringer der Nachricht, der Begleitschutz, das Planungskommando und deine Händchenhalter. Verrückt ist hier nur einer, und zwar der da!“ Damit deutete sie auf Nick, der sich von Jonas, Patrick und Forster gelöst hatte und mit großen, selbstsicheren Schritten auf sie zukam. Er trug eine rehbraune Jeans und ein *Star Lord*-Shirt, das ihm eine Nummer zu klein war und über seiner Brust spannte. Ausgerechnet *Star Lord,* den Nick immer als albern bezeichnet hatte ... Katja zog überdeutlich die Augenbrauen hoch.

„Entschuldige bitte. Ich habe eine Wette gegen Jeffrey verloren, und das T-Shirt zu tragen war mein Wetteinsatz. Ich habe aber ein Jackett dabei, das ziehe ich drüber, sobald wir diese winzige Kate betreten, die es wagt, sich Rathaus zu nennen.“

„Ich verbiete dir für die nächsten acht Tage jede weitere Wette mit Jeffrey. Wenn du nämlich denkst, dass ich dich heirate, während du ein pinkfarbenes und glitzerndes Disney-Prinzessinnen-Shirt trägst, hast du dich getäuscht.“ Hinter ihr entstand Gekicher, von vorn brandete tiefes, nahezu hämisches Gelächter auf.

„Aber du wirst mich nächsten Samstag heiraten?“

„Warum sonst stehen wir vor diesem überaus hübschen, leicht schiefen Fachwerkgebäude?“

„Ha!“ Nick ballte die Faust und zog in Gewinnermanier schwungvoll den Ellenbogen nach hinten. Gleich darauf drehte er sich um und ging zu seinen Freunden zurück. Die zückten gespielt widerwillig ihre Geldbörsen und drückten ihm einige Geldscheine in die ausgestreckte Hand.

„Scarlett, unser ‚Dinner for two‘ heute Abend ist bezahlt!“

„Sagte ich nicht: ‚Keine Wetten mehr!‘?“ Vor Lachen gelang es Katja nicht, ihrer Stimme die nötige Festigkeit zu verleihen.

„Dann lasst uns mal da reingehen und Nägel mit Köpfen machen." Jonas, in Schreinermontur, vermutlich weil er bis kurz vor diesem geheim gehaltenen Treffen gearbeitet hatte, zog mit zwei Fingern seinen Latthammer aus einer der Laschen.

„Gebt uns bitte noch einen Moment." Nick steckte das Geld in seine Gesäßtasche, ergriff Katjas Hand und führte sie einige Schritte weiter in den winzigen Stadtpark, wo sie durch eine bröckelnde Steinmauer und alte Bäume vor den Blicken ihrer Freunde geschützt waren.

Erst als Nick seine Hände an ihre Taille legte, wurde Katja so richtig bewusst, was soeben geschehen war. Ihr Herzschlag schien sich zu verdoppeln, und sie fühlte sich seltsam kurzatmig.

„Passiert das gerade wirklich?", fragte sie leise und schaute dabei in die braunen Augen, deren Wärme sie wie immer willkommen hieß.

„Nur wenn du es willst. Du musst nicht Ja sagen, nur weil ich einfach nicht mehr warten möchte, mir jetzt völlig sicher bin und die da drüben nichts anderes von uns erwarten, auch wenn sie so tun, als wollten sie uns vom Gegenteil überzeugen." Er neigte fragend den Kopf und lächelte sie sanft an. „Aber so war deine Frage gar nicht gemeint, nicht wahr?"

„Nein. Ich will dich ja heiraten. Unbedingt. Ich war nur nicht darauf eingestellt, dass es jetzt gleich passieren soll."

„Erst nächsten Samstag."

„Na dann ...!"

Nick grinste und legte seine Stirn an ihre. „Wir werden nächste Woche oben auf dem Gutshof sein. Wenn das Wetter es zulässt – wobei für diese Nacht der erste Schneefall angekündigt ist –, wird der Standesbeamte uns draußen auf dem Hof trauen. Am frühen Abend, sobald die ersten Sterne zu sehen sind. Anschließend feiern wir im kleinen Kreis bei Patrick und Debora. Auf dem Hof, im Eingangsbereich und in Deboras Atelier. Deine Eltern und deine Schwester haben sich den Abend schon mal freigeschaufelt, und sogar Jeffrey und Sugar wollen versuchen zu kommen. Ich gebe ihnen nachher das Okay durch. Ich habe auch meine Eltern informiert, kann aber nicht sagen, ob wirklich einer von ihnen auftauchen wird. Zuletzt haben sie allerdings eine Art Waffenstillstand geschlossen."

„Das klingt ... gut."

Nick nickte leicht, ließ seine Stirn dabei jedoch weiter auf ihrer ruhen.

„Und was ist mit einer kirchlichen Trauung?"

„Die werden wir nachholen, Scarlett. Einfach dann, wenn uns danach ist. Vielleicht nach einem Jahr, um diesen besonderen Tag ausgiebig zu feiern. Oder nach fünf Jahren, um unseren Erfolg als Lebkuchenbäcker zu feiern ... ich richte mich da ganz nach dir."

„Darf ich die Diakonin einladen, die mir früher so sehr geholfen hat, damit sie nach der standesamtlichen Trauung unsere Ehe segnet?"

„Das darfst du. Allerdings wird sie sich den Job mit dem Pastor teilen müssen, der mich damals in seine Familie aufgenommen hat. Carolas Familie wird übrigens ebenfalls da sein."

„Unbedingt. Ihnen verdanke ich es, dass du zu dem Mann geworden bist, der du heute bist und den ich so sehr liebe."

„Carola wird übrigens Peter mitbringen."

„Gern, wenn sie dafür die Mistelzweige an den Bäumen lässt."

Nick hob den Kopf und blickte zu den schwankenden Baumkronen hinauf. „Ich bin mir ganz sicher, dass es dort oben eine ganze Menge Misteln gibt."

„Wenn du das sagst." Ihr Herz schlug Saltos, Flickflacks und Tsukaharas zugleich.

„Über Dänemark sprechen wir später", murmelte er, während er ihr vorsichtig die Brille abnahm.

„Zehn Sekunden!"

„Wie bitte?" Er blinzelte und wirkte, als hätte sie ihn aus einer anderen Welt zurück in diese gezerrt.

„Ich brauche zehn Sekunden, um mich zu entscheiden."

„Und?"

„Ich gehe gern mit dir für einige Jahre nach Dänemark."

Nick legte den Kopf in den Nacken und rief: „Ich liebe diese Frau!"

„Sie steht direkt vor dir", kam es von Forster von jenseits der Mauer.

Nick senkte den Kopf und flüsterte: „Ja, richtig." Er hatte ihre Brille inzwischen irgendwohin verschwinden lassen und nahm nun ihr Gesicht in seine Hände.

„Ich liebe dich, Katja. Seit du damals in den Orchestergraben zurückgekehrt bist, um dich nach dem Ergehen des Cellos – oder von Philipp – zu erkundigen, obwohl du dich am liebsten auf dem Mond verkrochen hättest."

„Ich weiß."

„Und ich liebe Häuser, die aus Blätterteig bestehen, sodass du das endlich erfahren hast."

„Ich weiß."

„Und ich liebe dein Zimtgebäck."

„Das weiß ich auch."

„Und deine Haarfarbe, die mich an einen Sandstrand erinnert. Und erst deine Augen! Meeresfarben."

„Das ist mir neu."

„Und ich werde dich nächste Woche heiraten."

„Das weiß ich inzwischen auch."

„Und jetzt, jetzt werde ich dich küssen."

„Ich wei – na endlich!"

Ich danke dir, dass du mich so herrlich und ausgezeichnet gemacht hast! Wunderbar sind deine Werke, das weiß ich wohl. Du hast zugesehen, wie ich im Verborgenen gestaltet wurde, wie ich gebildet wurde im Dunkel des Mutterleibes. Du hast mich gesehen, bevor ich geboren war. Jeder Tag meines Lebens war in deinem Buch geschrieben. Jeder Augenblick stand fest, noch bevor der erste Tag begann. Wie kostbar sind deine Gedanken über mich, Gott! Es sind unendlich viele. Wollte ich sie zählen, so sind sie zahlreicher als der Sand!

Aus Psalm 139

Dank

Ich bedanke mich herzlich bei den engagierten Mitarbeitern von Gerth Medien, im Besonderen bei Caro Kilian, die sich ganz neu und mutig auf mein Manuskript eingelassen hat.

Ebenso herzlich bedanke ich mich bei den Vertretern, die diese Geschichte „in die Buchläden tragen", bei Buchhändlern und Lesungsveranstaltern und natürlich bei euch/Ihnen, den Leserinnen und Lesern, für euer Interesse an meinen Romanen.

Falls euch auch die Story von Chiara und Forster interessiert, könnt ihr diese in *Unter dem Polarlicht* nachlesen, die von Noa und Jonas in *Unter dem Sternenhimmel* und in *Unter dem Mitternachtsmond* findet ihr Deboras, Leos und Patricks Geschichte.

Ein besonderes Dankeschön geht wie immer an meine Familie. An meinen Ehemann Christoph, der entscheidend zum Entstehen meiner Romane und allem „Drumherum" beiträgt, mich zudem immer neu ermutigt, Tipps gibt und mir den Rücken freihält.

Vielen Dank auch an meine Kinder, samt Schwiegertochter, die den „Spaß" immer mitmachen und mich auf vielfältige Weise unterstützen. Sei es durch das Lesen der Rohfassung – mit entsprechenden (lustigen) Kommentaren –, das Beitragen irgendwelcher Mathematik- und Physikbegriffe und das Einbinden der Marvel-Superhelden sowie das Ausprobieren der leckeren Apfel-Zimt-Rezepte, mit denen auch ich verwöhnt werde, nicht nur die Protagonisten in den kleinen Wintergeschichten.

Apfel-Zimt-Hörnchen

Zutaten:

1 Packung Blätterteig
2 bis 3 Äpfel (je nach Größe)
Walnüsse
Zimt und (Rohr-) Zucker

Den Blätterteig in gleich große Quadrate schneiden und mit einem Gemisch aus Rohrzucker und Zimt bestreuen. Äpfel in Stifte schneiden (mit oder ohne Schale, das Kerngehäuse jedoch entfernen). Ein paar Walnüsse zerhacken und zusammen mit den Apfelstiften mittig auf die Teigquadrate geben. Nach Belieben noch einmal mit Zucker und/oder Zimt bestreuen. Den Teig mit der Masse über Eck zu Hörnchen aufrollen. Nach Belieben mit Milch oder Eigelb bestreichen. Die Apfel-Zimt-Hörnchen 20 bis 25 Minuten bei 180 Grad backen. Besonders lecker sind sie, wenn sie noch warm serviert werden.

Der Verlag weist ausdrücklich darauf hin, dass im Text enthaltene externe Links nur bis zum Zeitpunkt der Buchveröffentlichung eingesehen werden konnten. Auf spätere Veränderungen hat der Verlag keinerlei Einfluss. Eine Haftung des Verlags für externe Links ist stets ausgeschlossen.

FSC www.fsc.org MIX Papier aus verantwortungsvollen Quellen FSC® C014496

1. Auflage 2018
Bestell-Nr. 817499
ISBN 978-3-95734-499-1

Umschlaggestaltung: Hanni Plato unter Verwendung von Shutterstock
Satz: Apel Verlagsservice, Schneverdingen
Druck und Verarbeitung: GGP Media GmbH, Pößneck
Printed in Germany

www.gerth.de